JN053909

# グッド・ドーター
## 下

カリン・スローター

田辺千幸 訳

THE GOOD DAUGHTER
BY KARIN SLAUGHTER
TRANSLATION BY CHIYUKI TANABE

ハーパー
BOOKS

THE GOOD DAUGHTER
BY KARIN SLAUGHTER
COPYRIGHT © 2017 BY KARIN SLAUGHTER

All rights reserved including the right of reproduction in whole or in part in any form. This edition is published by arrangement with HarperCollins Publishers LLC, New York, U.S.A.

All characters in this book are fictitious.
Any resemblance to actual persons, living or dead, is purely coincidental.

Excerpt from letter "To A"—Flannery O'Connor
Copyright © 1979 by Regina O'Connor,
reprinted by permission of the Mary Flannery O'Connor Charitable Trust via Harold Matson Co., Inc. All rights reserved.

Dr. Seuss quotation from an interview in the L.A. Times reproduced by kind permission of the Dr. Seuss Estate.

Published by K.K. HarperCollins Japan, 2020

# グッド・ドーター 下

## おもな登場人物

シャーロット（チャーリー）・クイン――弁護士
サマンサ（サム）・クイン――弁護士。チャーリーの姉
ハリエット（ガンマ）・クイン――チャーリーとサムの母親
ラスティ・クイン――弁護士。チャーリーとサムの父親
レノーラ――ラスティの秘書
ザカライア（ザック）・カルペッパー――ラスティの依頼人
ダニエル・カルペッパー――ザックの弟
ベン・バーナード――地方検事補。チャーリーの夫
ケン・コイン――地方検事。ベンの上司
アントン・ミケルセン――サムの夫
メイソン・ハッカビー（ハック）――教師
ダグラス・ピンクマン――パイクビル中学校の校長
ジュディス・ピンクマン――教師。ダグラスの妻。旧姓ヘラー
ルーシー・アレクサンダー――8歳の少女
フランク・アレクサンダー――教師。ルーシーの父親
ケリー・レネ・ウィルソン――高校生
アダム・ハンフリー――ケリーの友人
スタンリー・ライマン――裁判官
ジミー・ジャック・リトル――ラスティの調査員

# 9

サムは病院の裏にある広々とした庭で木のベンチに座っていた。眼鏡をはずす。目を閉じた。太陽に顔を向けた。新鮮な空気を吸いこんだ。ベンチが置かれているのは塀に囲まれた一画で、ゲートの近くには噴水があった。〝安らぎの庭――どなたでもどうぞ〟と書かれた看板の下に、携帯電話に赤線が引かれた看板がもうひとつあった。

この庭に人気《ひとけ》がないのは、ふたつ目の看板のせいだろう。サムは安らぎを覚えながら、ひとりで座っていた。それとも、安らぎを取り戻そうとして、と言うべきだろうか。

サムが病院の正面玄関に降り立ってからラスティを病室に置き去りにするまで、わずか三十六分しかかからなかった。〝安らぎの庭〟を見つけてから、三十分がたっていた。運転手のランチの邪魔をするのをためらったわけではなく、気持ちを落ち着ける時間が必要だった。手の震えが止まらない。きちんと言葉を発する自信がなかった。もう何年も感じていなかったほどの頭痛がした。

頭痛の薬は家に置いてきてしまった。

家。

床の上で、逆向きのCの形に反り返っているフォスコのことを思った。窓から差しこむ太陽の光を思い出した。プールの温かさを。ベッドの心地よさを。

そしてアントンを。

いまだけ、夫の思い出にふけることを自分に許した。彼の大きくて、たくましい手。笑い声。新しい食べ物や新しい経験や新しい文化を好んだこと。

彼を逝かせるわけにはいかなかった。

それがいつであろうと。この苦痛から解放してほしいと彼が懇願したときも。

初めのうち、ふたりはいっしょになって戦った。ヒューストンのMDアンダーソンがんセンターに行き、ロチェスターのメイヨー・クリニックに移り、ニューヨークのスローン・ケタリングがんセンターに戻ってきた。どの専門家、どの世界的権威も、アントンの生存率は十七から二十パーセントだと言った。

アントンは必ずその数字のなかに入るとサムは信じた。

光力学療法。化学療法。放射線治療。内視鏡的拡張術。内視鏡的ステント留置。電気凝固法。抗血管形成療法。食道を切除し、胃を持ちあげて喉の上部につないだ。リンパ節を切除した。さらなる再建手術。栄養チューブ。人工肛門《こうもん》用袋。臨床試験。実験的治療。栄養補給。症状緩和を目的とした手術。さらなる実験的治療。

アントンはどの時点であきらめたのだろう？　運動機能がひどく衰えて、病院のベッドの上で弱った脚を動かすことすらできなくなったとき？　彼がいつ降伏したのかをサムは思い出せなかった。彼の変化に気づいていなかった。サムを愛したのは彼女が戦う人間だからだとアントンが言ったことがあったが、最後はあきらめることのできない彼女のせいで彼の苦しみが長引く結果になった。

サムは目を開けた。眼鏡をかけた。狭くなっている右の視界の端で、青と白の波が揺れている。

サムはチャーリーに言った。「それ、やめてくれる？」

チャーリーは彼女の視界に入るように移動した。また腕を組んでいる。「どうしてこんなところにいるの？」

「どうしてあそこにいなきゃいけないの？」

「いい質問ね」チャーリーはサムの向かいのベンチに腰をおろした。風がかすかに木の葉をざわつかせると、木立のほうに顔を向けた。

サムは自分がガンマの印象的な顔立ちを受け継いでいることを知っていた。多くの人を震えあがらせてきた、そこはかとない冷たさがある。チャーリーの親しみやすい表情は、母親とは対極のところにあった。あざができているいまですら、その顔は美しい。人々をひるませるのではなく笑わせることのできる賢さが、チャーリーにはあった。〝しつこいくらい幸せなのよ〟ガンマはチャーリーのことをそう言っていた。〝人が無条件で好きになるような人間〟

だが今日はそうではなかった。なにかが違っている。ラスティの容態とは無関係の深い憂鬱に囚《とら》われているように見える。

わたしにメールをするようにベンに頼んだ本当の理由はなんだろう？

チャーリーはベンチの背にもたれた。「なにを見ているの？」

「ママがあなたをここに連れてきたときのことを覚えている？　猫を助けようとして腕を折ったときのこと」

「あれは猫じゃなかったの。屋根の上のＢＢ弾銃を取り戻そうとしたのよ」

「二度と遊べないように、ガンマが屋根の上に放り投げたんだったわね」

「そういうこと」チャーリーはぐるりと目をまわした。四十一歳になるのに、また十三歳のころに戻ったかのようだ。「パパの言うことを聞いちゃだめ」

「そのつもりはない」サムはカップに手を伸ばした。カフェテリアで白湯《さゆ》とサンドイッチを買ってあったが、サンドイッチは食べきれなかった。ハンドバッグからティーバッグの入ったジップロックを取り出した。

チャーリーが言った。「紅茶なら売っているのに」

「こっちのほうが好きなの」サムはティーバッグを白湯に浸した。なにもつけていない自分の薬指を見て一瞬パニックを起こしかけたが、結婚指輪は家に置いてきたことを思い出した。

チャーリーは見逃さなかった。「どうかした？」

サムは首を振った。「子供はいるの？」

「いいえ」チャーリーは同じ質問を返そうとはしなかった。「ラスティを殺すために姉さんを呼んだわけじゃないから。いずれラスティは自分でそうしていたはずだもの。心臓の具合がよくないの。トイレで一度ふんばったら終わりみたいなことを、心臓専門医が言っていたくらい。なのにラスティは煙草《たばこ》をやめない。お酒も減らさない。どれほど頑固なろくでなしか、姉さんも知っているでしょう？　だれの言うことも聞かないんだから」

「遺言書を作っていなかったなんて、信じられない」

「姉さんは幸せ？」

唐突で妙な質問だとサムは思った。「それほど悪くないときもあるわ」

チャーリーは足で地面を軽く叩《たた》いた。「姉さんがあの狭苦しいひどい部屋にひとりでいるのかと思うと、すごく悲しくなることがある」

その狭苦しいひどい部屋が三百二十万ドルで売れたことは言わなかった。代わりにこう言った。「ひそかな喜びと共に歯を食いしばるわたしを思い浮かべてみてほしい」

「フラナリー・オコナーね」チャーリーは昔から引用が得意だった。「ガンマは『存在することの習慣　フラナリー・オコナー書簡集』（サリー・フィッツジェラルド編、横山貞子編訳、筑摩書房）を読んでいたわね？　すっかり忘れていた」

　サムは忘れていなかった。ガンマが図書館からこの書簡集を借りてきたときの驚きを、いまも思い出すことができる。ガンマは宗教的象徴をあからさまに軽蔑していたからだ。

「ガンマは死ぬ前に幸せになろうとしていたって、パパが言っていた」チャーリーが言った。「病気だっていうことを知っていたからかもしれない」

　サムはカップのなかの紅茶を見つめた。検視解剖で、ガンマの肺ががんに侵されていたことが発見された。あのとき殺されていなくても、おそらく一年以内に命を落としていただろう。

　ザカライア・カルペッパーは自分の罪を軽くしようとして、その事実を利用した。ガンマといっしょに過ごせたはずの貴重な時間になんの意味もないかのように。

「あなたの面倒を見るように言われたの」サムが言った。「あの日、バスルームで。すごく執拗《しつよう》だった」

「いつもそうだったわよ」

「そうね」サムはティーバッグの糸をカップの縁に垂らした。

　チャーリーが言った。「姉さんがガンマとよく言い争っていたのを覚えている。ふたりがなにを言っているのか、わたしはほとんどわからなかった」チャーリーは、人が話をしているところを表す仕草をした。「姉さんたちはふたつの磁石だってパパが言っていた。互いに充電し合っているみたいだって」

「磁石は充電しないの。その磁極によって、引きつけ合うか、それとも反発するかのどちらか。N極とS極は引きつけ合うけれど、N極同士もしくはS極同士は反発する」サムが説明した。「ラスティが充電という言葉を使ったのだとしたら、ある種の電流のことを言ったんだと思うけれど、磁力が強まると言いたかったんでしょうね」

「わお、さすが姉さん」

「生意気なこと言って」

「ばかなこと言って」

サムとチャーリーの目が合った。どちらも微笑《ほほえ》んでいる。

チャーリーが言った。「フェルミ国立加速器研究所が、がん治療における中性子線治療の手順について研究してる」

妹がその手のことを追いかけていると知って、サムは驚いて言った。「ガンマの書いたものをいくつか持っている。論文よ。出版されていたの」

「ガンマが書いた論文が？」

「すごく古いものよ。一九六〇年代。脚注でガンマの論文に言及しているものはいくつもあったんだけれど、オリジナルのものは見つけられなかった。〈現代物理学の国際データベース〉からダウンロードできたものが、二本だけあったわ」サムはハンドバッグを開き、今朝テターボロ空港でプリントアウトした分厚い書類の束を取り出した。「どうしてこんなものを持ってきたのか、自分でもわからないけれど」ここに来てから妹に向けて発した、もっとも正直な言葉だった。「あなたが持っていたいかもしれないと思ったから――」サムは言葉を切った。火事でほかのものがすべて失われてしまったことは、どちらもよくわかっている。家族の昔のビデオ。成績表。スクラップブック。乳歯。旅行の写真。

残っているガンマの写真は一枚だけだった。野原に立っているところを撮ったスナップ写真。こちらを振り返っているガンマはカメラではなく、その横に立つだれかを見つめている。顔の四分の三が見えていた。黒い眉を吊りあげている。唇は開いている。赤いレンガの家が炎に包まれたとき、この写真はダウンタウンにあるラスティのオフィスの机に飾られていた。

チャーリーは最初の論文のタイトルを読んだ。「『光による星間媒質の濃縮：タランチュラ星雲の観察研究』」鼻を鳴らすような音をたて、次の論文を見た。「『超新星の星周外層における優勢なP過程』」

サムは間違いを悟った。「あなたには理解できないかもしれないけれど、持っているといいでしょう？」

「そうね、ありがとう」その一部でも判読しようとして、チャーリーの視線は文面を追っていた。「ガンマがどれほど頭がいいのかを思い知るたびに、わたしはばかだっていう気になるのよ」

チャーリーの言葉を聞いて、サムは子供のころ、自分もずっとそんなふうに感じていたことをようやく思い出した。ふたりは磁石だったかもしれないが、その磁力は同じではなかった。なんであれサムが知っていることは、ガンマがもっとよく知っていた。

チャーリーが笑った。とりわけ難解な文を読んでいるのだろう。

サムも同じように笑った。

わたしがずっと恋しく思っていたのはこれだろうか？　この思い出？　こういうやりとり？　ガンマといっしょに死んだと思っていた、チャーリーといるときに感じる心地よさ？

チャーリーが言った。「姉さんは本当にガンマによく似ている」論文を折り畳み、かたわらのベンチに置いた。「パパはいまも机にあの写真を飾っている」

あの写真。

サムは以前から焼き増ししたものが欲しかったのだが、頼みを聞いてやっているとラスティに思われるのがいやで、言い出せずにいた。

「ラスティは本当に、銃でふたりも殺した人間をわたしが弁護すると思っているのかしら？」

「思っているわね。でもラスティは、相手がだれであれ、どんなことでもさせられるって考えているから」

「するべきだと思う？」

チャーリーはしばらく考えてから口を開いた。「わたしがいっしょに育ったサムだったら？　多分すると思う。でもそれは、ラスティに対する親近感とかそんなものじゃない。公平じゃないものに対して、きっとわたしと同じように怒りを感じるだろうから。実際、公平じゃないとわたしは思うの。ケリー・ウィルソンをお荷物じゃなくて人間として扱う弁護士は、この百キロ四方にいないから。でもいまのサムだったら？」チャーリーは肩をすくめた。「はっきり言って、わたしはもう姉さんを知らない。姉さんがわたしを知らないように」

サムはその言葉に胸を刺された気がした。それは事実だった。「正しいわ」

「来てほしいって頼んだのは正しかった？」

サムは、答えに窮することに慣れていなかった。「本当はどうしてわたしを呼んだの？」

チャーリーは首を振った。すぐに答えようとはせず、ジーンズについた糸くずをつまみあげた。大きく息を吐くと、折れた鼻が音をたてた。

「ゆうべメリッサに、非常措置を取ってほしいかって訊《き》かれた。それってつまり〝このまま死なせる？　それとも死なせない？　いますぐ答えて〟っていう意味よね。わたしはパニックになった。でもそれは怖かったり、決断できなかったりしたせいじゃない。自分だけで決める権利はわたしにはないって感じていたから」チャーリーは顔をあげてサムを見た。「〝心臓発作は、わたしが立ち向かわなきゃならないことだって思った。煙草とお酒をやめないパパのせいなんだけれど、あれは体のなかの疾患で、内臓に関わることだから、パパが戦えるようにわたしが手助けしなきゃって思った」

アントンとの経験があったから、サムにもその気持ちは理解できた。「わかるわ」

チャーリーのこわばった笑みは、サムの言葉を信じていないことを教えていた。「また爆発しそうになったら、パパとふたりきりで部屋に閉じこめてあげる。ハンドバッグでパパを叩きのめすといいわ」

さっきのことを思い出し、サムは恥ずかしくなった。「わたしの癇癪《かんしゃく》の唯一の取り柄が、怒りに任せて人を叩いたりはしないっていうことだったのに」

「パパだからいいのよ。わたしなんていつも叩いているもの。慣れているわ」

「真面目な話なの」

「わたしのことだって、もう少しで叩くところだったたし」チャーリーの声が高くなった。暗い話を無理やり明るくしようとしている証拠だ。チャーリーが言っているのは、ふたりが最後に会ったときのことだった。彼女とチャーリーのあいだに割って入ったベンの目に浮かんだ恐怖の表情を、サムはいまも覚えていた。

「あのときはごめんなさい。自分でもどうしようもなかったの。あのままだったら、あなたを叩いていたかもしれない。そんなことにならなかったとは言えない。本当に悪かったと思っている」

「わかっている」

「わかっているって」チャーリーは軽い調子で応じたが、その言葉にどういうわけかふたりとも傷ついた。

「わたしはもうあんなふうじゃないから」サムが言った。「以前のわたしを見ていれば、とても信じられないだろうけれど。ここにいるとわたしのなかのいやな部分が顔を出すみたい」

「それならニューヨークに帰ったほうがいい」

妹の言うとおりだとわかっていたが、いまは、チャーリーとこうやって過ごすいまだけは、帰りたくなかった。

サムは紅茶をひと口飲んだ。冷たくなっている。ベンチのうしろの草の上にカップの中身を空けた。「昨日の朝、銃撃が始まったとき、どうして学校にいたのか教えて」

チャーリーは唇を結んだ。「帰るの？　帰らないの？」

「わたしがどうしようと、あなたの答えが変わるわけじゃないでしょう？　真実は真実よ」

「敵とか味方とかがあるわけじゃない。ただ正しいことと間違っていることがあるだけ」

「巧妙な論理ね」

「だってそうだもの」

「顔のあざのことを話してくれるつもりはあるの？」

「どうかしら？」チャーリーは哲学の演習のように、質問を投げ返してきた。また腕を組んでいる。木立に再び視線を向けた。奥歯を嚙《か》みしめている。首の筋が浮きあがっているのが見えた。妹から深い悲しみが伝わってきて、なにがあったのかを話してくれるまでサムは彼女の横に腰かけて抱きしめてやりたくなった。

だがチャーリーは押しのけるだけだろう。

さっきの質問を繰り返した。「昨日の朝、学校でなにをしていたの？」チャーリーに子供はいない。学校に行く必要はないはずだ。それも朝の七時に。「チャーリー？」

チャーリーは軽く肩をすくめた。「わたしの仕事のほとんどは、少年裁判よ。先生からの推薦状をもらうために中学校に行っていたの」

依頼人のためにいかにもチャーリーがしそうなことだったが、その声には偽りの響きがあった。

「銃声が聞こえたとき、わたしたちは教室にいたの。それから助けを求める女性の声がしたから、わたしは助けに行った」

「その女性って？」

「ミス・ヘラーよ。びっくりでしょう? わたしが駆けつけたとき、彼女は幼い少女の横にいた。わたしたち、その子が死ぬのを見たのよ。ルーシー・アレクサンダー。手を握った。冷たかった。そこに駆けつけたときじゃなくて、死んだときね。あっという間に冷たくなるって、知っているでしょう?」

サムは知っていた。

「そのあと」チャーリーは息を吸い、しばらく止めてから吐いた。「ハックがケリーから銃を取りあげた——リボルバーだった。渡すように彼が説得したの」

どういうわけか、サムはうなじの毛が逆立つのを感じた。「ハックってだれ?」

「ミスター・ハッカビー。わたしが会っていた教師よ。依頼人のために。彼はケリーの——」

「メイソン・ハッカビー?」

「ファーストネームは知らない。どうして?」

サムは全身に震えが走るのを感じた。「どんな人?」

チャーリーは関心なさそうに首を振った。「それがどうかした?」

「あなたと同じくらいの背で、砂色の髪、わたしより少し年上で、パイクビル出身、違う?」そのとおりだとチャーリーの顔に書いてあった。「ああ、チャーリー。彼に近づいちゃだめ。知らないの？」

「なにを？」

「メイソンの姉はメアリー＝リン・ハッカビーよ。レイプされたの。男の名前は――なんだったかしら？」サムは記憶をたぐった。「ブリッジ・ギャップに住んでいた、なんとかミッチェル。ケヴィン・ミッチェルっていった？」

チャーリーは首を振り続けている。「どうしてわたし以外のみんながそれを知っているわけ？」

「その男はメアリーをレイプして、彼女は納屋で首を吊ったの。パパがその男を刑務所行きから救った」

チャーリーは不意になにかに気づいたらしく、顔色が変わった。「パパに電話しろって彼が言ったの。ハックだかメイソンだか知らないけど、彼が。ケリーが逮捕されたとき、警察は、なんていうかいかにも警察だったのよ。そうしたらハックが、パパに電話をしてケリーの弁護をするように頼めって」

「ラスティがどういう種類の弁護士なのか、メイソン・ハッカビーは知っていたっていうことね」

チャーリーは明らかに動揺していた。「パパのファイルで写真を見た」

サムも見ていた。「メイソンはあなただって気づいたの？　少年裁判の協力を頼んだときに？」

「それほど話をしたわけじゃないの」チャーリーはまた軽く肩をすくめた。「いろいろなことが起きた。あっという間の出来事だった」

「辛いものを見たわね。幼い少女。それもミス・ヘラーがいたなんて、以前のことを思い出してしまった？」

チャーリーは片方の親指でもう一方の関節を撫《な》でながら、じっと自分の手を見つめている。「辛かった」

「あなたにベンがいてくれてよかった」サムは、さっきチャーリーとベンのあいだに流れた微妙な空気について彼女が話してくれるのを待った。

チャーリーは関節を撫で続けている。「さっき姉さんが頭の穴のことを言ったのは、面白かったわね」

サムは妹の顔を眺めた。チャーリーは話を逸《そ》らす天才だ。「普段は下品な言葉は使わないんだけれど、あの場にはぴったりだったわね」

「姉さんの話し方はママにそっくり。見た目も。立ち方も」チャーリーの声が柔らかくなった。「廊下に立っている姉さんを見たときは、胸のなかにおかしなものを感じた。ほんの一瞬、ガンマかと思ったの」

「わたしも時々、そう思うことがある」サムは認めた。「鏡を見ると――」彼女があまり鏡を見ないのには理由があった。「ガンマの年になったし」

「そうだった。お誕生日、おめでとう」

「ありがとう」

チャーリーはまだ顔をあげようとはしなかった。ひたすら手をいじり続けている。

大人になったふたりはほぼ見知らぬ他人に等しかったが、歳月にも――それがどれほど意地の悪いものだったとしても――隠せないものがあった。チャーリーの肩の曲線。優しげな声。感情をこらえているときに震える唇。折れた鼻。目の下のあざ。以前に見せていたベンといるときの心地よさそうな雰囲気は、明らかに消えてしまっていた。チャーリーは確かになにかを隠している。おそらくはたくさんのことを。けれどそれには理由があることも間違いない。

昨日の朝、チャーリーは死にゆく少女の手を握っていた。そして真夜中になる前に、父親が死ぬかもしれないと知らされた。それは初めてではなく、最後でないことも確かだが、今回だけはサムにメールするようにベンに頼んだ。

チャーリーは、以前にくだした決断を今回はサムにくだしてもらうために彼女を呼んだのではない。

それに、サムに直接連絡してきたわけでもない。子供のころからチャーリーは欲しいものは欲しいと言うが、必要なものを必要だと言ったことは一度もなかった。

サムは再び太陽に顔を向けた。目を閉じる。農家の一階のバスルームの鏡に映る自分の姿が見えた。うしろにガンマがいる。鏡のなかからふたりがこちらを見つめ返していた。**あの子がどこにいようと、しっかりとあの子の手にバトンを渡してほしい。あなたがあの子を見つけるのよ。あの子があなたを見つけるのを待たないで。**

チャーリーが言った。「もう行ったほうがいい」

サムは目を開けた。

「飛行機に乗り遅れたくないでしょう？」

「そのウィルソンという娘と話をしたの？」

「いいえ」チャーリーは体を起こし、目をぬぐった。「知能が低いってハックは言っていた。ＩＱは七十台前半だろうってラスティは考えている」チャーリーは膝に肘をのせ、サムに顔を寄せた。「母親には会った。彼女もあまり頭はよくない。フラナリー・オコナーばりに言うなら、善良な田舎の人間よ。ゆうべはレノーラがホテルに泊まらせたの。罪状認否が終わるまで収監者に面会はできないから、娘に会いたくてたまらないでしょうね」

「それじゃあ、少なくとも心神耗弱は主張できるわけね」サムは言った。「彼女の弁護にっていうことだけれど」

チャーリーは片方の肩をすくめた。「無差別銃撃事件では、それしかないでしょうね。頭がおかしくないのなら、どうしてこんなことをするわけ？」

「彼女はどこに勾留されているの？」

「パイクビルの市刑務所だと思う」

パイクビル。

その名前は胸に刺さったガラスの破片のように感じられた。

「わたしは罪状認否ができないの。目撃者だから。パパが倫理上、気が咎《とが》めたわけじゃない——」チャーリーは首を振った。「とにかく、パパのロースクール時代の教授がいる。

カーター・グレイル。何年か前に引退して、九十歳で、アル中で、世間を憎んでいる。明日は彼に行ってもらえばいいわ」

サムはなんとかベンチから立ちあがった。

チャーリーも立ちあがった。「だめよ、そんなこと」「わたしがやる」

サムはハンドバッグからスタニスラフの名刺と携帯電話を取り出した。メールを送る。

〝正面玄関で〟

「サム、引き受けちゃだめ」チャーリーは子犬のようにサムににじり寄った。「姉さんにさせるわけにはいかない。家に帰って。自分の人生を生きて。いい人間でいて」

サムは妹を見つめた。「シャーロット、自分がどうするべきかを妹に指示されるほど、わたしが変わってしまったとでも思うの？」

チャーリーはサムの頑固さに思わずうめいた。「それならわたしの言うことじゃなくて、自分の直感を信じてよ。ラスティの言うとおりになんてしないで」

スタニスラフから返信が来た。〝五分後に〟

「ラスティのためじゃない」サムはハンドバッグを腕にかけ、杖《つえ》を手に取った。

「なにをしているの？」

「荷物が車のなかなの」〈フォーシーズンズ・ホテル〉に泊まり、明日の朝アトランタのオフィスに寄ってからニューヨークに戻るつもりだった。「警察署まで運転手に連れていってもらってもいいし、あなたといっしょに行ってもいい。あなたが選んで」

「こんなことをしてなんになるの？」チャーリーはゲートまでサムのあとを追ってきた。

「真面目に言っているの。あんなばかなろくでなしに、どうして手を貸そうとするの？」

「さっき、あなたが言ったでしょう？　ケリー・ウィルソンの側にだれもいないのは、公平じゃない」サムはゲートを開けた。「わたしはいまも、公平じゃないことが嫌いなの」

「サム、やめて。お願いだから」

サムは振り返って妹を見つめた。

チャーリーは言った。「姉さんにとって辛いことだってわかっている。ここに戻ってくるのが、流砂で溺れるみたいなものだってことは」

「そんなこと言った覚えはないけれど」

「言わなくてもわかる」チャーリーはサムの腕に手をのせた。「どれほど姉さんを動揺させるのかがわかっていたら、ベンにメールを送ってもらったりしなかったのに」

「わたしの舌がまわらなくなったから、そんなことを言うの？」サムは病院の建物に通じる曲がりくねった舗道を眺めた。「医者の言う限界を真に受けていたら、わたしはいまごろ病院のベッドで死んでいた」

「姉さんにはできないなんて言っていない。やる必要はないんじゃないかって言っているだけ」

「必要があろうとなかろうとどうでもいいの。もう決めたから」この会話を終わらせる方法はひとつしかなかった。サムはチャーリーの前でゲートを閉めて言った。「一件落着」

# 10

チャーリーの運転する車に乗ったサムは、人の運転にひやひやするというのはこういうことなのだと思い知った。チャーリーに乗せてもらうのは初めてだった。チャーリーは車線を変えるときに、バックミラーやサイドミラーにちらりとしか目を向けない。ふんだんにクラクションを使う。そのうえ、もっと速く行け、スピードを落とせ、邪魔をするな、とほかの車に文句を言った。

サムは派手に鼻をかんだ。目がしょぼしょぼする。ステーションワゴンとSUVのハイブリッドのようなチャーリーの車は、湿った干し草と動物のにおいがした。「犬を飼っているの?」

「いま一時的に、グッゲンハイム美術館に貸し出してる」

チャーリーが再び車線を変更したので、サムはダッシュボードをつかんだ。「もう少し長くウィンカーを出してなきゃいけないんじゃない?」

「姉さん、語性錯誤が戻ってきたみたいね」チャーリーが言った。「〝出し、て、な、きゃ、い、け、ない〟って言いたいときに、〝出して、な、き、ゃ、い、け、な、い、ん、じ、ゃ、な、い？〟って言ってる」

サムは笑った。目的地が市刑務所であることを思えば、ふさわしいとは言えない反応だったかもしれない。

ケリー・ウィルソンの弁護のことよりも、チャーリーの顔のあざが示す肉体のダメージとそれ以外のすべてが語る心の傷の理由のほうが気になったが、銃撃犯の弁護という仕事を軽く考えていたわけではない。依頼人と話をすることを考えて緊張するのは、ずいぶんと久しぶりだった。見知らぬ法廷に入っていくことを思うと、さらに不安になった。

サムはチャーリーに言った。「ポートランドでは家庭裁判所が仕事の場だったの。殺人事件の被告人と向かい合わせに座るのは初めてよ」

頭がおかしくなったのではないかというように、チャーリーは用心深いまなざしをサムに向けた。「わたしたちはふたりとも座ったことがあるじゃないの、サミー」

サムは手を振って妹の言葉をいなした。自分の人生をどういうふうに分類しているのかを説明するつもりはない。キッチンでカルペッパー兄弟と向かい合って座っていたサムは、ポートランドで法律家だったサムではない。

「刑事告発を扱ったのはもうずいぶん前よ」サムは言った。

「ただの罪状認否だから。すぐに思い出すわよ」

「そっち側にいたことはないんだって」

「姉さんがまず気がつくのは、裁判官はこびへつらったりしないってことね」

「ポートランドでもそうよ。パトカーですら、〝このくそ野郎〟っていうステッカーを貼ってるくらいだもの」

チャーリーは首を振った。そんなものを見たことは一度もない。「法廷に入る前、わたしはたいてい五分くらい依頼人と過ごせる時間があるの。だいたいの場合、彼らは起訴されたとおりのことをしている。クスリを買ったり、売ったり、使ったり、もっとクスリを手に入れるためになにかを盗んだり、盗んだものを売買したり。わたしは書類を見て、彼らがリハビリ施設か、その手のものに入る資格があるかどうかを確かめ、これからどうなるかを伝えるの。それが彼らの知りたがることだから。これまで何千回と法廷に入ったことがあっても、一連の流れを知りたがる。これからどうなる？　そのあとは？　それから？　同じことを百回説明しても、そのたびごとに何度も何度も訊いてくるのよ」

自分が怪我《けが》をして間もないころに、チャーリーがしてくれたことと似ているとサムは思った。「それって退屈じゃない？」

「依頼人はひどく興奮しているから、このあとなにが起きるのかを知ることで少しは落ち着くんだって、自分に言い聞かせるようにしている」チャーリーが訊いてきた。「どうしてジョージア州の弁護士資格を取ったの？」

いつ、そのことを訊かれるだろうとサムは考えていた。「わたしの会社はアトランタにオフィスがあるの」

「なに言っているのよ。地元の案件を処理する人間はこっちにいるでしょうに。姉さんは数カ月ごとにやってきては、人のあら捜しをしたり細かく指示したりするいやな上司なんだわ」

サムは再び声をあげて笑った。チャーリーの言っていることは、あながち的外れではない。アトランタの責任者はローレンス・ヴァン・ルーンだが、サムは必要とあらばいつでも仕事を引き継げるようにしておきたかった。また、まったく勉強することなく司法試験の会場に行き、合格の確信を持って出てくるのは気分のいいものだった。

「ジョージア州弁護士協会にはオンラインの名簿があるの。わたしの名前はラスティのすぐ上にあって、ラスティは姉さんのすぐ上にある」

サムは三人の名前が並んでいるところを想像した。「ベンもラスティといっしょに仕事をしているの？」

「わたしはパパと仕事をしていないから、〝も〟じゃない。答えはノーよ。ベンはケン・コインの下で働く地方検事補なの」

サムはチャーリーの言葉の冷ややかさに気づかないふりをした。「あなたと対立することはないの？」

「犯罪者は大勢いるもの」チャーリーは窓の外を指さした。「あそこのフィッシュタコスはおいしいのよ」

サムは眉を吊りあげた。道路の片側に、ニューヨークやロサンジェルスで見かけるようなタコスを売るトラックが止まっている。行列は二十人を超えているだろう。もっと長い列ができているトラックもあった。コリアン・バーベキュー、ペリ・ペリ・チキン、フュージョン・オブトゥルージョンと呼ばれているなにか。

サムは訊いた。「ここはどこ？」

「一分ほど前にパイクビルに入った」

サムは思わず心臓の上に手を当てた。境界線に気づかなかった。想像していたように体のなかでなにかうごめくとか、故郷に戻ったことを知らせてくれるはずの恐怖や落胆といった感情が湧いてくることもなかった。

「ベンはここが大好きなんだけれど、わたしはだめ」チャーリーは〈ビアガーデン《Biergarten》〉というレストラン名にふさわしい、いかにもアルプスっぽい造りの建物を指さした。

新しく建っていたのは、そのシャレーだけではなかった。ダウンタウンはまったく見知らぬ町に変わっている。二階、もしくは三階建てのレンガ造りの建物は、上がロフトアパートに、一階は服やアンティークやオリーブオイルや手作りチーズを売る店になっていた。

サムは訊いた。「チーズにあれだけのお金を払う人間がパイクビルにいるの？」

「最初のころは、週末に来る旅行者が買っていた。その後、アトランタから多くの人が引っ越してきたの。引退したベビーブーム世代の人。IT関連の裕福な人間。多くはないけれどゲイの人たちも。ここはもう禁酒郡じゃなくなったのよ。五、六年前に、飲酒にまつわる条例が通過したの」

「保守派の人たちはどう考えているの？」

「郡政委員たちは税基盤を拡大したがっていたから、アルコールを売るレストランを歓迎した。宗教ばかたちは激怒したけれど。いまじゃどこの町角でも覚醒剤は買えるのに、ダックタウンまで行かないと水で薄めたビールは飲めない」チャーリーは赤信号で停止した。

「でも宗教ばかは正しかったのかもしれないって思うの。お酒はすべてを変えた。建築ラッシュが起きたのはちょうどそのころだった。仕事を求めて、アトランタからメキシコ人がやってきた。アップル・シャックには朝から晩まで観光バスが押し寄せた。マリーナはボートを貸したり、パーティーを主催したりしている。リッツ・カールトンはゴルフリゾートを建設中よ。それをいいことと思うか、悪いことと思うかは、そもそもどうしてここに住んでいるかによって変わってくるんでしょうね」

「鼻はだれに折られたの？」

「折れてはいないって言われた」チャーリーは信号に従うことなく右折した。

「訊いたことに答えないのは、わたしに知られたくないから？　それともわたしをいらつかせたいから？」

「それは複雑な質問ね。答えも同じくらい複雑」

「パパの台詞《せりふ》をこのあとも引用するつもりなら、飛び降りるわよ」

チャーリーは車の速度を落とした。

「からかっただけよ」

「わかっている」チャーリーは路肩に車を止めた。ギアをパーキングに入れる。サムに向き直った。「姉さんが来てくれてよかったと思っている。こんな恐ろしい理由ではあったけれど、姉さんに会えてよかった。またこうやって話ができて本当にうれしいの」

「でも?」

「わたしのために、引き受けたりしないで」

サムは、妹の目の下のあざや明らかに軟骨が折れている段のできた鼻を見つめた。「ケリー・ウィルソンの罪状認否とあなたにどういう関係があるわけ?」

「彼女は言い訳にすぎない。わたしの面倒を見る必要なんてないのよ、サム」

「鼻はだれに折られたの?」

チャーリーはいらだったように天を仰いだ。「わたしにブラインドパスを教えようとしたときのことを覚えている?」

「忘れられるはずがないでしょう? あなたって、本当にひどい生徒だった。人の言うことに耳を貸さないんだもの。ためらってばかりだった」

「わたしは何度も振り返った」チャーリーが言った。「それが問題だって姉さんは考えていた。振り返るから、前に走れないんだって」

遠い昔にチャーリーが送ってきた手紙の一節がサムの脳裏に蘇《よみがえ》った――。

〝うしろばかりを見ていたらどちらも前には進めない〟

チャーリーが片手をあげた。「わたしは左利きなの」

「ラスティもそうね」サムが言った。「利き手は遺伝するって思われているけれど、四十ある遺伝子座のひとつをあなたがパパから受け継ぐ可能性は二十五パーセントもなくて――」

チャーリーが鼻を鳴らすような音をたてたので、サムは口をつぐんだ。「わたしが言いたいのは、姉さんは右手でバトンを受け取る方法を教えていたっていうこと」

「だってあなたは第二走者だったもの。それがルールなの。バトンを持つ手は第一走者から右手、左手、右手、左手になる」

「でも、なにが問題なのかを一度も訊いてくれなかった」

「なにが問題なのかをあなたは話そうとしなかったじゃないの」サムは、チャーリーが持ち出した言い訳が理解できなかった。「あなたは第一走者にも第三走者にもなれなかった。フライングの常習者だったし、カーブがとんでもなく下手だった。アンカーになるだけのスピードはあったけれど、あなたはあくまでも先頭を走るタイプだった」

「一番になるためでないと、わたしは必死になって走らないっていう意味？」

「そういうこと」サムはいらだちを覚え始めていた。「第二走者があなたにはもっとも向いていた。爆発的なスピードがあって、チームでいちばん速かった。必要だったのはバトンパスの技術だけ。ちゃんと練習すれば、チンパンジーだって二十メートルのバトンパスはマスターできる。なにが言いたいのか、わたしにはわからないわ。あなただって勝ちたかったんでしょう？」

チャーリーはハンドルを握りしめた。息をするたびに、また鼻が音をたてる。「姉さんに喧嘩《けんか》をふっかけているだけだと思う」

「うまくいっているみたいね」

「ごめん」チャーリーは前を向いた。ギアを入れ、車を発進させる。

サムは訊いた。「もう終わり？」

「そう」

「これって喧嘩なの？」

「違う」

サムはいまの会話を頭のなかで反芻《はんすう》し、腹が立ったいくつものポイントを数えあげていった。「だれかがあなたを無理矢理チームに入れたわけじゃない」

「わかってる。あんなこと言うんじゃなかった。遠い昔のことなのに」

サムはまだいらついていた。「陸上の話じゃないんでしょう?」

「くそっ」チャーリーは速度を落とし、道路の真ん中で車を止めた。「カルペッパーたち」

その言葉がなにを意味するのかを脳が完全に理解するより早く、サムは吐き気を催していた。

正確には、だれをと言うべきだろう。

「あれ、ダニー・カルペッパーのトラックよ」チャーリーが言った。「ザカライアのいちばん下の息子。ダニエルにちなんで名付けられたの」

ダニエル・カルペッパー。

わたしを撃った男。

わたしを生き埋めにした男。

サムの肺から空気がすべて押し出された。

チャーリーの視線をたどらずにはいられなかった。金色のトリムを施したけばけばしい黒のピックアップトラックが、警察署の前の二台分しかない身体障碍者《しょうがいしゃ》用の駐車スペースに止まっている。色のついたリアウィンドウに、〝ダニー〟という文字がきらきらする金色で書かれていた。運転室に四人が乗れるタイプだ。ふたりの若い女性が閉じたドアにもたれて立っていた。どちらもずんぐりした指に煙草をはさんでいる。赤いマニキュア。赤い口紅。濃いアイシャドウ。濃いアイライン。金色に染めた髪。ぴったりした黒いズボン。もっとぴったりしたシャツ。ハイヒール。悪意。憎悪。教養のなさ。

チャーリーが言った。「裏口にまわってもいいわよ」

そうしてほしかった。パイクビルを出ていった理由のリストがあるとしたら、カルペッパー一家はそのいちばん上に来る。「あの人たち、いまでもわたしたちが嘘をついたと思っているの？　ふたりに罪を着せるための大がかりな陰謀だって？」

「もちろんよ。そのためにフェイスブックのアカウントを作ったくらい」

チャーリーが高校を卒業したとき、サムはパイクビルとまだ縁が切れていなかった。カルペッパー家の危険な娘たちのことは、毎月、彼女の耳に入ってきた。事件の夜ダニエルは家にいて、ザカライアはアラバマで働いていたと一家は固く信じていた。ザカライアはラスティに二万ドルの弁護料の借金があったから、クイン家の嘘つきで頭のおかしいふたりの娘が、彼らを陥れたのだと考えていた。

サムは訊いた。「高校にいた子たち？　若く見えるけれど」

「娘か姪《めい》でしょうね。でもみんな同じよ」

彼女たちが近くにいると思うだけで、サムは身震いした。「よく毎日あの人たちを見ていられるわね」

「運のいい日は会わずにすむから」チャーリーは再び言った。「裏にまわるわ」

「いいえ。あんな人たち相手におじけづくわけにはいかない」サムは杖を折り畳むと、ハンドバッグにしまった。「こんなものを使っているところは見せないから」

チャーリーはゆっくりと駐車場に入った。パトカーや犯罪現場捜査班のバンや黒い覆面パトカーなどで、ほとんどのスペースが埋まっている。建物から何十メートルも離れた、駐車場の奥まで車を進めなければならなかった。

チャーリーはエンジンを切った。「あそこまで歩ける？」

「ええ」

チャーリーは動かなかった。「こんなことは言いたくないけど――」

「いいから言って」

「あのあばずれたちの前で転んだら、大笑いされる。それだけじゃすまないかもしれない。そうなったら、彼女たちを殺さなきゃならなくなる」

「そのときはわたしの杖を使って。金属製だから」サムはドアを開けた。アームレストを支えにして車を降りた。

チャーリーは助手席側にまわったが、手を貸すためではなかった。サムの横に立つためだ。ふたり並んでカルペッパーの娘たちのほうへと歩き始めた。

駐車場を風が吹き抜けた。サムは、自分の滑稽さを外から眺めている気がした。アスファルトの上を歩いていると、カウボーイブーツのがちゃがちゃという拍車の音が聞こえたような気がした。カルペッパーの娘たちが目を細くした。チャーリーが顎をあげた。西部劇か、ジョン・ヒューズ（アメリカの映画監督・脚本家）――彼が悲嘆に暮れた中年女を題材にしていたなら――の映画の登場人物になった気がした。

　警察署は、細い窓と天を指すような近未来的な屋根がある、背の低い六〇年代風の合同庁舎のなかにあった。チャーリーが車を止めたのは、ひとつだけ空いていたいちばん奥のスペースだった。歩道にたどり着くには、軽い傾斜地を十二メートルほどのぼらなくてはならない。建物までは三段の階段をあがり、さらにそこから五メートルのツゲの木の通路を歩くと、ようやくガラスのドアにたどり着く。

　その距離を歩くのはなんとかなる。階段をあがるにはチャーリーの助けが必要だった。金属製の手すりがあるから、大丈夫かもしれない。こつは、手すりに体重を預けつつ、ただ手をのせているだけのように見せかけることだ。まず左脚で階段をあがり、右脚を引きあげる。それから右脚が体重を支えてくれることを祈りながら、どうにかして左脚をもう一度持ちあげるのだ。

　サムは髪をかきあげた。

　耳の上にもりあがった皮膚を感じた。

　足を速めた。

　風が再び吹き抜けた。カルペッパーの娘たちの声が聞こえた。背の高いほうがチャーリーとサムのほうに煙草をはじいた。もうひとりに向かって、声を張りあげる。「あのあばずれは、とうとうぶちのめされたみたいだね」

「両目だって。二回やられたってことだね」もうひとりが笑いながら言った。「今度出かけるときは、アイスクリームを持っていくんだね」

サムは右脚の筋肉が震え始めるのを感じた。公園を散歩しているかのように、チャーリーの腕に手をからませる。「生粋のアパラチア人の方言をすっかり忘れていたわ」

チャーリーは笑い、サムの手に手を重ねた。

「なんて？」長身の娘が言った。「なんて言ったの？」

ガラスのドアが勢いよく開いた。

恐ろしげな顔つきの若者が大股で通路を近づいてきた。背は高くないものの、たくましい体つきだ。がちゃがちゃという音は彼が発していたものだとわかった。ベルトと財布をつなぐ鎖が体の横で揺れている。汗染みのできた野球帽や、袖を引きちぎった赤と黒のフランネルシャツ、汚らしい破れたジーンズはいかにも無学の労働者といった風情だ。

ダニー・カルペッパー。ザカライアのいちばん下の息子だ。

父親に瓜二つ《うりふた》だった。

ブーツでどすどすと大きな音をたてながら、三段の階段を跳び跳ねるようにしておりてくる。小さな目がチャーリーをとらえた。手で銃の形を作ると、彼女に照準を合わせるふりをした。

サムは歯を食いしばった。若者のがっしりした体格とザカライア・カルペッパーを重ね合わせまいとした。快楽主義のろくでなし。くわえていた爪楊枝《つまようじ》を口から出すときに、分厚い唇がたてる音。

「おや、だれかと思ったら」ダニーは両手を開いて立ち、ふたりの行く手を遮った。「どこかで見た顔じゃないか」

チャーリーの腕をつかむサムの手に力がこもった。こんな獣に弱みを見せるつもりはない。

「思い出した」彼は指を鳴らした。「親父《おやじ》の裁判のとき、あんたの写真を見たんだった。いまもまだそこに残ったままの弾で、あのときは頭が腫れあがっていたけどな」

サムの爪がチャーリーの腕に食いこんだ。脚がくずおれないことを、体が震えないことを、警察署の外で癇癪が爆発しないことを祈った。

サムは言った。「そこをどいて」

彼はどこうとしなかった。そうする代わりに手を打ち、足を踏み鳴らしながら歌い始めた。「クインの娘がふたり、駐車場に立っている。ひとりは犯され、ひとりは撃たれた」

娘たちが笑いながらはやし立てた。

サムは彼の脇をすり抜けようとしたが、チャーリーは彼女の手をつかんだままその場を動こうとしなかった。チャーリーが言った。「あそこがたたなきゃ、十三歳の少女を犯すのは難しいでしょうね」

若者は鼻を鳴らした。「ふん」

「あんたの父親は、刑務所のお友だちに立たせてもらっているんだろうけれど」

露骨で効果的な侮辱だった。ダニーはチャーリーの顔に指を突きつけた。「警察署の前だからって、おれがライフルでおまえのその汚らしい頭を吹き飛ばせないとでも思うのか？」

「撃つときはごく至近距離からにするのね」サムが言った。「カルペッパーの人間は腕が悪いことで知られているから」

空気を切り裂くような沈黙。

サムは側頭部を指で叩いた。「わたしにとってはありがたかったけれど」

チャーリーが驚いたような笑い声をあげた。ダニー・カルペッパーがわざとぶつかりながら脇を通り過ぎていくまで、チャーリーは笑い続けていた。

「くそったれのあばずれども」ダニー・カルペッパーが娘たちに向かって言った。「家に帰りたいなら、さっさと乗れ」

サムはもう行こうと言うように、チャーリーの腕を引っ張った。チャーリーがこれで満足せず、ダニー・カルペッパーが引き返してくるような痛烈な言葉を口にすることを恐れた。

「行きましょう」サムはさらに強く彼女を引っ張った。「もう充分」

ダニーがトラックの運転席に座ったところで、チャーリーはようやくサムに促されるまま足を動かした。

ふたりは腕を組み、階段へと歩いた。

サムは階段のことを忘れていた。

ダニー・カルペッパーのディーゼル・トラックのエンジン音が背後から聞こえていた。アイドリングを続けている。車に轢《ひ》かれるよりも階段をあがるほうが、労力は必要だ。

サムはチャーリーに言った。「わたし――」

「支えるから」チャーリーはサムに足を止めさせようとしなかった。サムの曲げた肘の下に腕を入れ、彼女が体重をかけられるように支える。「一、二の――」

サムは左脚を振りあげた。チャーリーに体重を預けて右脚を引っ張りあげ、再度左脚を踏み出すと、そこで階段は終わっていた。

奮闘は無駄に終わった。

背後でタイヤのきしる音がした。煙があがる。トラックは、エンジンのうなりとラップミュージックが混じった耳障りな音と共に去っていった。

サムは足を止めて休憩した。入り口まであと一・五メートル。息が切れそうだ。「あの人たち、どうしてここにいたの？　ラスティのせい？」

「もしわたしがパパを刺した犯人を捜す責任者だったなら、まず最初に疑うのはダニー・カルペッパーね」

「でも、警察が尋問していたとは思っていないのね?」

「警察がこの件を真剣に捜査しているとは思えないの。学校での銃撃事件というもっと大きな仕事があるし、パパが殺されそうになったことをたいして気にしていないだろうしね」チャーリーは説明した。「それに殺人容疑で尋問するときに、自分で運転する車で、親戚といっしょに警察に来させたりはしない。ドアを蹴破って、襟首をつかんで引きずり出して、窮地に陥ったことを思い知らせるためにとことん震えあがらせるのが、普通のやり方よ」

「じゃあ、ダニーはたまたまここにいたっていうこと?」

チャーリーは肩をすくめた。「彼は麻薬の売人だもの。しょっちゅうここに来ている」

サムはハンドバッグを開けてティッシュペーパーを捜した。「あのみっともないトラックは、そのお金で買ったのかしら?」

「麻薬で稼いでいるお金は、あんなものじゃない」チャーリーは一方通行を逆走していくトラックを眺めながら言った。「みっともないトラック市場に出まわっているものは、ものすごい値段がつくのよ」

「その記事なら『タイムズ』紙で読んだ」サムはティッシュペーパーで顔の汗をぬぐった。

どうしてダニー・カルペッパーに話しかけたのか、自分でもわからなかった。あんな言葉を口にした理由も説明できない。ニューヨークでは、自分の障害を克服するためにあらゆることをしているというのに、ここではそれを武器として使っている気がした。

ティッシュペーパーをハンドバッグに戻した。「いいわ」

「ケリーはイヤーブックを持っていたの」チャーリーの声は低かった。「イヤーブックっていうのは――」

「知っているわよ」

チャーリーはうなずいた。

杖が必要だったが、サムはチャーリーの手助けなしに三メートルを歩いて戻った。階段の反対側は傾斜していて、芝生の上にベニヤ板が置かれていることに気づいたのはそのときだった。身体障碍者用の傾斜路らしい。

「ひどいところね」サムはつぶやくと、金属製の手すりにもたれて、チャーリーに尋ねた。「どういうこと？」

だれかに聞かれることを恐れているのか、チャーリーは入り口のほうを見た。ささやくような声で言う。「ケリーの部屋にイヤーブックがあった。クローゼットのいちばん上の棚に隠してあったの」

サムは困惑した。事件があったのはつい昨日の朝だ。「パパはもう開示された証拠を見たの?」

　チャーリーの吊りあげた眉が、その出どころを教えていた。サムはため息ともうなり声ともつかない声を漏らした。父親がどんな抜け道を使うのかは知っている。「イヤーブックにはなにが書いてあったの?」

「ひどいことがいっぱい。ケリーは売女《ばいた》で、フットボールチームの選手たちとセックスしていたって」

「高校では別に珍しいことじゃない。女の子って残酷だもの」

「中学よ」チャーリーが訂正した。「五年前、ケリーが十三歳のときのなの。それに残酷なんていう言葉ですむようなものじゃない。びっしり書いてあった。何百人っていう生徒がサインしていた。そのほとんどがおそらくケリーを知らなかったはず」

「『キャリー』のパイクビル版ね。豚の血なしの」そう言ったあとで、サムはわかりきったことに気づいた。「人間の血は流れたけれど」

「そうね」

「それは、減刑要素になるわね。ケリーはいじめられていた。おそらくは疎外されていた。これで死刑を回避できるかもしれない。いい知らせね」サムは言葉を濁した。「パパにとっては」

　チャーリーはさらに言葉を継いだ。「ハックに銃を渡す前、ケリーは廊下でなにかを言った」

「なにを？」声をひそめているせいで、サムの喉が痛んだ。「どうして車のなかにいたときじゃなくて、警察署の外にいるいまになってそんな話をするの？」

チャーリーは片手で入り口を示した。「あのなかは、防弾ガラスの向こうに太った男がひとりいるだけよ」

「答えて、シャーロット」

「車のなかにいたときは、姉さんにむかついていたから」

「わかっていたわよ」サムは手すりをつかんだ。「どうして？」

「そんなことをする必要はないってわたしが言ったにもかかわらず、姉さんがここに来たから。そんなもの見当違いなのに、ガンマに対する義務感からいつもこうしているなんて嘘をついたから。大事なのは罪状認否だなんていうふりをしたから。階段をあがっているときに、これはわたしたちの主導権争いじゃないって気づいたから。ケリーの命がかかっているんだもの。姉さんにはベストを尽くしてもらわなきゃいけない」

サムは背筋を伸ばした。「わたしはいつだって依頼人のためにはベストを尽くしているわよ。受託者責任は真剣に受け止めている」

「これは姉さんが考えているよりも、ずっと複雑なの」

「それなら事実を話して。目をふさがれたまま、あそこに入っていくのはごめんよ」サムは自分の目を示した。「いまだって見えていないのに」

「そういうことをジョークの落ちに使うのはやめたほうがいい」

そのとおりだろう。「ケリーは廊下でなんて言ったの？」

「銃撃のあと、ケリーが廊下に座りこんでいたときなの。警察は銃を捨てさせようとしていた。ケリーの唇が動くのが見えた。ハックはそれを聞いたはずなのに、ＧＢＩには言わなかった。あそこにいた警官も聞いていたのに、やっぱり口をつぐんでいる。わたしはあの場にいて、見ていたけれど聞いていないの。でも彼女が言った言葉に、ハックはひどく動揺した」

サムは細切れの情報に溺れそうな気がしていた。チャーリーはまた十三歳の少女に戻ったように、話をしながら興奮に顔を紅潮させている。「この情報よりも、三十年近く前のリレーで第二走者だったことの不満のほうが重要だったの？」

「ハックのことだけれど、まだあるの」

「続けて」

チャーリーは視線を逸らした。どういうわけか、涙ぐんでいる。

「チャーリー？」サムは自分の目にも涙がこみあげてくるのを感じた。妹が苦しんでいるのを見るのは、昔から耐えられない。「なんなの？」

チャーリーは顔を伏せ、自分の手を見つめた。咳払《せきばら》いをした。「ハックは現場から凶器を持ち出したと思う」

「なんですって？」サムの声が大きくなった。「どうやって？」

「そんな気がするだけ。GBIにそのことを――」

「ちょっと待って。あなた、ジョージア州捜査局に尋問されたの？」

「わたしは目撃者だもの」

「弁護士は同席した？」

「わたしが弁護士」

「チャーリー――」

「わかってる。自分の弁護をするのはばかよね。でも心配しないで。余計なことは言っていないから」

サムはそうでないとは言わなかった。「凶器のありかを知っているかってGBIに訊かれたの？」

「遠回しに。捜査官は手の内を見せないようにするのが上手だった。凶器はリボルバー。おそらく六連発。そのあとハックと電話で話したとき、彼も同じことを訊かれたって言っていた。彼の場合はFBIだったみたいだけど。〝最後に銃を見たのはいつでしたか？ だれが持っていましたか？ 銃はどうなりましたか？〟違うのは、ハックが銃を持ち出したんじゃないかってわたしが感じたこと。ただの勘よ。でもそれはパパには言えない。だってパパが知ったら、ハックを逮捕させるもの。逮捕されるべきだってわかってはいるけれど、彼は正しいことをしようとしたんだし、でもFBIが出てきたとなると、これは重罪で……」チャーリーは深いため息をついた。「これで全部」

危険信号があまりに多すぎて、サムはすべてを把握できないほどだった。「シャーロット、メイソン・ハッカビーと二度と話をしてはだめよ。電話だろうとなんだろうと」

「わかってる」チャーリーはかかとを浮かせて階段に立ち、ふくらはぎを伸ばした。健康な二本の脚でうまくバランスを取っている。「言われなくても、わたしと連絡を取らないようにってハックには伝えたわよ。いい弁護士を雇えとも」

サムは駐車場に目を向けた。保安官の車。パトカー。犯罪現場班のバン。これがラスティが立ち向かおうとしていたことであり、チャーリーが自分自身を巻きこんでしまったことだ。

チャーリーが訊いた。「準備はいい？」

「気持ちが落ち着くまで、少し待ってくれる？」

チャーリーはなにも言わずにうなずいた。

彼女がうなずくだけのことはめったにない。ラスティと同じで、声を出したい、うなずいた理由を説明したい、頭を上下させたことについて解説したいといった衝動を抑えることができないのだ。

いったいなにを隠しているのかとサムが問いつめようとしたとき、チャーリーが言った。

「レノーラがどうしてここに?」

赤いセダンが鋭くハンドルを切って駐車場に入ってくるのが見えた。速度を落とすことなくこちらに向かってくる車のフロントガラスに日光が反射した。車は再び急カーブを切ると、タイヤをきしらせながら止まった。

窓が開き、レノーラが急げというように手を振った。「罪状認否が今日の午後三時からになったわ」

「くそっ。あと一時間半しかないじゃないの」チャーリーはサムに手を貸して急いで階段をおりた。「裁判官はだれ?」

「ライマン。マスコミを避けるために時間を繰りあげたって言っているけれど、もう記者の半分は傍聴席を求めて並んでいる」レノーラは車に乗れと身振りで示した。「ラスティの代理にカーター・グレイルを指名したわよ」

「まずい。グレイルはその手でケリーの首を絞めるわよ」チャーリーは後部座席のドアを開けた。レノーラに告げる。「サムを連れてきて。わたしはグレイルをケリーに近づけないようにして、どういうことになっているのかを調べるから。わたしが走ったほうが速い」

サムは口を開いた。「いったい――」

チャーリーは走っていってしまった。

「カーターは口が軽いの」レノーラが説明した。「ケリーからなにか聞いたら、だれかれとなく喋《しゃべ》りまくるわ」

「裁判官が彼を指名した理由はそれと関係ないと思うけれど」ほかにどうしようもなかったから、サムは仕方なくレノーラの車に乗りこんだ。裁判所は円天井の大きな建物で警察署の真向かいにあったが、道路が一方通行になっているのでぐるりとまわる必要があった。サムの運動機能には制限があったから、赤信号で停止し、裁判所をまわって、再び道路に出なくてはならなかった。

サムは、チャーリーがトラックの脇を駆け抜け、コンクリートの縁石にひらりと飛び乗るのを眺めた。見事な走りだ。腕を畳み、肩を引き、まっすぐ前を見つめている。

顔を背けた。

レノーラに言った。「汚い手を使ってくるのね。罪状認否は明日の朝の予定だったのに」

「ライマンはやりたいようにやるから」レノーラはバックミラー越しにサムを見た。「囚人たちはカーターのことを〝ホリー・グレイル〟（聖杯の意。キリストが最後の晩餐で用いたとされる杯）って呼んでいるの。彼が裁判の前に飲んだなら、無期懲役になるかもしれないわね」

「キリスト教の世界では、それは〝チャリス〟って呼ばれているのよ」

「インディアナ・ジョーンズに電報を打って、そう言っておくわ」レノーラは駐車場から車を出した。

サムは、裁判所の庭を駆け抜けていくチャーリーを見つめていた。低い生け垣を飛び越える。ドアの外には行列ができていたが、その横をすり抜けて一段置きに階段を駆けあがった。「ひとつ訊いてもいい?」

「どうぞ」

「チャーリーはいつからメイソン・ハッカビーと寝ていたの?」

レノーラは唇を結んだ。「そんなことを訊かれるとは思わなかった」

サムもそんなことを訊くつもりではなかった。だがそれですべての筋が通る。チャーリーとベンの距離。メイソン・ハッカビーの話をしたとき、チャーリーが涙ぐんだこと。

レノーラが訊いた。「彼が何者なのか、チャーリーに話した?」

サムはうなずいた。

「それじゃあいま彼女は、最低の気分でしょうね」レノーラは言い添えた。「これまで以上に」

「弁護人がいないからじゃなくて」

「五分前にここに来たばかりの人間にしては、いろいろと知っているじゃないの」

レノーラは裁判所の裏側に車をまわした。配送品の荷おろしをするところだとひと目でわかる場所に車を止めた。

「その傾斜路をあがって。エレベーターが右手にある。一階下におりて、地下に行くのよ。そこが待機場所になっているから。それに」レノーラは振り返った。「昨日ラスティはケリーからなにも聞き出せなかったの。相手が女性なら、ひょっとしたら話すかもしれない。訊きだせることがあるなら、なんだっていいのよ。いまはゼロなんだから」

「了解」サムは杖を伸ばした。車を降りると、足がさっきよりしっかりしているのがわかった。アドレナリンはいつも彼女の味方だ。トイレットペーパーやゴミ箱を運ぶための傾斜路をあがっていくと、怒りが湧き起こった。ゴミ箱から漂う腐った食べ物のにおいが不快だった。

　裁判所の内側は、サムが知っているほかのどの裁判所とも変わりなかった。いつでもカメラの前に立てるようなスーツに身を包んだ、見栄えのいい男女が大勢いることだけが違っている。杖をついているせいで、列の先頭を譲られた。金属探知機の前にふたりの保安官助手が立っていた。サムは身分証明書《ID》を見せ、サインをし、ハンドバッグと杖をX線検査にかけ、弁護士資格証明書を見せた。そうすれば携帯電話を持って入ることが許可されるからだ。金属探知機をくぐると頭に埋めこんだ金属板が反応したので、女性保安官がサムの身体検査をした。

　エレベーターは右手にあった。地下は二階あったが、一階おりろというのがレノーラの指示だったからサムはそのとおりのボタンを押した。エレベーターはスーツ姿の男性でいっぱいだった。サムはいちばん奥に立ち、壁にもたれた。ドアが開くと、男たち全員が脇に寄ってサムを先におろした。

南部を懐かしく思うのはこんなときだ。

「来たわね」チャーリーがドアのそばで待っていた。鼻にティッシュペーパーを当てているのは、走ったせいで出血が始まったからしい。チャーリーは大きく息を吸うと、一気に言った。「姉さんが共同弁護人だってコインに言った。ものすごく喜んで――いなかった。ライマンもね。だからこれ以上、彼をいらだたせないようにして。グレイルはまだケリーと話をしていないって聞いたけど、確認したほうがいいかもしれない。ここに連れてこられてから、ケリーは具合が悪いらしいの。トイレを詰まらせたって。ひどい有様みたいよ」

「どう具合が悪いの？」

「吐いたの。留置場に電話してみたけれど、朝食も昼食もちゃんと食べていた。ほかに具合の悪い人間はいないから、食中毒じゃない。三十分前にここに連れてこられてから、気分が悪くなったみたい。クスリやアルコールが切れたっていうわけでもなさそうだから、精神的なものでしょうね。彼女がモーよ」チャーリーは机の向こう側の年配女性を示した。

「モー、こちらはわたしの姉のサマンサ」

「わたしの机を血で汚さないでね、クイン」モーはキーボードから顔をあげようともせずに言った。IDと証明書を見せろというように指を鳴らす。コンピューターのキーを叩いた。受話器を取った。受付簿を示した。

受付簿はほぼいっぱいだった。サムはいちばん最後、カーター・グレイルの下に名前を書いた。彼がケリーといっしょにいたのは三分に満たないことがわかった。

チャーリーが言った。「ライマンは十二年ほど前からいるの。マリエッタを引退して、ここに来たのよ。手続きについてはものすごくうるさい。スーツケースにワンピースかスカートは入っている？」

「なんのために？」

「いいわ、気にしないで」

「そうみたいね」モーが受話器を置いた。サムに向かって言う。「残りは十七分。グレイルが三分使ったから。彼女とは独房のなかで話してもらわなきゃいけない」

チャーリーはカウンターにこぶしを叩きつけた。「なんでよ、モー？」

「チャーリー、わたしに任せて」サムはモーに告げた。「部屋が用意できないなら、依頼人とふたりきりで話をする時間が取れるまで、罪状認否は延期しなくてはならないと裁判官に言うことになるけれど」

モーはうなった。サムをにらみつけ、前言を撤回するのを待つ。サムに引くつもりがないことがわかると、言った。「あなたは賢い人かと思ったんだけれどね」机の下に手を伸ばし、ブザーを押した。サムにウィンクをする。「部屋は右側。十六分」

チャーリーは宙にこぶしを突きあげたかと思うと、階段に向かって突進していった。その足取りは軽やかで、ほとんど音をたてなかった。

サムは反対側の肩にハンドバッグを移した。杖に寄りかかるようにしてドアを出る。もうひとつのドアの前で足を止めると、背後で最初のドアが閉まり、つかの間狭い空間に閉じこめられた。再度ブザーが鳴って、目の前のドアが開いた。吐瀉物《としゃぶつ》にアルカリ性の汗、尿のアンモニア、そして一日百人ほどの収監者が使うひとつきりの便器が放つ悪臭が入り混じった待機房のにおいが押し寄せてきた。長らく忘れていたにおいだ。

サムは杖を使って進んだ。茶色い水たまりの上を歩く。あふれたトイレをだれも掃除していなかった。待機房にいるのは歯のない老女がひとりだけで、コンクリート製の長いベンチにしゃがみこんでいた。オレンジ色のジャンパーを毛布のようにしてくるまっている。ゆっくりと前後に体を揺らしながら、右手にある閉じたドアのほうに歩いていくサムをしょぼしょぼした目で見つめていた。

サムがノックする前にドアが開いた。現れた女性の保安官助手は不愛想だった。ドアを閉めると、すりガラスに背中を押しつけるようにして立った。「あなたが二番目の弁護士？」

「正確には三番目ね。サマンサ・クインよ」

「ラスティの上の娘ね」

それは質問ではなかったが、サムはうなずいた。

「収監者は、この三十分ほどのあいだに四回吐いた。オレンジクラッカーを一パックと、発砲スチロールのカップでコーラを与えた。医者の治療を受けたいかと訊いたら、いらないと答えた。わたしは十五分後に戻ってくるから」彼女は腕時計を叩いた。「戻ってきたときにわたしの耳に入ったことは、それがなんであれ聞かなかったことにはならない。わかった？」

サムは携帯電話を取り出した。タイマーを十四分にセットする。

「わかり合えてよかった」

彼女はドアを開けた
その部屋はひどく暗くて、サムの目が慣れるまで時間がかかった。椅子が二脚。床にボルトで留められた金属製のテーブル。ほこりまみれの二本のチェーンで吊るされたちかちかまたたく蛍光灯。

ケリー・レネ・ウィルソンはテーブルに突っ伏していた。両手で頭を抱えこんでいる。ドアが開いたのがわかるとすかさず立ちあがり、あたかも気をつけを命じられた兵士のように、胸を張り、両手を体の脇にぴったりとつけた。

サムは言った。「座っていいのよ」

ケリーはサムが座るのを待っている。サムはドアに近いほうの空いている椅子に腰をおろした。テーブルに杖をもたせかけた。ハンドバッグからノートとペンを取り出した。眼鏡を読書用に取り替えた。「わたしはサマンサ・クイン。罪状認否をする弁護士よ。昨日、わたしの父に会ったでしょう？」

ケリーが言った。「あなたの話し方、変」

サムの頬が緩んだ。ニューヨークの人間には南部のなまりがあると言われるが、南部の人間には北部のヤンキーのような話し方に聞こえるらしい。「ニューヨークに住んでいるから」

「足が不自由だから？」

思わず声を出して笑いそうになった。「いいえ。ニューヨークに住んでいるのは、そこが好きだからよ。杖は、脚が疲れたときに使うの」

「あたしのおじいちゃんも杖を使っていたけれど、それは木でできていた」ケリーは淡々としているように見えたが、手錠がかちゃかちゃと音をたてているのは、落ち着きなく脚を揺らしているからだろう。

サムは言った。「怖がらなくていいのよ、ケリー。わたしはあなたの味方だから。あなたをいじめるために来たんじゃないの」ページのいちばん上にケリーの名前と日付を書いた。二重に下線を引いた。胃のなかで蝶《ちょう》がばたついているような妙な感覚があった。「さっきあなたに会いに来た弁護士のミスター・グレイルと話をしたの？」

「いいえ。あたしは気分が悪かったから」

サムはケリーをじっと眺めた。なにか薬物を使っているかのように、話し方がゆっくりだ。オレンジ色のジャンパーの胸に書かれたSの文字から判断するに、大人向けのSサイズのユニフォームなのだろうが、彼女の華奢《きゃしゃ》な体には大きすぎるようだ。顔色が悪い。髪は脂っぽく、吐瀉物がところどころにこびりついている。体つきはほっそりしているが、顔は丸みを帯びて天使のようだった。

ルーシー・アレクサンダーの顔も天使のようだったと、サムは改めて思い出した。

ケリーに訊いた。「なにか薬をもらった？」

「昨日、病院で液体を打たれました」ケリーは右腕の肘の内側に残る赤い点を見せた。

「ここから」

サムはケリーの言葉をそのまま書き記した。診療記録を調べる必要がある。「液体は打たれたけれど、薬はもらっていないということ？」

「はい。そう言われました。わたしはショックを受けているからって」

「ショック？」サムは確認した。

ケリーはうなずいた。「はい」

「いまも、これまでも、違法な薬はやっていないのね？」

「違法な薬？　やってません。よくないことだもの」

サムは再び彼女の言葉を書き留めた。「いまの気分はどうかしら？」

「悪くないと思う。前ほどひどくないです」

サムは読書用眼鏡の上からケリー・ウィルソンを眺めた。両手をテーブルの下でしっかりと握りしめている。背中を丸めているせいで、いっそう小さく見えた。体の両脇から赤いプラスチックの椅子がのぞいていた。「大丈夫だっていうことね？」

「すごく怖い。ここには意地悪な人がいるから」

「いちばんいいのは無視することよ」サムはケリーの外観について、いくつかメモを取った。汚れて、だらしなく見える。爪を嚙んでいる。甘皮には乾いた血がこびりついている。

「お腹《なか》の具合はどう？」

「この時間はちょっと変なだけです」

「〝この時間〟」サムはメモを取り、いまの時刻を書き留めた。「昨日も気分が悪かったの？」

「はい、でもだれにも言わなかった。こんなふうになってもいつもは自然に収まるから。でもあそこにいる女の人は親切で、クラッカーをくれたの」

サムはノートに視線を落としたままでいた。ケリーを見たくなかった。そのたびごとに、望みもしないのに彼女に対して優しい気持ちになってしまうからだ。彼女は殺人者のイメージにそぐわない。もちろん、銃乱射事件の犯人には見えない。だが、ザカライアとダニエルのカルペッパー兄弟のせいで、わたしの心には誤ったイメージが植えつけられているのかもしれない。現実は、どんな人間でも人殺しになりえる。

サムは言った。「わたしは父のラスティ・クインの具合がよくなるまで、手伝うことになっているの。入院しているって聞いたかしら？」

「はい。留置場の看守の人たちが話してました。ミスター・ラスティが刺されたって」

看守たちがラスティを褒めていたはずはないとサムは思った。「ミスター・ラスティはあなたのご両親ではなくて、あなたのために働くって言っていた？　あなたが話したことはだれにも言わないって聞いた？」

「それが法律だって。ミスター・ラスティは、わたしが話したことはだれにも言っちゃいけないんだって言ってました」

「そのとおりよ。それはわたしも同じ。わたしたちふたりには守秘義務があるの。あなたはわたしに話をしても大丈夫だし、わたしは聞いたことをミスター・ラスティと話し合うこともできる。でもあなたの秘密はほかのだれにも話さない」

「そんなふうにほかの人の秘密を知るのって、辛くないですか？」

サムはその質問に心がなごむのを感じた。「そういうこともあるけれど、でもそれも仕事の一部だから。弁護士になるって決めたときに、秘密を守る必要があることはわかっていたの」

「弁護士になるためには、たくさん学校に行かなきゃいけなかったんでしょうね」

「そうね」サムは携帯電話を見た。普段は一時間単位で支払いを請求している。短い時間で話を進めるのは慣れていなかった。「ミスター・ラスティは、罪状認否がなにかを説明した？」

「裁判じゃないんですよね」

「そうよ」サムは子供に対するような口調で話していることに気づいた。彼女は十八歳だ。八歳ではない。

ルーシー・アレクサンダーは八歳だった。

サムは咳払いをした。

「ほとんどの場合、逮捕から四十八時間以内に罪状認否を行うことを法律は定めているの。その時点で、事件は捜査案件から法廷での刑事裁判になる。被告人――あなたのことね――の前で起訴状を読みあげて被疑事実を告知し、あなたに最初の申し立てをする機会を与えるの。ずいぶん複雑そうに聞こえるけれど、実際は全部終わるまで十分とかからないわ」

ケリーは目をしばたたいた。

「わたしの言ったこと、わかったかしら？」

「ずいぶん早口なんですね」普通の人のように話すためにサムは何百時間もの訓練を積んできたが、いまは話す速度を落とすことに集中しなければならなかった。「罪状認否には、警察官も証人も呼ばれない。わかった？」

ケリーはうなずいた。

「証拠も開示されない。あなたが有罪か無罪かは決定されない」

ケリーは待っている。

「裁判官は公訴事実についてのあなたの申し立てを求める。わたしがあなたに代わって無罪だと答弁する。これは、もしそうしたければあとから修正できる」サムは言葉を切った。また話す速度があがり始めたことに気がついた。「それから裁判官と検事とわたしとで、裁判の日程や動議やそのほかのことを話し合う。父のミスター・ラスティが回復してから行われるように要請するつもりよ。おそらく来週のどこかになるでしょうね。そのあいだ、あなたはなにも言わなくていいの。わたしが代わりに話すから。わかった？」

ケリーが言った。「あなたのお父さんに、だれとも話すなって言われました。だからなにも言わなかった。看守の人たちに、気分が悪いって言っただけ」背中がさらに丸くなった。「でもさっきも言ったけど、あの人たち優しかった。ここの人はみんなとてもよくしてくれる」

「何人かの意地の悪い人は別として？」

「はい。意地の悪い人が何人かいるんです」

サムはノートに目を落とした。ラスティの言うとおりだ。ケリーは人の言葉に流されやすい。自分がいま、どれほどの窮地に立たされているのかを理解していないようだ。精神面での責任能力鑑定を行うべきだろう。無料で引き受けてくれる人間をニューヨークで見つけられるはずだとサムは考えた。

「ミス・クイン？ 訊いてもいいですか？ ママとパパはわたしがここにいることを知っていますか？」

「ええ」この二十四時間、ケリーはなにも知らされていなかったのだとサムは悟った。

「罪状認否が終わるまで、ご両親はあなたに面会できないの。でもふたりとも、とてもあなたに会いたがっているわ」

「こんなことになって、すごく怒ってますか？」

「心配しているわよ」サムには憶測することしかできなかった。「ふたりともあなたをとても愛しているのよ。きっといっしょに乗り越えられる。どんなことになっても」

ケリーの唇が震えた。涙がこぼれた。「わたしもパパとママを愛している」

サムは椅子の背にもたれた。ダグラス・ピンクマンのことを思った。陸上競技会のたびに応援に来てくれた。高校にあがってからも。実の父親よりも頻繁に、足を運んでくれた。

　そしていまサムは、彼を殺した娘と向かい合って座っている。

　サムは言った。「ご両親は上の法廷にいるはずだけれど、触ることはできないし、挨拶以外は話もできない」法廷にカメラがないことを願った。ケリーの両親にはあらかじめ警告しておく必要がある。「留置場に戻ったら、そこでご両親に会えるわ。でも、相手がご両親であれ、ほかのだれであれ、留置場にいるあいだにあなたが口にしたことはすべて録音されていることを忘れないで。面会室でも電話でも、いつもだれかが聞いているの。昨日起きたことは、だれにも話してはだめ。わかった？」

「はい。でも訊いていいですか？　あたしは厄介なことになってるんですか？」

　そこに狡猾《こうかつ》さは浮かんでいるだろうかと、サムは彼女の顔を見つめた。「ケリー、昨日の朝、なにがあったのかを覚えている？」

「はい。あたしはふたりの人間を殺しました。銃があたしの手のなかにあった」

　サムは後悔の念を探した。

　見当たらない。

　まるで、ほかの人間の身に起きたことを話しているようだ。

「どうして……」どういう尋ね方をするべきだろうとサムは考えた。「ルーシー・アレクサンダーを知っていたの？」

「いいえ。すごく小さかったから、小学生だったんだろうと思います」

サムは口を開き、息を吸った。「ミスター・ピンクマンは？」

「悪い人じゃないってみんなは言うけど、あたしは校長先生のオフィスに呼び出されたことはなかった」

被害者はだれでもよかったのだという事実は、どういうわけか事態をいっそう悪くするように思わせた。「それじゃあ、ミスター・ピンクマンとルーシー・アレクサンダーはふたりとも、たまたま都合の悪いときに廊下にいたということね？」

「多分」ケリーが答えた。「さっきも言ったけど、銃はあたしの手のなかにあって、ミスター・ハッカビーがそれを自分のズボンに入れたんです」

サムは胸のなかで心臓が震えるのを感じた。電話のタイマーを見た。ドアに人影が映っていないことを確かめた。「そのことを父にも話した？」

「いいえ。昨日、お父さんにはあんまり話をしてないんです。病院に連れていかれたから、どうしようって思っていたし、お腹が痛かったし、あたしをひと晩泊めるっていう話が聞こえてきて、そんなことになったらすごくお金がかかるってわかっていたから」

サムはノートを閉じた。ペンにキャップをはめた。眼鏡を普通のものに変えた。

サムは珍しい立場に立たされることになった。被告側弁護士は、嘘をつくことがわかっている証人を証言台に立たせることができない。弁護士が、依頼人から偽りのない真実を聞きたがらないのは、それが理由だ。偽りのない真実が弁護に役立つことはめったにない。

サムはケリーから聞いたことをだれにも話さない代わりに、証人を召喚したり、反対尋問をすることもない。そうすれば、彼女は自由に動けるからだ。ケリーとの会話から都合の悪い部分は省略してラスティに伝え、あとは彼に任せればいい。

ケリーが言った。「シェーン伯父さんが病院で死んだけど、残された家族は家を出ていかなきゃならなかった。ものすごくお金がかかったから」

「あなたの治療費は請求されないわ」

ケリーは微笑んだ。小さな白いビーズのような歯が見えた。「ママたちはそのことを知っていますか？　ほっとすると思います」

「必ず伝えるわね」

「ありがとうございます、ミス・クイン。あなたにもお父さんにもすごく感謝してます」

サムは指のあいだでペンを転がした。ゆうべのニュースを思い出した。「中学校に防犯カメラがあることを知っていた？」

「はい。廊下にひとつずつ。フロントオフィスの近くのやつは壊れているし、あるところから先はほとんど映りませんけど」

「死角があるの？」

「それがあるかどうかは知りませんけど、廊下の真ん中へんから先は全部が見えないんです」

「どうしてそんなことを知っているの？」

ケリーは細い肩をすくめ、しばらくそのままにしていたあと、元に戻した。「みんな知ってます」

「ケリー、学校に友だちはいる？」

「知ってる人っていうことですか？」

サムはうなずいた。「そうよ」

「ほとんど全員を知っていると思います。学校にはずいぶん長いあいだ通っているから」

ケリーは再び笑みを浮かべた。「弁護士になるほど長くはないですけど」

サムも思わず笑みを返していた。「特に親しかった人は？」

ケリーの頰が真っ赤に染まった。

その意味はわかっていた。サムはノートを開いた。「彼の名前を教えて。だれにも言わないから」

「アダム・ハンフリー」ケリーはその少年のことを話したくて仕方ないようだった。「髪と目は茶色で、それほど背は高くないけれどカマロに乗っているんです。でもあたしたちは付き合ってるわけじゃない。どういう形でも」

「わかったわ。女の友だちは？　だれかいる？」

「いいえ。家に呼ぶような親しい友だちはいません」そう言ったところで、思い出したようだった。「小学校のときにはリディア・フィリップスがいたけれど、お父さんの仕事の関係で引っ越しちゃった」

サムはノートに書き留めた。「先生はどうだったの？」

「えーと、ミスター・ハッカビーは、前は歴史を教えてくれてましたけど、いまは習ってません。ドクター・ジョディは、先週休んだ分の補習をするって言ってたけど、まだしてもらってません。ミスター・ピンクマンは――」

ケリーはさっと顔を伏せた。

サムはメモを取り終え、ペンを置いた。ケリーをじっと観察する。

ケリーは動かない。

「ミスター・ピンクマンには英語を教わっていたの？」

ケリーは答えなかった。顔を伏せたままだ。顔は髪に隠れていた。鼻をすする音が聞こえた。肩が震え始めた。泣いている。

「ケリー、どうして泣いているの？」

「ミスター・ピンクマンは悪い人じゃなかったんです」ケリーはまた鼻をすすった。「それにあの子はほんの赤ちゃんだった」

サムは両手を組み、テーブルに肘をついた。「昨日の朝、あなたはどうして中学校にいたのかしら？」

「それは」

「それは、なに？」

「パパのグローブボックスから銃を持ってきたから」鼻をすする。「ふたりを殺したとき、銃はあたしの手のなかにあった」

サムのなかの検察官はもっと追及したがったが、ケリーを動揺させるためにここに来たわけではない。「ケリー、何度も言われてうんざりしているかもしれないけれど、大切なことなの。いまわたしに話したことは、絶対にだれにも言ってはだめよ。わかった？ご両親にも、友だちにも、知らない人にも。とりわけ、留置場で会った人には」

「あの人たちは友だちじゃないって、ミスター・ラスティが言っていました」顔を隠す豊かな髪に遮られ、ケリーの声はくぐもって聞こえた。「自分たちが助かるために、あたしを困らせるかもしれないって」

「そのとおりよ。ここで会う人のなかにあなたの友だちはいない。看守も、いっしょにいる収監者も、管理人も、みんな違う」

ケリーは鼻をすすった。テーブルの下でまた手錠が音をたてた。「だれにも話しません。あたしだけの秘密にします」

サムはハンドバッグから残りのティッシュペーパーを取り出して、ケリーに渡した。

「わたしが先にご両親に会って、なにがあったのかをあなたに尋ねないように言っておくわね」

ラスティがすでにウィルソン夫妻にその話はしているだろうと思ったが、町を出る前に自分の口から言っておくつもりだった。「昨日のことは、あなたとわたしだけの秘密よ。いいわね？」

ケリーはまた鼻をすすった。「はい」

「鼻をかんで」サムは、ケリーが言われたとおりにするのを待った。「アダム・ハンフリーのことを話してちょうだい。学校で会ったの？」

ケリーは首を振った。顔はまだ伏せたままだったから、サムに見えるのは頭頂部だけだった。

「アダムとは出かけた先であったのかしら？　たとえば映画とか教会とか？」

ケリーはまた首を振った。

「クローゼットにあったイヤーブックのことを話してちょうだい」

ケリーはさっと顔をあげた。怒っているのかと思ったが、そこに浮かんでいたのは不安の表情だった。「お願いだから、だれにも言わないで」

「言わないわ」サムは断言した。「言ったでしょう？　ここで話したことはふたりだけの秘密なの」

ケリーはティッシュペーパーを手に持ったまま、袖で洟《はな》をぬぐった。

「あの人たちはどうしてあんなことを書いたのか、教えてくれる?」

「あれは悪いことだから」

「あの人たちが書いていた行為そのものは悪いことだとは思わない。でもああいった言葉を書いた人は、意地悪ね」

ケリーは当惑しているようだ。無理もないとサムは思った。だが十八歳の連続殺人犯にフェミニズムについて講義している暇はない。

「あの人たちはどうしてあんなことを書いたのかしら?」

「わからない。みんなに訊いてください」

「あそこに書いてあったことは本当なの?」

ケリーはテーブルに視線を落とした。「書いてあったとおりじゃないけど、似たようなことはあったかもしれない」

サムはその言葉を頭のなかで反芻した。ケリーは曖昧な言い方ができないほど、頭が悪いわけではなさそうだ。「いじめられて、腹が立った?」

「いいえ。でも傷つきました。だってあれはプライベートなことだし、書いていたのはほとんど知らない人だったから。でもずいぶん前の話だし、だいたいはもう卒業していると思います」

「お母さんはあのイヤーブックを見たの?」

ケリーは目を見開いた。今度は怯《おび》えている。「お願いだからママには見せないで」

「見せないわ」サムは約束した。「あなたが話してくれたことは、ここだけの秘密だって言ったことを覚えているでしょう？」

「いいえ」

サムは左のまぶたがちくりと痛むのを感じた。「ここに入ってきたとき、わたしは自分がだれなのかを名乗って、父といっしょに働いていると言った。わたしたちにはふたりとも守秘義務があるって」

「その最後のところは覚えてません」

「守秘義務っていうのは、あなたの秘密をだれにも話さないっていうことよ」

「ああ、そうか、わかりました。それならお父さんも言ってました。秘密については」

サムは時間を確かめた。あと四分。「ケリー、昨日の朝の銃撃の直後、ミスター・ハッカビーがリボルバーを渡すようにあなたを説得していたとき、あなたはなにか言ったそうね。ミスター・ハッカビーと、おそらくは警官もひとりそれを聞いている。なにを言ったのか、覚えている？」

「いいえ。あのときは話すような気分じゃなかったから」

「でもなにかを言ったの」サムは繰り返した。「警官が聞いている。ミスター・ハッカビーも聞いている」

「そうですか」ケリーはゆっくりとうなずいた。「それじゃあ、なにか言いました」ケリーが一瞬のうちに証言を翻したので、サムは驚いた。「なにを言ったのか、覚えている？」

「わかりません。なにを言ったのかは覚えてない」

サムは、ケリーがどうにかして自分を喜ばせようとしているのを感じた。そこで、違う角度から尋ねてみることにした。「ケリー、あなたは昨日の朝、廊下で、ミスター・ハッカビーと警察官にロッカーは青色だって言った？」

「はい」ケリーはサムの言葉に食いついた。「青色です」

サムはうなずき、さらに言った。「そうね、青色ね。でも、あのときあなたはそう言ったの？ ロッカーは青色だって、実際にふたりに言ったの？ それがミスター・ハッカビーと警察官にあなたが言ったこと？ ロッカーは青色だって？」

ケリーもいっしょになってうなずいた。「はい、そう言いました」

彼女が嘘をついていることはわかっていた。昨日のちょうどいまごろ、ケリー・ウィルソンはふたりの人間を射殺していた。昔の教師が、凶器を渡すように彼女を説得していた。警察官が彼女の頭に銃で狙いをつけていた。学校の内装を話題にする余裕はケリーにはなかったはずだ。

「ロッカーは青色だとふたりに言ったことを覚えているのね？」

「はい」ケリーは嘘発見器にかけられても大丈夫だと言わんばかりに、自信たっぷりに見えた。

「わかった。あそこにはミスター・ハッカビーがいたわね」サムは、どこまで追求すべきだろうと考えながら口を開いた。「ミスター・ピンクマンもいたわ。ほかにはだれかいたかしら？　あなたが見たことのない人は？」

「デビルのシャツを着た女の人」ケリーは自分の胸を示しながら言った。「デビルは青いマスクをつけていて、〝デビルズ《Devils》〟っていう文字があった」

ニューヨークで悲惨な別れ方をしたあと、チャーリーの荷物をまとめたときのことをサムはいまも覚えていた。チャーリーのTシャツにはどれも、様々な種類のデューク・ブルー・デビルズ（デューク大学のバスケットボール部）のロゴがついていた。

「デビルズシャツの女の人だけれど、その人はだれかを傷つけたかしら？」

「いいえ。その人はミセス・ピンクマンの向かい側に座って、自分の手を見ていました」

「彼女がだれも傷つけていないのは確かなのね？」サムは毅然《きぜん》とした口調で訊いた。「これはとても大切なことなのよ、ケリー。デビルズシャツを着たその女性がだれかを傷つけたのなら、そう言ってちょうだい」

「ええと」ケリーは手掛かりを探すように、サムの顔を見つめた。「あたしは座っていたので、その人がなにかしたかどうかはわかりません」

サムはひどくゆっくりとうなずいた。「座っていたとしても、あなたはデビルズシャツの女性がだれかを傷つけたところを見たと思う。あなたが見たという証拠があるのよ、ケリー。嘘をついても無駄よ」

ケリーは再び自信なさげな顔つきになった。「嘘をつくつもりはありません。あなたはあたしを助けようとしてくれているんだし」

サムは声に力をこめた。「それなら本当のことを言ってちょうだい。あなたはデビルズシャツの女性がだれかを傷つけるのを見たのね」

「はい」ケリーはうなずいた。「よく考えてみたら、その人はだれかを傷つけたかもしれない」

「あなたのことも？」

ケリーはためらった。助言を求めるように、サムの顔を探る。「かもしれない」

「〝かもしれない〟じゃあなたを助けられないのよ、ケリー」サムはさらに追い打ちをかけた。「あなたは、廊下にいた青いデビルズシャツの女性がだれかを傷つけるところを見た」

「はい」ケリーは徐々に自信をつけてきているようだった。そうすることで気持ちがはっきりするとでもいうように、しきりにうなずいている。「そうです、見ました」

「デビルズシャツの女性はミセス・ピンクマンを傷つけたの？」サムは身を乗り出した。

「ミセス・ピンクマンはすぐそこにいた。そうね、ケリー？　あなたはついいましがたそう言った。デビルズシャツの女性はミセス・ピンクマンを傷つけたと思う？」

「そう思います」ケリーはうなずき続けている。それができあがったパターンだった。最初はサムの言葉を否定する。次にそうだったかもしれないと言い、その後、それが事実だと認める。サムは威厳たっぷりに話し、答えを教え、何度かうなずき、彼女から嘘が返ってくるのを待つだけでいい。

「目撃者の証言によれば、ケリー、あなたはデビルズシャツの女性がしたことを見ているの」

「はい。それがあたしの見たことです。その人がミセス・ピンクマンを傷つけた」

「どうやって傷つけたのかしら？」サムはケリーがなにか考えつくように、両手をひらひらさせてみせた。「蹴ったの？　殴ったの？」

「引っぱたいたんです」

サムは宙に浮かせた自分の手を見た。その動きがケリーにヒントを与えたことは間違いない。「デビルズシャツの女性がミセス・ピンクマンを引っぱたくところを確かに見たのね？」

「はい、そうです。その人はミセス・ピンクマンの顔を引っぱたいて、あたしが座っているところでもその音が聞こえました」

サムは自分がどれほどひどい嘘をついたかに気づいた。深く考えることもなく、実の妹を暴行犯にしてしまったのだ。「つまりあなたは、デビルズシャツの女性がミセス・ピンクマンの顔を引っぱたくところを、その目で見たということね？」

ケリーはうなずき続けている。目には涙が浮かんでいた。彼女は明らかにサムを喜ばせようとしている。あたかもそうすることで、この悪夢から抜け出す秘密の鍵が開くとでもいうように。

ケリーはつぶやくように言った。「ごめんなさい」

「いいのよ」サムはそれ以上追及するのをやめた。確かめたかったことは、ここまでで証明できた。ふさわしい口調で、ふさわしい誘導尋問をすれば、チャーリーがジュディス・ピンクマンを素手で絞め殺したとケリー・ウィルソンは答えるだろう。

ケリーはとても暗示にかかりやすい。催眠術にもかかるだろう。

サムは時計を見た。残るは九十秒。プラス一分というところだろうか。「ミスター・ラスティと会う前に、警察はあなたと話をしたの？」

「はい。病院で」

「あなたと話をする前に、警官はミランダ警告をした？」ケリーが理解していないことがわかったので、サムはさらに言った。「〝あなたには黙秘権があり、弁護士と話をする権利がある〟って言われた？　警官はそういうことを言った？」

「いいえ、病院では言われなかった。テレビで見たことがあるから、言われていたら覚えています」

サムは再び机に身を乗り出した。「ケリー、これはとても大切なことなの。わたしの父と話をする前に、あなたは警察になにか言ったの？」

「年配の男の人は、ずっとあたしに話し続けていました。病院に行く救急車にもあたしといっしょに乗って、あたしが大丈夫かどうか確かめるために病室にもずっといてくれたんです」

その男がケリーの健康状態を気にしていたとは思えなかった。「その男性に訊かれたことに答えたの？　彼はあなたを尋問したの？」

「わかりません」

「彼と話をしているとき、あなたは手錠をされていた？」

「救急車のなかで？」

「そうよ」

「それなら、されてない。されてないと思います」

「いつ手錠をされたのか覚えている？」

「いつか」

サムは部屋の向こうにペンを放り投げたくなった。「ケリー、大事なことなのよ。思い出してちょうだい。父からどんな質問にも答えるなって言われる前に、警察は病院であなたを尋問したの？」

「ごめんなさい。昨日のことはあんまり覚えていないんです」

「でもその年配の男性はずっとあなたといっしょにいたのね？」

「はい。その人がトイレに行ったときは代わりの警官が来て、あたしといっしょに座っていました」

「年配の男性は警察官の制服を着ていた？」

「いいえ、スーツにネクタイでした」

「名前を言った？」

「いいえ」

「いつミランダ警告を――いつ警察官が〝あなたには黙秘権があり、弁護士と話をする権利がある〟って言ったのか、思い出せる？」サムは待った。「ケリー、いつこう言われたのか、覚えている？」

ケリーはこれが重要なのだということはわかったようだ。「今朝、留置場に向かうパトカーのなかだったかも」

「病院ではなかったのね？」

「はい。今朝のいつかです。でもはっきりとはわからない」

サムは椅子の背にもたれた。もう一度最初から考えてみた。ケリーが今朝までミランダ警告を受けていなかったのだとしたら、それ以前に彼女が言ったことは法廷では証拠として認められない。「あなたが初めて権利を教えられたのは、今朝で間違いないのね？」

「年配の男の人がそれを言ったのは今朝です」ケリーは細い肩をすくめた。「もしその前に言っていたとしたら、ビデオに映っているはずです」

「ビデオって？」

「病院で撮影したビデオです」

# 11

サムは弁護席にひとりで座っていた。ハンドバッグは床の上だ。杖は折り畳んでそのなかだった。少なくとも百人の傍聴人が背後に座っていることには気づかないふりをして、ケリー・ウィルソンに接見したときのメモに改めて目を通した。傍聴人のほとんどが地元の人間であることに疑いの余地はない。彼らの激しい怒りが熱となって伝わってきて、サムの背中を汗が伝った。

あのなかのひとりが、ラスティを刺した犯人かもしれない。怒りに満ちたささやき声から判断するに、彼女のことも喜んで刺そうとする人間は大勢いそうだ。

ケン・コインが手を口に当てて咳をした。郡の検事は仲間たちと窮屈そうに並んで座っている。締まりのない顔をした若い男が補佐につき、さらに箒《ほうき》のようなひげを生やした年配の男と金髪の若い女性がいた。ニューヨークであれば、こういうタイプの女性は仕立てのいいスーツに高価なハイヒールを履いているものだが、彼女はどちらかというと修道女を連想させる装いだった。

　コインが再び咳払いをした。自分を見てもらいたがっているのはわかっていたが、サムは顔をあげなかった。おざなりに交わした握手だけで充分だ。ダニエル・カルペッパーを殺したことをサムに感謝されるべきだと考えているのかもしれないが、その汚いやり口ですべては帳消しになっている。サムはパイクビルの住人ではないし、もう戻ってくるつもりもない。この卑怯《ひきょう》で陰険なろくでなしに親近感を抱いているふりをする必要はなかった。コインのような検事がいるせいで、人々はすべての検事に嫌悪感を抱くことになる。彼は罪状認否を使ってサムを振りまわしただけでなく、病院でビデオを撮影していたのだ。

　その内容によっては、ケリー・ウィルソンは絞首刑になるかもしれない。

　彼女がなにを喋ったのかはわからない。だがケリーと会ったわずかな時間でわかったことは、誘導の仕方次第で彼女は、エイブラハム・リンカーン暗殺すら認めるだろうということだった。法律的に言えば、ラスティにできるもっとも有効な手段は、そのビデオには証拠能力がないと申し立てることだろう。記録されている質問に答える前にミランダ警告を受けていなければ、もしくは彼女が自分の権利を理解していないことが明らかであれば、そのビデオを陪審員に見せるべきではない。

　厳密に解釈すれば、そういうことになる。

　だがこれは法律事項だ。必ず抜け穴がある。

ケリーは自主的に供述をしたのだから、ミランダ警告は意味がないとケン・コインは主張するだろう。だがそこには大きなハードルが立ちはだかっている。ビデオを証拠として採用するためには、証言が記録されたときケリーは警察に拘留されていなかったと、一般人——ありがたいことにケリー・ウィルソン本人ではなく——が認めるであろうことを、コインは証明しなくてはならない。もし自分が逮捕されたとケリーが考えていて、すぐにも手錠をかけられ、指紋を取られ、写真を撮られると思っていたとすれば、権利を告げている必要がある。

つまりは、ミランダ警告がなければ、ビデオを陪審員に見せることはできない。少なくとも、そうなるべきだ。

法制度にはほかにも弱い点があって、裁判官の気分がそのひとつだ。裁判官席にいるのが、完全に公平な人間であることはめったにない。検事側、もしくは弁護側のどちらかに偏りがちだ。また控訴されるのが好きな裁判官はいないが、裁判が地方裁判所から、控訴裁判所、最高裁判所とあがっていくにつれ、間違いがあったと被告側が主張するのは難しくなっていく。

どの裁判官も、下の裁判所での判決を覆すことを好まない。

サムはノートを閉じた。うしろを振り返る。ウィルソン夫妻はレノーラと並んで座っていた。夫妻とは、一般の傍聴人が法廷に入ってくる前にほんの五分足らず話をしただけだ。

サムが殺人犯の両親と視線を合わせると、カメラマンたちが一斉にシャッターを切った。法廷でのビデオ撮影は禁止されているが、あらゆる瞬間を自分のペンで記録しようとする記者が大勢いた。

安心させるように微笑むのにふさわしい場面ではなかったから、サムはアヴァに、それからエリーに向かってうなずいた。ふたりともうなずき返してきた。奥歯を嚙みしめるようにして、互いを支え合っている。ハンガーにかかっていたときのしわや畳み跡が袖や肩のあたりに残っていて、ふたりの服が新しいものであることがすぐにわかった。サムからケリーの状況を伝えられたあと、ふたりが真っ先に尋ねたのがいつ自宅に帰れるかということだった。

サムには答えられなかった。

ウィルソン夫妻は、心の底までしみついたかのようなあきらめの表情でサムの答えを受け入れた。ふたりは明らかに、世間から置き去りにされた田舎に暮らす貧しい人々の一員だった。行政が行動を起こすのを――たいていは彼らに不利なように――待つことに慣れていた。ふたりのうつろなまなざしは、雑誌で見る難民たちを連想させた。実際、同じなのかもしれない。アヴァとエリーのウィルソン夫妻は安心感や安らぎやこれまでの暮らしで大切にしていたものすべてを失い、見知らぬ世界に無理やり連れてこられて、途方に暮れている。

ルーシー・アレクサンダーとダグラス・ピンクマンの命も失われたのだと、サムは自分に言い聞かせた。

レノーラが身を乗り出して、アヴァになにごとかをささやいた。アヴァはうなずいた。サムは時刻を書き留めた。審理が始まる時間だ。

壁の向こう側にそりに乗ったサンタクロースがいるかのように、遠くから鎖のかちゃかちゃという音が聞こえ、ケリー・ウィルソンが来たことを教えた。廷吏がドアを開けた。シャッターが切られる。法廷がざわめいた。

ケリーは武装した四人の看守に連れられて入ってきた。四人とも大柄なので、肉の海に埋もれたように見える。両手足を拘束されているせいで、足を引きずりながら歩いていた。右側にいる看守はケリーの腕をつかんでいたが、指先が余るくらいの手の大きさだ。片手でケリーを持ちあげて椅子に座らせることができそうなくらい、たくましかった。

その看守がケリーの横にいてくれてよかったとサムは思った。両親の姿を見たとたん、彼女の膝から力が抜けたからだ。倒れないように、看守が支えた。ケリーは泣き始めた。「ママ――」手を伸ばそうとしたが、手は腰に鎖でつながれていた。「パパ！」声をあげる。「お願い！」

サムは立ちあがり、どうしてそれほど素早く動けたのかを考える間もなく、ケリーに歩み寄っていた。彼女の手をつかんだ。「わたしを見て」

ケリーはひたすら両親を見つめている。「ママ、ごめんなさい」

サムは痛みを感じさせるくらい、ケリーの手を握る手に力をこめた。「わたしを見なさい」

ケリーはサムを見た。顔は涙に濡《ぬ》れている。鼻水が出ている。歯がかたかた鳴っている。

「わたしがいる」サムはしっかりと手を握ったまま言った。「大丈夫だから。ずっとわたしを見ているのよ」

「いいですか?」廷吏が訊いた。年配の男性だったが、その手はいつでも撃てるようにテーザー銃に添えられていた。

サムは答えた。「ええ、もう大丈夫」

看守がケリーの足首と手首と腰の鎖の鍵をはずした。

「無理」ケリーがささやいた。

「大丈夫よ」本当にそうであることを願いながら、サムは繰り返した。「みんなが見ているって言ったことを思い出して」

ケリーはうなずいた。サムの両手を握ったまま、袖で洟をぬぐった。

「強くなるのよ。ご両親をがっかりさせないで。ご両親は、あなたに大人になってもらいたいと思っているの。わかった?」

ケリーは再びうなずいた。「はい」

「あなたは大丈夫」

鎖が床に落ちた。看守のひとりがしゃがみこみ、片手でそれをかき集めた。

サムはケリーの肩にもたれるようにしながら、弁護席に向かって並んで歩いた。

ケリーは両親を振り返った。「わたしは大丈夫」そう言う声が震えている。「大丈夫」

裁判官の部屋のドアが開いた。

書記官が言った。「スタンリー・ライマン裁判官が入ります。起立」

立ちなさいと促すように、サムはケリーにうなずいてみせた。ライマンが裁判官席に歩いていくのを見たケリーは、またサムの手を握った。その手のひらは汗で湿っていた。

スタンリー・ライマンはラスティと同年代に見えたが、その足取りに軽やかさはなかった。裁判官には様々なタイプがいる。裁判官席にただ座ること以外、なにも必要としないほどの自信に裏打ちされた者もいれば、法廷に足を踏み入れた瞬間から場を支配しようとする者もいる。ライマンは後者だった。傍聴人を眺め、検事側の席がぎゅうぎゅう詰めなのを見て眉をひそめた。その視線がサムの上で止まった。MRIで調べているかのように、サムの体のあらゆる部分を機械的に評価していく。男性からこれほど遠慮のない目つきでじろじろと見られたのは、健康診断以来だ。

ライマンはサムを見つめたまま、小槌《こづち》を叩いた。「着席」

サムはケリーの手を引っ張りながら、腰をおろした。またお腹のなかの蝶が暴れ出した。

傍聴席にはチャーリーもいるのだろうかと考えた。

書記官が告げた。「事件番号ＯＡ一五－九二五。ディカーソン郡対ケリー・レネ・ウィルソンの罪状認否を行います」そう言ってからケン・コインに向き直った。「記録のため、名前をお願いします」

コインは立ちあがり、裁判官に告げた。「ごきげんよう、裁判長。検察側はケネス・Ｃ・コイン、ダレン・ニッケルビー、ユージーン〝コットン〟・ヘンダーソン、ケイリー・コリンズです」

ライマンは素っ気なくうなずいた。

サムは再び立ちあがった。「裁判長、ミス・ウィルソンの代理人のサマンサ・クインです」

「よろしい」ライマンは再度うなずいた。「この罪状認否は訴訟理由についての予備審問となる。ミス・クイン、ミス・ウィルソン、罪状認否を行うので立つように」

サムはケリーにうなずいて、立つようにと促した。ケリーはまた震え始めたが、サムは手を握ろうとはしなかった。これから数年間、ケリーは幾度となく法廷に足を運ぶことになる。自分で立つことを覚えなくてはいけない。

「ミス・クイン」ライマンは裁判官席からサムを見おろした。「わたしの法廷ではサングラスをはずすように」

サムは一瞬、なにを言われたのかわからなかった。長年、色のついた眼鏡をかけていたから、いまでは意識することもなくなっている。「裁判長、これは度つき眼鏡です。医療目的で色がついています」

「ここへ」ライマンはサムを手招きした。「見せてもらおう」

サムは胸のなかで心臓が狂ったように打ち始めるのを感じた。百人の視線が彼女の背中に注がれている。シャッター音が聞こえる。記者たちは一言一句漏らさず書き留めている。

ケン・コインはまた咳払いをしたが、サムをかばうようなことは言わなかった。

杖はハンドバッグに入れたままだ。サムは屈辱感に顔をほてらせながら、足を引きずりつつライマンに歩み寄った。カメラは、何十匹ものバッタがうしろ脚をこすり合わせているような音をたてていた。撮られた写真は新聞に載り、おそらくはサムの同僚たちが見るオンラインのサイトにも流れるだろう。どうしてサムが眼鏡を必要とするのかも、くわしく書かれるに違いない。傍聴人席にいる地元の人間――それも長年の住人――は嬉々《きき》としてくわしい話をするだろう。いまもサムの歩く様子をしげしげと観察し、銃弾がどれほどの後遺症を残したのかを見て取ろうとしている。

サムはサーカスの見世物だった。

裁判官席まで行くと、サムは震える手で眼鏡をはずした。容赦のない蛍光灯の光が角膜に突き刺さった。サムは言った。「気をつけて扱ってくださいますか？　予備を持ってきていないので」

ライマンはぞんざいな手つきで眼鏡を持ちあげると、じろじろと眺めた。「わたしの法廷では、ふさわしい服装をするようにと言われなかったのかね？」

サムは自分の着ているものを見おろした。いつも着ているような黒いシルクのブラウスに、ゆったりした黒のズボンだ。「失礼ですが？」

「それはなんだ？」

「アルマーニです」サムは答えた。「眼鏡を返してもらえますか？」

ライマンは音をたてて眼鏡を机に置いた。「戻ってよろしい」

サムはレンズに染みがついていないことを確かめてから、眼鏡をかけた。向きを変え、傍聴人のなかにチャーリーを捜したが、子供のころに知っていた人間が年を重ねたらこうなるのだろうという、どこかで見たことのある顔があるだけだった。

弁護席に戻るのはさっきよりも時間がかかった。支えを求めて、机に手を伸ばした。机にたどり着く直前、ケン・コインのすぐうしろにベンが座っているのが見えた。彼はサムを勇気づけるように微笑みかけ、ウィンクをした。

ふたり並んで立ったところで、ケリーがサムの手を取った。さっきのサムの言葉を繰り返す。「大丈夫」

「ええ、ありがとう」サムは抗《あらが》わなかった。動揺していてそれどころではなかった。

ライマンは何度か咳払いをした。サムに強いた苦行は、なんの役にも立たなかったことに気づいたらしい。過ちを犯す原因となった弁護士を罰することで、自分の過ちを糊塗《こと》しようとする裁判官がいることを、サムはこれまでの経験から知っていた。

彼は言った。「ミス・クイン、ミス・ウィルソンに対する嫌疑について、起訴状の朗読を求める権利を放棄するかね？」

サムはノーと答えたい誘惑にかられたが、標準的な手順からはずれることをすれば、手続きに時間がかかるだけだ。「はい」

ライマンは書記官に向かってうなずいた。「ミス・ウィルソンに権利を告げるように」

書記官は再び立ちあがった。「ケリー・レネ・ウィルソン、あなたは二件の第一級殺人罪の容疑で逮捕されました。ミス・クイン、罪状認否の用意はできていますか？」

サムは言った「弁護側は無罪を申し立てます」

情報不足の傍聴人たちから、驚いたような笑い声があがった。ライマンは小槌を持ちあげたが、叩く間もなく声はやんだ。

書記官が告げた。「すべての訴因において、被告人の無罪が申し立てられました」彼女はケリーに顔を向けた。サムは書記官の丸い顔に、どこか見覚えがある気がした。彼女もまた、長らく思い出すこともなかった、かつての同級生なのかもしれない。裁判官が眼鏡を持ってくるように命じたとき、彼女もサムに口添えはしてくれなかった。

書記官が言った。「ケリー・レネ・ウィルソン、あなたには迅速な公判を受ける権利があります。弁護士を依頼する権利があります。自分に不利になる証言を拒否する権利があります。これらの権利は、公判が行われているあいだ保持されます」

「よろしい」ライマンは手をおろした。サムとケリーは座った。ライマンが言った。「まず確かめておきたいのは、ミスター・コイン、大陪審の招集後、正式起訴状を提出するのかね？」

ケン・コインが裁判官席へとゆっくり歩いていくあいだ、サムはノートにメモを取っていた。これもまた、この場を支配しようとする彼の安っぽい手口だ。子供を扱うときと同じで、いちばんいいのは無視することだった。

「裁判長」コインは裁判官席に肘をついて身を乗り出した。「その可能性はおおいにあります」

ライマンは尋ねた。「日時は決まっているのか？」

「はっきりとは。招集するのはおそらく二週間以内になると思います」

「よろしい、検察官、きみは自分の席に戻りたまえ」ライマンは経験を積んだ裁判官だった。弁護士たちのゲームは熟知している。「未決拘留中の被告の処遇については？」

コインは自分の机の向こう側に戻り、裁判官に向かって言った。「被告人にとってもっとも安全と思われる、市、もしくは郡の留置場に拘留します」

「ミス・クイン？」裁判官が尋ねた。

ケリー・ウィルソンに保釈の可能性がないことはサムにもわかっていた。「現時点では、その処遇に異論はありません、裁判長。その前の件についてですが、ミス・ウィルソンの嫌疑を大陪審に提示する権利を放棄します」それでなくてもケリーには、二件の第一級殺人で逮捕されるだけの相応の理由がある。大陪審を招集することで、嫌疑を増やしたくなかった。「依頼人は、公判の進行を遅らせることを望んでいません」

「よろしい」ライマンはメモを取った。「ミスター・コイン、この件を証拠開示案件とする、つまり証拠をすべて開示し、なにも隠匿しないということでいいのだね？」

コインはキリストの弟子のように、両手を差し出した。「もちろんです、裁判長。なんらかの法的根拠がないかぎり、我々は常に証拠開示をしています」

サムは鼻の穴が広がるのを感じた。病院のビデオについて追及するのはラスティの仕事だと、改めて自分に言い聞かせた。

ライマンが訊いた。「それでいいかね、ミス・クイン？」

「はい、裁判長、いまのところは。今日わたしは共同弁護士として出廷しています。回復次第、父が申し立てを行います」

ライマンはペンを置いた。初めて、非難の混じっていないまなざしをサムに向けた。

「お父さんの具合はどうだね？」

「精力的にミス・ウィルソンの弁護をしたがっています、裁判長」

サムの言葉をどう受け止めていいのかわからないらしく、ライマンは口元を歪《ゆが》めた。

「これが極刑裁判だということはわかっているのかね、ミス・クイン？　検察側はおそらく死刑を求めてくるだろうということだ」

「はい、承知しております、裁判長」

「きみの出身地ではどうなのかは知らないがね、ミス・クイン、我々は死刑をとても深刻に受け止めている」

「わたしの出身はここから六マイルほどのウィンダー・ロードです、裁判長。被告にかけられている嫌疑が深刻なものであることは、承知しています」

ライマンが、傍聴人のあいだで広がったくすくす笑いに気分を害したことは明らかだった。「きみが、父親の共同弁護士という立場を完全に行使していないように感じるのはなぜだろうか？」彼は手で大きな身振りをした。「言い換えれば、きみは公判の最後まで仕事を全うするつもりがない」

「ミスター・グレイルも同じ立場に置かれたのではないですか、裁判長？　ですが、わたしはこの件に真剣に従事していますし、ミス・ウィルソンの弁護に必要な資格において、彼女を全面的に支援するつもりです」

「よろしい」ライマンが微笑むのを見て、サムは全身が冷たくなるのを感じた。彼の罠《わな》にみすみすはまってしまったことがわかったからだ。「被告人がきみに協力しうるのか、もしくはこういった手続きについて理解できるのかといったことについて、きみは疑問を抱いているかね？」

「現時点では答えを控えさせていただきます、裁判長」

ライマンは簡単にサムを解放してくれなかった。「ミス・クイン、きみは共同弁護士として、今後この問題を――」

「科学的な検査結果に基づいてのみ、そうすることになると思います」

「科学的な検査？」ライマンは不信感も露《あら》わに訊き返した。

「ミス・ウィルソンは、誘導の影響を受けやすいことがわかっています、裁判長。検察側も当然ながら確認できているはずです」

コインが飛びあがった。「裁判長、わたしは――」

サムはそれ以上言わせなかった。「ミス・ウィルソンの言語能力は、十八歳にしては限られたものです。非言語コミュニケーション、言語機能、言語および記憶された情報の検索能力の不全についての検査をお願いしたいと思います。また、感情および知性の程度を数値化していただきたいです」

コインは鼻で笑った。「郡がそれだけの費用を出すとでも？」

サムは彼に向き直った。「ここでは、死刑を深刻に考えているとお聞きしましたけれど」

傍聴人から笑い声があがった。

その声が収まるまで、ライマンは何度か小槌を叩かなくてはならなかった。笑いをこらえているのか、彼の口の両端がわずかに持ちあがっていることにサムは気づいた。裁判官が法廷で楽しそうな様子を見せることはめったにない。ライマンはあまりに長いあいだ裁判官席に座ってきたせいで、もうなにも目新しいものはないと思っていたのだろう。

「裁判長」サムは確かめようとして言った。「違う問題を取りあげてもよろしいでしょうか？」

ライマンは自分の寛容さを示すかのように、わざとらしいほど大きくうなずいた。「どうぞ」

「ありがとうございます、裁判長。ミス・ウィルソンのご両親は大変自宅に帰りたがっています。ウィルソンの家の捜索の予定について、検察側の今後の展望を聞かせていただきたいです」

ケン・コインは再び勢いよく立ちあがった。「裁判長、ウィルソンの家の調べがいつ終わるのか、検察側の予定は立っていません」自分がサムほどきちんとした言葉遣いができていないことに気づいていないようだった。裁判官に歯を見せて笑いかける。「こういうことは予測を立てるのがとても難しいんです、裁判長。令状に記されている指針に従って、徹底的な捜索を正しく行うには時間が必要です」

サムは、あらかじめ令状を読んでいなかった自分を蹴飛ばしたくなった。

ライマンが言った。「これが答えだ、ミス・クイン。こんな程度だが」

「ありがとうございます、裁判長」サムはライマンが小槌を手に取るのを眺めながら、彼の〝こんな程度だが〟という言葉を考えてみた。確信が心に広がり、いまがチャンスだと本能が告げた。「裁判長？」

ライマンは小槌を置いた。「ミス・クイン？」

「証拠開示ですが――」

「その話はすでに出たはずだが」

「わかっています、裁判長。ですが昨日の午後、病院で監視下に置かれていたときに撮影されたミス・ウィルソンのビデオがあります」

「裁判長」コインがまた立ちあがった。「監視下？」

「拘束されていたということです」サムが明確にした。

「なにを言うかと思えば」コインはうんざりしたように言った。「そんなことは――」

「裁判長――」

ライマンは手をあげて、ふたりを黙らせた。椅子の背にもたれる。両手の指を合わせてなにかを考えているようだ。法廷では、裁判官が公判の進行を止めて申し立てについて考えこむことがしばしばある。たいていの場合、動議を書き留めておくように命じるか、もしくはその決定は次回に持ち越すと告げるだけで、問題は先送りにされる。

ときには、弁護士に質問を投げ返してくることもある。それはつまり、本案について簡潔に述べられるように準備をしておかなければ、今後の公判において裁判官に冷たいまなざしを向けられる危険があるということだ。

サムは身構えた。スターティング・ブロックに足をのせて、目の前のトラックを見つめている気分だ。ライマンはごく初めの段階で証拠開示について触れているから、ケン・コインが法の精神ではなく、法の文言に従う用意ができていることは承知しているはずだ。

ライマンはサムにうなずいた。

サムは話し始めた。「中学校から病院へと移送するあいだ、ミス・ウィルソンには私服警官が同行していました。救急車にも同乗していましたし、ひと晩じゅう、彼女の病室にとどまっていました。今朝、留置場にミス・ウィルソンを連れていくときも、同じパトカーに乗っていて、今朝ミランダ警告をするときにはその場にいました。わたしが〝監視下〟や〝拘束〟という言葉を使ったのは、どの一般人であっても――」

「裁判長」ケン・コインが声をあげた。「これは罪状認否ですか？　それとも法廷ドラマの特別編ですか？」

ライマンはサムに険しいまなざしを向けたが、彼女の口を封じようとはしなかった。

「ミス・クイン？」

「今後どのように訴訟を進めていくかを検討できるように、証拠開示についての検察側の見解に従って、病院のビデオのコピーを早急に提出することを求めます」

「どのように訴訟を進めていくか、ね」ばかげた考えだと言わんばかりに、コインが繰り返した。「ケリー・ウィルソンが言ったのは――」

「ミスター・コイン」ライマンの声は、法廷の最後列まで届くほど大きかった。静まり返った部屋のなかに、彼の咳払いの音が響いた。「きみの言葉は慎重に検討しよう」

コインは不満げだった。「はい、裁判長。感謝します」

ライマンはペンを手に取った。ゆっくりとペンをまわしているのは、コインをさらに非難したくなる言葉を呑《の》みこんでいるのだろう。罪状認否で証拠を提示しないことは、ケリー・ウィルソンですら知っているのだ。

「ミスター・コイン、病院のビデオのコピーはいつ入手できる?」

「映像を変換する必要があります、裁判長。キース・コイン保安官のｉＰｈｏｎｅで撮影したものなので」

「裁判長?」サムは思わず歯ぎしりをした。キース・コインは、権威のある男性像をまさに形にしたような男だ。彼に言われれば、ケリーは崖からでも飛び降りるだろう。「はっきりさせておきたいのですが――ご存知のとおり、わたしはしばらくこの地を離れていましたので――コイン保安官は、コイン検事の弟ですよね?」

「きみも知っていることじゃないか、サマンサ」コインは机の縁をつかみ、裁判官のほうへ身を乗り出しながら言った。「裁判長、ビデオの変換を正しく行うためには、アトランタから専門家を呼ぶ必要があると聞いています。クラウドだかなんだかが関係しているそうです。わたしはそういったことにはくわしくないので。マーベル（アメリカ電話電信会社の愛称）から月二ドルで借りていた重さ二十ポンドの電話機を恋しく思う、古い時代の人間ですから」コインは自分とほぼ同世代の裁判官に向かって、にやりと笑った。「裁判長、こういったことは金も時間もかかるんです」

「それなら金をかけて急がせたまえ」ライマンが言った。「ミス・クイン、ほかにはなにか？」

裁判官がこちら寄りになっていることを知って、サムは気持ちがたかぶるのを覚えた。

「裁判長、ビデオ録画に関してですが、学校の防犯カメラの映像も迅速に提出していただきたいのです。そうすれば、こちらの専門家も分析する時間ができますから」

明らかに劣勢に立たされているのがわかって、コインはこつんとこぶしで机を打った。

「それにも時間がかかります、裁判長。わたしのところの人間もまだあの映像は見ていません。証拠開示の規則によって、被告人の責任を立証する唯一の証拠を提出する場合には、あの時間に学校にいたほかの人々のプライバシーを守る必要があります」

ライマンは半信半疑といった表情だった。「きみ自身は、昨日の朝、中学校で撮影された映像をまだ見ていないのかね？」

コインの目が泳いだ。「わたしのところの人間は、まだ見ていません、裁判長」

「全員が見る必要があると？」

「専門家にはあります」コインはわらにもすがろうとした。「我々は――」

「はっきりさせておこう」ライマンは明らかにいらだっていた。「きみのところの人間が映像を見るには一週間かかるのかね？　それとも二週間？」

「推量で答えるわけにはいきません、裁判長。ああいったものは――」

「今週末までにわたしの質問に答えるように」ライマンは審理を終えようとして、小槌を手に取った。

サムが声をあげた。「よろしいでしょうか、裁判長？」

ライマンは宙で小槌をまわし、手短にとサムを促した。

「音声分析の専門家を呼ぶ必要があるかどうかを、検察官にお訊きしたいのですが。資格のある専門家を見つけるのは、時間がかかることがありますから」

ライマンが言った。「裁判に協力する専門家を見つけるには、百ドル札をひらひらさせながら大学の駐車場を歩くだけでいいそうだ」どこかで聞いた冗談に一部の記者たちが笑うと、彼の顔にも笑みが浮かんだ。「ミスター・コイン？」

コインはテーブルに視線を落とした。腰に手を当て、上着のボタンをはずした。ネクタイが曲がっていた。「裁判長」

サムは待った。コインはそれ以上、なにも言おうとはしない。

ライマンが促した。「ミスター・コイン、音声分析についてのきみの答えは？」

コインは人差し指で机をこつこつと叩いた。「〝ベイビーは死んだの？〟」

だれもなにも言わなかった
「〝ベイビーは死んだの？〟」コインは言葉に合わせて、再び机を叩いた。「〝ベ、イビー、は死んだの？〟」

サムは彼を止めようとはしなかったが、ライマンに呼びかけた。「裁判長」

ライマンは当惑したように肩をすくめた。

コインは言った。「ミス・クインが知りたがっていることです。男性と子供を冷酷に殺したあと、ケリー・ウィルソンが廊下でなんと言ったのかを彼女は知りたがっていた」

ライマンは眉間にしわを寄せた。「ミスター・コイン。ここはそれを発言する場所ではない」

「〝ベイビーは――〟」

「ミスター・コイン」

「アレクサンダー夫妻が娘のルーシーを呼ぶとき――」

「ミスター・コイン」

「バーバラ・アレクサンダーは自分の生徒に娘の話をするときに、そう呼んでいた。フランク・アレクサンダーは高校で――」

「ミスター・コイン、これが最後の警告だ」

「ミスター・アレクサンダーがケリー・ウィルソンを落第させようとしていた場所で」コインは傍聴人に向かって言った。「ケリーは知りたがったんです。〝ベ、イ、ビーは死んだの？〟」

ライマンは小槌を叩いた。

コインはケリーに言った。「そうだ、ベ、イ、ビーは死んだんだ」

「廷吏」

コインはライマンに視線を戻した。「裁判長――」

「おや？」ライマンは驚いたふりをした。「わたしがここにいることをきみは知らないのだと思っていたよ」

傍聴人から不安げな笑い声はあがらなかった。コインの言葉は明らかに影響を与えている。これから数日間の新聞の見出しが目に浮かぶようだ。

コインが言った。「大変申し訳ありません、裁判長。幼いルーシーの解剖を終えてまっすぐここに来たもので――」

「もういい！」ライマンの視線が廷吏をとらえた。彼は即座に立ちあがった。「さっききみが言ったとおりだ、ミスター・コイン。これは罪状認否だ。法廷ドラマの特別編ではない」

「はい、裁判長」コインは傍聴人に背を向け、机に両手の指先をのせて体を支えていた。「謝罪いたします、裁判長。感情に任せた発言をしてしまいました」

「きみのスタンドプレーは大目に見ることにする」ライマンが激怒していることは明らかだった。

サムはここぞとばかり言葉を継いだ。「裁判長、学校の防犯カメラには音声が記録されていたと理解してよろしいのでしょうか？」

「この法廷にいる全員がそう理解しているだろうね、ミス・クイン」ライマンは頬杖をついた。いま起きたことの意味を考えている。結論が出るまで時間はかからなかった。「ミス・クイン、検察官はきみのオフィスと法廷書記官に明日の午後五時ちょうどに次のものを届ける――」

サムはノートとペンを用意した。

「ウィルソンの住宅を速やかに彼らの管理下に戻すこと。病院で撮影された未編集のビデオテープを完全な形で提出すること。中学校、隣にある小学校、道路を隔てた高校の内部および周辺にあるすべての防犯カメラの未編集の映像を完全な形で提出すること」

コインは口を開いたが、考え直したのか異議は申し立てなかった。

「ミスター・コイン、速やかにかつ正確に予定どおりのことが行われると期待している。間違いないだろうか？」

「はい、裁判長。間違いありません」

ライマンはようやく小槌を打った。

「起立」書記官が声をあげた。

ライマンは乱暴にドアを閉めて姿を消した。

法廷内の人々は一斉に息を吐いた。

看守がケリーに近づいてきた。両親といっしょにいられる時間が少しでも長くなるように、ゆっくりと手錠の準備をしている。

コインは慣習となっている握手を求めてはこなかったが、サムは気にならなかった。メモを取ることに気を取られていたからだ。法廷記録を見られるようになるのは少なくとも一週間は先だから、ラスティのために明日の午後に起きることを記しておく必要があった。裁判官は充分なことを命じてくれた。サムが期待していたよりも多かった。最後にサムは、ケリーと話したときに取ったメモの内容の一部を記し始めた。

サムの手が止まった。

下線を引いた箇所を見直す。

〝この時間はちょっと変なだけです〟

ページをめくった。さらに次のページ。ケリー・ウィルソンの言葉をなぞっていく。

〝……お腹が痛かったし……いつもは自然に収まる……先週休んだ分の……〟

「ケリー」サムはケリーを見た。脚はすでに鎖につながれている。看守が手錠をかけようとしているところだったが、サムはそこに割って入り彼女を抱きしめた。オレンジ色のジャンパーがケリーの腕の下で丸まった。お腹とお腹が触れ合った。

ケリーが小声で言った。「ありがとうございます、ミス・クイン」

「大丈夫よ。だれとも話してはいけないと言ったことを忘れないで」

「はい。黙っています」看守が手錠をかけられるように、ケリーは細い手首を突き出した。腰に鎖が巻かれた。

サムは、あまり強く巻かないでと言いたくなるのをこらえた。

ケリー・ウィルソンが気にかけていたベイビーは、ルーシー・アレクサンダーのことではない。

# 12

サムは裁判所の外の荷積み用の傾斜路を慎重におりた。腐った食べ物のにおいは消えている。あるいはサムの鼻が慣れたのかもしれない。空を見あげた。はるかかなたの山頂にオレンジ色の太陽がかかっている。夕暮れまでにはあと数時間あるだろう。今夜どこで眠るのかは決めていなかったが、町を出る前にラスティと話をする必要があった。

ケリー・ウィルソンの動機は、彼女のお腹のなかにあるかもしれないとラスティに伝えておかなければならない。

つわり《モーニング・シックネス》は、いつも朝に起きるとは限らない。午後に起きることもあるが、重要なのは毎日ほぼ同じ時間に起きるということで、妊娠第一期（妊娠期間を三分割した最初の期を言う）にはよく見られる。ケリーが受けられなかった授業があったことも、これで説明がつく。彼女をしっかり抱きしめたときに、お腹がふっくらして感じられたことも。

ケリー・ウィルソンは妊娠初期だ。

大きな円を描いて近づいてきたレノーラの赤い車が、傾斜路から数十センチのところに止まった。

「サミー！」チャーリーが助手席から飛び降りた。「とんでもなく素晴らしかったわよ！　信じられない！」サムの腰に手をまわす。「手を貸すわ」

「ちょっと待って」サムは言った。いま彼女の体は、腰をおろすよりも立っているほうが楽だった。「裁判官のこと、教えておいてほしかったわ」

「頑固者だとは言ったわよ。でもすごい、姉さんは彼を笑わせたのよ。彼が微笑むところを見たのは初めてなんだから。それに、壊れたスプリンクラーみたいにコインをぺらぺらと喋らせたじゃない。あのばかなろくでなしは、罪状認否の最中に主張を展開し始めていた」

レノーラが車を降りた。

チャーリーは満面に笑みを浮かべた。「姉さんはくそったれのケン・コインをうまく操ったと思わない？」

レノーラは言った。〝感心したわ〟と、彼女は渋々答えた」

「あの裁判官」サムは眼鏡をはずして、目をこすった。「すっかり忘れていた――」

「姉さんがビクトリア朝時代のドラキュラみたいに見えるっていうこと？」

「ドラキュラの舞台が、ビクトリア朝時代に設定されたのよ」サムは眼鏡をかけた。「ラスティがまずすべきは、ケリーを診断する専門家を見つけることね。彼女の知能が低いのか、それともそう見せかけられるくらいに賢いのか。わたしたち全員をだましている可能性もある」

チャーリーは笑い声をあげた。「パパならありうるけど、姉さんをだますのは無理」

「わたしは賢すぎて自分がどれほどばかなのかわかっていないって、言っていなかった?」

「確かに。専門家が必要ね」チャーリーは言った。「それに虚偽の自白の扱いが得意な人も探さなくちゃ。病院で撮影されたものには、根拠のない期待をもたせるような台詞が入っているかもしれない」

「そうね」ケンとキースのコイン兄弟は、自分たちのしたことの痕跡を残すほど愚かではないだろうとサムは考えていた。自白と引き換えに罪を軽くすると約束するような虚偽の誘導は違法だ。「ニューヨークで専門家を見つけられると思う。編集されていないことを確かめるために、だれかに映像を調べてもらう必要があるわね。ラスティは調査員を使っている?」

レノーラが答えた。「ジミー・ジャック・リトル」

サムはそのばかげた名前を聞いてもためらわなかった。「ジミー・ジャックに、アダム・ハンフリーという名前の若者を見つけてもらってちょうだい」

「なんのために?」レノーラが尋ねた。

「ケリーが信頼していた人間かもしれない」

「その男と寝ていたっていうこと？　それともその男が彼女を狙っていた？」

サムは肩をすくめた。守秘義務に反することなく口にできるのは、ここまでだ。「ケリーと同時期に学校に通っていたわけじゃないと思う。卒業生かも。わかっているのは、カマロに乗っているということだけ」

「おしゃれね」チャーリーが言った。「イヤーブックに載っているかもしれない。彼の写真とか、もしくはなにか書いているとか。恋人だってケリーは言ったの？」

「はっきりとは言わなかった」ケリー・ウィルソンは守秘義務について完全に理解していないかもしれないが、サムはその誓いを軽く考えてはいなかった。「ラスティは、ルーシー・アレクサンダーの父親がケリーの先生だったことを知っている？」お腹の子の父親として、二番目に可能性のある男だ。レノーラに訊いた。「ケリーの先生全員のリストを作ってもらえれば――」

「それって、検察側の切り口よ」チャーリーが言った。「ミスター・アレクサンダーに落第にされそうになって、ケリーは頭に来ていた。だから銃を学校に持っていって、彼の娘を殺した」妊娠検査が陽性だったなら、その仮説は成り立たない。

チャーリーはさらになにか言おうとした。

「しーっ」レノーラがふたりのうしろを顎で示した。

両手をポケットに突っこみ、風に髪をなびかせながら、ベンが傾斜路をおりてくるところだった。サムに微笑みかけながら言った。「きみは大きくなったら、弁護士になるべきだ」

サムは笑みを返した。「考えておく」

「素晴らしかったよ」ベンはサムの肩をつかんだ。「ラスティはさぞ鼻が高いだろうな」

サムは笑みが顔から消えていくのを感じた。ラスティの承認など、求めたことはない。

「ありがとう」

「姉さんって最高じゃない？」チャーリーが訊いた。

ベンはうなずいた。「最高だ」

チャーリーは乱れたベンの髪を直そうとして手を伸ばしたが、その手が届くより早くベンがあとずさった。彼はまたすぐに元の位置に戻ったものの、チャーリーはそのまま手をおろした。気まずい雰囲気が戻ってきた。

サムはその場を取り繕おうとして言った。「ベン、今夜いっしょに食事をどう？」

「きみがぼくの上司をずたずたにしてくれたから、今夜はそのあと片付けに追われると思う。だが、誘ってくれてありがとう」ベンはちらりとチャーリーに視線を投げたあと、またサムに向かって言った。「サム、ぼくは病院のビデオのことは知らなかった。昨日は一日じゅう、警察署にいたから。罪状認否にしても、始まる三十分前に時間が変更になったことを知った」チャーリーと同じように、片方の肩をすくめた。「ぼくは、あんな汚い真《ま》似《ね》はしない」

サムは言った。「信じるわ」

「そろそろ戻らないと」ベンはレノーラに手を差し出した。「ふたりを無事に家まで届けてくれ」

両手を深くポケットに突っこんで、ベンは傾斜路をおりていった。

チャーリーは咳払いをした。ベンを見つめるその渇望のまなざしが、サムの心に突き刺さった。子供のころでも、今日ほど泣いている妹を見たことはない。引きずっていって、ベンに謝らせたかった。チャーリーはとにかく強情っぱりだ。どんなことであれ、決して謝ろうとしない。

「乗って」レノーラは運転席に座り、ばたんとドアを閉めた。

サムは問いかけるような顔でチャーリーを見たが、彼女は肩をすくめただけで後部座席に乗りこんだ。

サムが乗ってドアを閉めると、レノーラは車を発進させた。

チャーリーが訊いた。「どこに行くの?」

「オフィス」レノーラは幹線道路に入っていく。黄信号を突っ走った。

「わたしの車は警察署にあるんだけど」チャーリーが言った。「わたしたちがオフィスに行く理由があるわけ?」

「あるの」レノーラの答えはそれだけだった。

チャーリーにとってはそれで充分だったらしく、座席の背に体を預けた。窓の外を眺めている。ベンのことを考えているのだろうとサムは思った。チャーリーの体をつかんで、目が覚めるまで揺すぶってやりたい衝動にかられた。どうして、結婚生活を危うくするようなことをしたの？　ベンはあなたにとってかけがえのない存在なのに。

レノーラは脇道に折れた。サムはようやく車がどこを走っているのかを悟った。観光収入を見込むことのできない、あまり治安のよくないところだ。どの建物も、三十年前と同様に放置されているように見える。

レノーラは〈エンタープライズ号〉のミニチュアを掲げてみせた。「ベンがくれたの」

どうして彼がレノーラに玩具《おもちゃ》を渡すのか、サムにはさっぱり理解できなかった。

チャーリーにはわかっているようだ。「そんなことしちゃいけないのに」

レノーラは言った。「でも、したのね」

「捨てて。ミキサーで粉々にして」

サムが訊いた。「だれか説明して――」

「あれはUSBメモリなの。おそらく、この事件に役立つなにかかね」

「そのとおり」レノーラが言った。

「いいから捨ててってば」チャーリーはひとことひとことを区切りながら言った。「ベンがどうなると思うの。クビになるのよ。もっとひどいことになるかもしれない」

レノーラはUSBメモリをブラジャーの胸元に落としこんだ。

「わたしは関係ないから」チャーリーは両手をあげた。「ベンが法曹資格を剝奪されたりしたら、一生あなたを許さないから」

「リストに加えておいて」レノーラはまた脇道へと曲がった。事務用品店が入っていた建物には、いくらか変化が見られた。正面の厚板ガラスには板が貼られ、ほかの窓には太い格子が取りつけられている。ゲートのある入り口も新しかった。ゲートが音をたてて開くと、サムはサンディエゴ動物園のワイルド・アニマル・パークを連想した。車は、壁に囲まれた中庭へと進んだ。

「USBメモリを開けるつもり？」チャーリーが訊いた。

「USBメモリを開けるつもりよ」レノーラが答えた。

チャーリーは助けを求めるようにサムを見た。

サムは肩をすくめた。「ベンは、わたしたちにそれを見せたかった」

「ふたりとも大嫌い」チャーリーは車を飛び出した。サムがなにか言う間もなく、防護ドアを開け、続けて普通のドアを開けた。

レノーラが言った。「わたしのオフィスでファイルを開けばいい」

チャーリーは順に明かりをつけながら、足音も荒く角を曲がって姿を消した。

そのあとを追うべきなのか、それとも怒りが収まるのを待つべきなのか、サムにはわからなかった。妹が心配だった。ずいぶんと気分の波が激しい――サムの法廷での振る舞いを褒めたたえていたかと思うと、次の瞬間には仕事をしている彼女を責める。心の底に抱えている苦悩が、すべてを巻きこみ始めたのかもしれない。

「こっちよ」レノーラは建物の反対側に顎をしゃくった。

サムはレノーラのあとについて、ラスティの煙草のにおいがしみついた長い廊下を進んだ。最後に副流煙にさらされたのはいつだっただろうと記憶を探った。屋内での喫煙が禁止される以前のパリだったかもしれない。

ラスティの名前が記されたドアの前を通り過ぎた。なにも書かれていなかったとしても、そのにおいだけでここがラスティのオフィスだとわかっただろう。ドアから延びる何本ものニコチンの筋もまた、その証明だった。

レノーラが言った。「彼はもう、何年も屋内では煙草を吸っていないの。でも、着ているものにしみついているのよ」

サムは顔をしかめた。体のあちこちに不具合があるサムからしてみると、自分の体をあえて痛めつける人間のことがさっぱり理解できなかった。二度の心臓発作で目が覚めなかったのなら、ラスティにはなにを言っても無駄だろう。

レノーラはハンドバッグから鍵束を取り出した。脇の下にバッグをはさみ、ドアの鍵を開けた。明かりをつけた。突然のまぶしい光にサムは目を細くした。

瞳孔がようやく明るさに慣れると、そこはきれいに片付いた心地よい空間だった。レノーラのオフィスは一面青色だった。淡い青色の壁。濃い青色の絨毯《じゅうたん》。濃淡も様々な青いクッションが置かれたパステルブルーの長椅子。レノーラが言った。「青が好きなの」

サムは長椅子の脇に立った。「素敵な部屋」

「座ってちょうだい」

「立っているほうがいいと思う」

「お好きなように」レノーラは机の前に腰をおろした。

「脚が――」

「説明はいらないから」レノーラはコンピューターにUSBメモリを挿した。サムにも見えるようにモニターをぐるりとまわす。「わたしがいないほうがいい？」

サムはいままで以上に失礼だとは思われたくなかった。「あなたが決めて」

「残るわ」レノーラはマウスをクリックして、USBメモリを開いた。「ファイルはひとつ。数字が並んでいるだけね。見える？」

サムはうなずいた。拡張子はmovだ。つまりこのファイルはビデオだということだった。

レノーラはファイル名をクリックした。

ビデオが始まった。

レノーラは画像を画面いっぱいに広げた。

静止画のように見えたが、隅にある数字は動いている。07：58：47。典型的な学校の廊下だった。青いロッカー。黄褐色のタイルの床。カメラは下を向きすぎている。映っているのは廊下の半分、十五メートルほどだった。いちばん奥に、開いたドアの隙間から漏れているとおぼしき細い光の筋が映っていた。壁にはポスターが貼られ、ロッカーには落書きがある。人の姿はない。映像の粒子は粗い。色もあせて、全体的にセピア色がかっていた。

レノーラはスピーカーのボリュームをあげた。「音声はないわね」

「見て」サムはモニターを示した。壁の軽量コンクリートブロックの一部が勝手に削れた。

「撃たれたのね」レノーラが言った。

サムは丸い弾痕を見つめた。

男性が廊下に駆けこんできた。

彼はカメラの背後から現れた。こちらに背を向けている。白いドレスシャツ。黒っぽいズボン。よく男性がしているように、白髪交じりの髪を横分けにし、うしろは短く刈りあげている。

彼は不意に足を止めると、両手を前に突き出した。

〝やめるんだ〟

彼が一度、二度、三度と体を震わせると、レノーラは歯のあいだから息を吸いこんだ。

血しぶきが飛ぶ。

彼は床にくずおれた。顔が見えた。

ダグラス・ピンクマン。

胸を一度、頭を二度撃たれていた。右目は黒い穴になっている。

体のまわりに血が川となって流れ始めていた。

サムはいつしか手で口を押さえていた。

レノーラが言った。「なんてこと」

小柄な人影が角から現れた。レンズに背中を向けている。

頭の両側でおさげ髪が揺れている。

突然、立ち止まった。

ミスター・ピンクマン。床の上で死んでいる。

ルーシー・アレクサンダーはバックパックの上に斜めに倒れた。

頭はがくりと垂れ、脚は広がっている。靴の先が天井を向いていた。

少女は必死に頭を起こそうとしたが、無駄だった。ぱっくりと口を開けた首の傷に手を触れた。

口が動いている。

ジュディス・ピンクマンがカメラに向かって駆け寄ってきた。赤いシャツが画面ではくすんだ錆色《さびいろ》に見える。飛ぶ準備をしている翼のある生き物のように、両腕を体の横でうしろに引いていた。夫の脇を通り過ぎ、ルーシーの横で膝をついた。

「見て」レノーラが言った。

ケリー・ウィルソンがようやくフレームに入ってきた。距離がある。少し焦点がずれている。カメラのレンズがとらえることのできる、いちばん遠いところにいた。全身、黒だ。脂っぽい髪を肩に垂らしている。大きく目を見開いている。口が開いている。右手にリボルバーを持っている。

〝銃があたしの手のなかにあった〟

ケリーは床に座った。左半身はフレームからはずれている。ロッカーに背を向けていた。リボルバーは体の横、床の上に置かれた。じっと前を見つめている。

レノーラが言った。「弾が壁に穴を開けてから、十一秒弱ね」画面の隅の数字を示した。

「全部で五発。一発は壁、三発はピンクマン、一発はルーシー。ニュースでやっていたシミュレーションとは違うわね。ジュディス・ピンクマンが二発撃たれたけれど、どちらもはずれたってニュースでは言っていた」

サムは再びルーシーに目を向けた。

ジュディス・ピンクマンの口が開き、天井に向かって叫んでいる。

サムはその唇を読んだ。

〝助けて〟

校内のどこかで、チャーリーは彼女の叫びを聞いたのだ。

レノーラが、机の上のティッシュペーパーの箱を手に取った。

サムはティッシュペーパーを何枚か取り出した。涙をぬぐい、洟をかんだ。ジュディス・ピンクマンがルーシーの頭の下に手を差し入れた。少女の首に開いた傷からの出血を止めようとしている。スポンジを握りしめたみたいに、指のあいだから血があふれた。悲嘆にすすり泣いている。

どこからともなくやってきたチャーリーが、不意に画面に現れた。カメラに――ルーシーとミセス・ピンクマンに――向かって走ってくる。パニックにかられていることがわかる表情だ。ダグラス・ピンクマンにはちらりと一瞥《いちべつ》をくれただけだった。床に膝をついた。カメラに対して横向きになっていたから、顔がよく見えた。ルーシー・アレクサンダーの手を握った。少女に話しかける。彼女と自分の両方を落ち着かせようとしながら、体を前後に揺すっている。

チャーリーがあんなふうに体を揺するのを、サムはこれまで一度だけ見たことがあった。

「あれがメイソン」レノーラはそう言うと、音をたてて洟をかんだ。

メイソン・ハッカビーはカメラに背中を向けていた。銃を渡すようにケリーを説得しているのがわかる。ケリーは座ったままだったが、少しあとずさったようだ。顔が見えなくなっていた。見えているのは右脚とリボルバーを握る手だけだった。

銃の台尻が床についていた。

メイソンは膝をついた。前かがみになり、開いた手を差し出している。じりじりとケリーに近づいていく。ゆっくり、ゆっくり。サムには彼の言葉を想像するほかはなかった。銃を渡すんだ。ぼくに渡せばいい。こんなことをする必要はない。

メイソンはケリー・ウィルソンを知っている。彼女を教えていたのだ。説得できるとわかっていたはずだ。

画面のなかで、メイソンがさらにケリーに近づいていく。ケリーが不意に手を持ちあげ、銃が画面から消えた。

サムはなにかに胃をつかまれた気がした。

メイソンはあわててあとずさり、ケリーとの距離を置いた。

「ケリーは自分に銃を向けたのね」レノーラが言った。「だからメイソンは手をあげるんじゃなくて、おろしたのよ」

サムは再びチャーリーに視線を向けた。ミセス・ピンクマンと向かい合うようにして、ルーシーのかたわらにいた。ミセス・ピンクマンは目を閉じて、天井を仰いでいる。祈っているのだろう。チャーリーは床の上で脚を組んで座っていた。両手は膝の上だ。指をこすり合わせながら、初めて見るもののようにそこについた血を見つめていた。

それとも、これとそっくりなものを前にも見たことがあると考えていたのかもしれない。チャーリーの顔がゆっくりと動いた。カメラと反対側を向いた。床の上を散弾銃が滑っていき、数十センチ離れたところで止まった。チャーリーは動かない。一秒が過ぎた。警察官が散弾銃を拾いあげた。廊下を走っていく。防弾チョッキが腰のところではためいている。片膝をつき、肩に散弾銃の台尻を当てた。

銃口の先は、ケリー・ウィルソンではなくメイソン・ハッカビーに向けられていた。

メイソンはケリーに背を向けて両膝をつき、散弾銃から彼女をかばっている。チャーリーにはなにも見えていないようだ。血に心を奪われたかのように、ただじっと自分の両手を見つめている。体の揺れは、震えに見える程度にまで小さくなっていた。

レノーラがつぶやいた。「かわいそうに」

サムは目を逸らさずにはいられなかった。メイソンは膝をついたままだ。散弾銃は彼の胸を狙っていた。

散弾銃は彼の胸を狙っている。

サムはチャーリーに視線を戻した。さっきのままだ。まだ体を震わせている。心がどこかに行ってしまったかのようだ。ふたり目の警官が脇を駆け抜けていったことにも気づいていないらしかった。

サムの視線は、廊下を走っていくふたり目の警官を追った。最初の警官と同じく、彼もカメラに背中を向けていたが、その手に銃が握られているのは見て取れた。彼は、散弾銃を持つ警官から数十センチのところで足を止めた。

散弾銃とリボルバーとリボルバーと散弾銃。

メイソン・ハッカビーは左の肩越しに、ケリーに手を伸ばしている。なにか話しかけているのは、銃を渡せと言っているのだろう。

警官たちが銃を振った。攻撃的な構えだ。顔を見なくとも、怒鳴りつけているのがわかった。

それとは対照的に、メイソンは落ち着いて冷静だった。口がゆっくりと動いている。体の動きは猫を思わせた。

チャーリーが立ちあがったので、サムの視線がそちらに吸い寄せられた。そこに見た表情に胸が張り裂けそうになった。サムはビデオのなかに入りこんで、チャーリーを抱きしめたくなった。

「あとずさっている」レノーラが言った。

ケリーのことだ。フレームからほとんど姿を消していた。ブラックジーンズの一部が彼女の存在を教えているだけだった。メイソンもいっしょになって移動していた。彼の頭と左の肩と手は完全に見えなくなっていた。カメラの角度のせいで、胴体が斜めに切れている。

警官は動かなかった。

メイソンは動かなかった。

警官の銃の先から煙が出た。

メイソンの右腕がびくんと跳ねた。

警官が発砲したのだ。

「なんてこと」サムは言った。メイソンの顔は見えなかったが、体は少しねじれただけだった。

警官たちもサムと同じくらい驚いているようだった。それから数秒間ふたりは凍りついたように固まっていたが、やがてどちらもゆっくりと銃をおろした。なにか言葉を交わしている。散弾銃を持ったほうが、肩につけた無線のマイクをはずした。もうひとりが廊下を見まわし、チャーリーに目を留め、それから視線を戻した。

メイソンに手を伸ばした。

メイソンが立ちあがった。ふたり目の警官がケリー・ウィルソンのほうへと歩いていく。

ケリーが突然画面に現れた。うつぶせにした彼女の背中を、警官が膝で押さえつけている。ずた袋のように放り投げられていた。

サムは凶器を捜した。

ケリーの手にはない。身につけてはいない。

近くの床には落ちていない。

ケリーの背中を膝で押さえつけている警官の手にはない。

メイソン・ハッカビーは立ちあがり、散弾銃を持った警官と話をしているが、その手は空だ。シャツは血で黒く染まっている。スポーツの試合で判定の誤りを話し合っているかのような素振りだった。

サムはふたりの足元を見た。

なにもない。

開いているロッカーはない。

ズボンのウエストにリボルバーを突っこんだ警官はいない。

銃を遠くへ蹴飛ばした者はいない。

手を伸ばして、天井のタイルの裏に隠した者はいない。

サムはチャーリーを見た。彼女の手も空だ。脚を組んで座ったまま、まだ放心状態のようだ。警官たちとは反対のほうを向いている。頰に血がついているのが見えた。顔に触れたのだろう。

鼻はまだ折れていない。目の下のあざもない。

チャーリーは、警官の集団が駆けつけてきたこともわかっていないようだった。警官たちは銃を構えていた。防弾チョッキがひらひらしていた。

画面が暗くなった。

サムは見るものがないにもかかわらず、それから数秒間、なにも映っていない画面を見つめていた。

レノーラが長々と息を吐いた。

サムは、唯一気にかかることを訊いた。「チャーリーは大丈夫なの？」

レノーラは一度、唇を結んでから言った。「あの子のことならなんでもわかっていたときがあったんだけれど」

「いまは？」

「この何年かで、いろいろ変わったのよ」

ラスティの心臓発作。チャーリーは、ラスティの死の可能性を突然突きつけられて、動揺したのだろうか？　その恐怖を隠そうとするのも、自滅的な行動を取ることで意識を逸らそうとするのも、どちらもいかにもチャーリーらしい。たとえば、メイソン・ハッカビーと寝るとか。ベンと距離を置くとか。

「なにか食べないと」レノーラが言った。「サンドイッチでも作るわ」

「ありがとう。でもお腹はすいていない」サムが答えた。「パパに渡すための覚書を作りたいんだけれど」

「ラスティのオフィスを使って」レノーラはハンドバッグから鍵を取り出し、サムに向かって机の上を滑らせた。「わたしはこのビデオを文字に起こすから。なにも見落としがないようにしておかないとね。ニュースでやっていた再現シーンも引っ張ってきたいわね。事件の流れ、とりわけ発砲についての情報をどこから仕入れたんだか知らないけれど、このビデオからすると間違っていたっていうことよね」

サムは言った。「音声があるって、法廷でコインが言っていた」

「ライマンを訂正しなかった」レノーラはうなずいた。「別の情報源があるんでしょうね。学校は電気代を払うのでせいいっぱいだし、防犯カメラはおそらく何十年も前のものよ。お金を払ってまで、音声を録音できるようにはしないと思う」

「廊下にいる子供たちの人数を考えれば、無意味だものね。騒音のなかからひとりの声を抽出するのは難しい。携帯電話かしら?」

「かもしれない」レノーラは肩をすくめ、コンピューターに戻った。「ラスティが調べるでしょう」

サムはレノーラの机の上の鍵を見た。ラスティのオフィスには、できれば入りたくない。テレビでその手の障害が知られるようになる前から、ラスティは物をためこみ、片付けられない人だった。農家には、ガンマがリサイクルショップで買ってきた箱が、封も開けられずにいまも残っているのだろうとサムは考えていた。

写真──ガンマのあの写真──がラスティの机に飾られているとチャーリーが言ってい
た。

ガンマ。

サムは父親のオフィスに向かった。半分も開けないうちに、ドアががらくたの山に引っかかった。広い部屋のはずなのに、物が散らかっているせいで格段に狭くなっている。ほぼすべての空間に箱や紙やファイルがあふれていた。机までの細い通路だけが、ここをだれかが使っていることを示していた。よどんだ空気を吸ったサムは咳《せ》きこんだ。明かりをつけようとして手を伸ばしたが、考え直した。法廷で眼鏡をはずしたときに始まった頭痛が、治まっていなかったからだ。

杖はドアの脇に残し、父親の入り組んだ脳のなかを散策するのもきっと同じようなものだろうと思いながら、ラスティの机に向かってそろそろと進んだ。こんなところでどうして仕事ができるのかは謎だ。卓上灯のスイッチを入れた。格子のついた汚れた窓にかかるブラインドを開けた。平らに積み重ねられた宣誓供述書の束を、ライティングデスクの代わりにしているのだろうとサムは見当をつけた。コンピューターはない。サムが子供だったころにガンマが贈った時計付きラジオが、現代的な唯一のものだった。

机はクルミ材で、緑色の革のブロッターが置かれていたはずだ。ゴミの山に守られて、いまも作られた日そのままに新品同様だろうとサムは思った。椅子がぐらついてはいないか、試してみた。ラスティは片側にもたれかかって座る悪癖があるので、傾いてしまっている。座っている父親を思い浮かべようとすると、右肘をついて体を支え、左手に煙草を持っている姿が浮かんできた。

ぐらぐらする椅子に腰をおろした。大きくきしむ音がしたが、これは簡単に消せるはずだ。潤滑油をスプレーすればそれですむ。肘掛けは、ボルトを接着剤で留めることでぐらつかなくなるだろう。キャスターのフリクション・リングを交換すれば、おそらく安定性も増す。

それとも、パソコンからアマゾンで新しい椅子を注文するか。

サムは書類の山を移動させ、ガンマの写真を捜した。机の上のがらくたをどうにかしたかったが、ラスティには彼なりの決まりごとがあるはずだ。サムの机がこんな有様になることは絶対にないが、だれかに置いてあるものを動かされたら激怒するとわかっていた。

雑然とした事務用キャビネットのいちばん上を開けてみると、様々なもののいちばん上にまだ新しい黄色いリーガルパッドの束があった。サムは封を切った。ハンドバッグからノートを取り出す。眼鏡を変えた。リーガルパッドのいちばん上に、ケリー・ウィルソンの名前を書いた。日付を加えた。ラスティがすべきことのリストを書き出した。

1. 妊娠検査
2. 父親を捜す：アダム・ハンフリー？　フランク・アレクサンダー？
3. 病院のビデオ、防犯ビデオ（音声？）
4. ケリーはなぜ中学校にいたのか？（被害者は無差別）
5. 教師のリスト、授業のスケジュール
6. ジュディス・ピンクマン――？

サムはジュディスの名前を指でなぞった。

サムが中学校に通っていたころは、事務室の外のメインフロアは英語担当教師たちに割り当てられていた。ジュディス・ピンクマンは英語教師だから、銃撃が始まったときに彼女があそこにいた理由は説明がつく。

防犯カメラのことを考えた。

ミセス・ピンクマンは、ルーシーが首を撃たれたあとで廊下に現れた。少女が床に仰向けに倒れてからジュディス・ピンクマンが廊下の突き当たりに姿を見せるまで、三秒とかかっていないはずだ。

撃たれたのは五発。一発は壁。三発はダグラス・ピンクマン。一発はルーシー。

リボルバーが六連発だったなら、どうしてケリーは最後の一発をジュディス・ピンクマンに向けて撃たなかったのだろう？

「彼女は妊娠していたと思う」片手にサンドイッチがのった皿、もう片方の手にコーラのボトルを持ったチャーリーが戸口に立っていた。

サムはノートを伏せた。心の内を悟られないように、表情を取り繕った。「なんですって？」

「あのえげつない悪口が書かれた中学のころよ。ケリーは妊娠していたと思う」

サムは一瞬ほっとしたものの、すぐにチャーリーの言葉の意味を悟った。「どうしてそう思うの？」

「フェイスブックで見た。学校の女の子のひとりと友だちになったの」

「チャーリー」

「偽アカウントだから」チャーリーはサムの前に皿を置いた。「イヤーブックにひどいことを書いていた女の子たちのひとりで、名前はミンディ・ゾワダ。ちょっとつついてみたの。中学生のころのケリーは下半身がだらしなかったっていう噂《うわさ》を聞いたって言って。十三歳のときに中絶したって、彼女から返信が来るまで二秒とかからなかった」

サムは頭に手を当てた。それが事実なら、別の観点から見直す必要が出てくる。ケリーに妊娠の経験があるのなら、様々な症状がなにを意味するのかはわかっていたはずだ。どうしてわたしにそう言わなかったのだろう？　わたしの同情を買おうとしてとぼけていたの？　彼女の言葉は、本当に信用できるのだろうか？

「ねえ」チャーリーが言った。「ケリー・ウィルソンの重大な秘密を教えてあげたのに、言うことはないわけ？　黙ってこっちを見ているだけなの？」

「ごめん」サムは座ったまま姿勢を正した。「ビデオを見た？」

チャーリーは答えなかったが、音声の問題のことは知っていた。「携帯電話じゃないかっていう仮説は違う気がする。音声の出どころはどこかほかのところじゃないかな。銃撃が起きた場合の避難手順っていうのがあるの。教師は一年に一度、訓練している。全員が教室にこもってドアを閉めることになっているから、だれかが九一一に電話をしていたなら、廊下での会話が拾えたはずがない」

「ジュディス・ピンクマンは手順に従わなかった」サムが言った。「ルーシーが撃たれたあと、廊下に駆けこんできた」サムは伏せていたノートを元通りにすると、チャーリーに見えないようにしながらそのことを書き留めた。「そのうえ、夫じゃなくてルーシーに駆け寄った」

「死んでいるのは一目瞭然だったから」チャーリーは自分の顔の横を示した。ダグラス・ピンクマンの顎はほとんど吹き飛ばされていたうえ、目のあったところは弾が穴を開けていたのだ。

サムは訊いた。「それじゃあ、ケリーが〝ベイビー〟のことを訊いた音声が残っているっていうのは、コインの嘘なの？」

「彼は嘘つきだもの。嘘つきっていうのはいつだって嘘をつくものだと教えられた」チャーリーはしばし考えこんだ。「警官がコインに話したのかもしれない。ケリーがなにか言ったとき、その警官はすぐ近くにいたの。それを聞いて、すごく動揺していた。それまでもひどく怒っていたけれど、それを聞いたあとはさらに激怒していた」

サムはメモを取り終えた。「筋が通るわね」

「凶器のことは？」

「凶器がどうかしたの？」

チャーリーは椅子の形をしたがらくたの背にもたれた。ブルージーンズについていた糸くずをつまみあげる。今朝、つまんだのと同じものを。

サムはサンドイッチをかじった。汚れた窓に目を向ける。今日はうんざりするほど一日が長くて、太陽はようやく傾き始めたばかりだ。

サムはコーラを指さした。「少し、もらえる？」

チャーリーは蓋を開けた。ひっくり返したサムのノートの上にボトルを置く。「ハックが銃を持っていることをパパに言うつもり？」

「それがあなたになんの関係があるの？」

チャーリーは曖昧に肩をすくめた。

「ベンとのあいだになにがあったの？」

「わからない」

サムは口のなかに残っていたピーナッツバターをコーラで飲みくだした。アントンのことを話すならいまだろう。結婚がどんなものかはわかっているし、ささいな不満が積み重なっていくことも理解している、けれどそんなことはどうでもいいのだとチャーリーに教えなければいけない。だれかを愛しているのなら、その人とうまくやっていくためにあらゆることをしなくてはいけない。世界中のだれよりも大切なその人は、ある日喉の痛みを訴えていたかと思ったら翌日には死んでいるかもしれないのだから。

けれどサムはこう言っただけだった。「ベンとの関係を修復する必要があるわ」

「姉さんの語彙から〝必要がある〟っていう言葉を取り去ったら、話せなくなるんじゃないの」

サムは疲れきっていて、はぐらかすなと言い返す気にはなれなかった。サンドイッチをもうひと口かじった。ゆっくりと噛む。「ガンマの写真を捜していたの」

「家よ。パパの机の上」

それで問題は解決だ。あの農家に行くつもりはない。

「これならあるわよ」チャーリーはジェンガのように上の書類を崩すことなく、三本の指を使ってファイルボックスの下からペーパーバックを引っ張り出した。

サムに手渡す。

サムはタイトルを読んだ。「『数値処理による気象予測』」その本は古いものだったが、よく読みこまれているようだ。ページをめくった。あちこちに鉛筆の書きこみがある。タイトルどおりのテキストらしい。気圧と気温と湿度を組みこんだアルゴリズムに基づいて、気象を予測するためのガイドだ。「この微積分はだれが？」

「わたしは十三歳だったの」チャーリーが答えた。

「あなたはばかじゃないはずなのに」サムは数式のひとつを訂正した。「少なくとも、違うとわたしは思っていたけれど」

「これはガンマのだった」

サムのペンが止まった。

「死ぬ前にこれを注文していたの。一カ月後に届いた。農家の裏に古い気象観測用タワーがあるのよ」

「そうだった？」弱りきっていたサムは水から頭を持ちあげることすらできず、タワーの下を流れる水路で危うく溺れそうになったのだ。

「とにかく、ラスティとわたしは気象観測用タワーの機械類を修理して、ガンマを驚かせるつもりだった。ガンマは大喜びでデータを追跡するだろうって思ったの。国立海洋大気《NOA》庁《A》は市民科学者って呼んでいるけれど、データを取っている人が国じゅうに何千人もいる。

いまは、それをレポートするのはコンピューターの仕事だけれど。この本を見れば、ガンマがわたしたちより一歩先を行っていたことがわかると思う。いつものことだけどね」

サムは表や専門的なアルゴリズムが記されたページをめくった。「これって、物理的に現実離れしていること、わかっているわよね？　大気は質量場と運動の微妙なバランスの上に成り立っているのよ」

「もちろんよ、サマンサ。だれだってそれくらい知っている」チャーリーは説明した。「パパとわたしはいっしょに計算したの。毎朝、観測機械からデータを取って、アルゴリズムを使って翌日の気象を予測した。少なくとも、予測しようとした。そうすれば、ガンマに近づける気がして」

「ガンマは、きっと好きだったでしょうね」

「わたしが微積分ができないことを知ったら、めちゃくちゃ怒ったと思う」

そのとおりだとわかっていたので、サムは肩をすくめた。

サムはゆっくりページをめくっていったが、実際に読んでいたわけではなかった。幼いころのチャーリーのことを思い出していた。顔を傾け、唇のあいだから舌をのぞかせながら食卓で宿題をしていたチャーリー。算数をしているときは、必ずハミングをしていた。図工のときは口笛を吹いた。だれもいないと思っているときには、読んでいる本の一節を声に出して歌っていたこともあった。ふたりの部屋を隔てる薄い壁越しに、オペラっぽい抑揚をつけた声が時々聞こえてきたものだ。「尊敬すべき人になれ、さすれば愛はやってくる!」とか「神よ、わたしは二度と飢えたりしません!」とか。

ハミングをし、口笛を吹き、歌っていたあのチャーリーはどこへ行ったのだろう?

もちろん、ガンマの死とサムの怪我がそういう喜びの一部を奪ったことは想像に難くないが、ニューヨークで最後に会ったとき、チャーリーにはそのころのような輝きがあった。冗談を言い、ベンをからかい、ハミングしたり歌ったりして自分自身の声を楽しんでいた。その様子は、ひとりでゴロゴロと機嫌よく喉を鳴らしているフォスコを連想させた。

いまここにいる、ひどく不幸せそうな女性はいったいだれなのだろう?

チャーリーはまたズボンの糸くずをつまんだ。鼻をすする。指で鼻に触れた。「いやだ。また鼻血が出てきた」鼻をすすったが無駄だった。「ティッシュペーパーある?」

ケリー・ウィルソンと会ったときに、サムは持っていたティッシュを使い果たしてしまっていた。ラスティのオフィスのなかを見まわした。机の引き出しを開けた。

チャーリーはまた鼻をすすった。「パパはクリネックスなんて持っていないわよ」

いちばん下の引き出しにトイレットペーパーが入っていた。チャーリーに手渡す。「手遅れになる前に、その鼻は直してもらわなきゃだめよ。ひと晩じゅう、病院にいたんじゃないの?」

チャーリーはトイレットペーパーで鼻を押さえた。「痛い」

「だれに殴られたのか、話してくれるつもりはあるの？」

血のついたトイレットペーパーを眺めていたチャーリーは顔をあげた。「全体から見るとたいしたことじゃないんだけど、でもどうしてだが、姉さんには話したくない」

「わかった」サムは引き出しのなかをのぞきこんだ。ファイル用のフレームにはなにも入っていない。ページの端を折った三年前の『ジョージア州裁判所規定および手続き』の上に、手紙の束がのっているだけだった。引き出しを閉めようとしたところで、一通の封筒の差出人の住所が見えた。

手書き。

黒々とした几帳面《きちようめん》な文字。

ジョージア州診断および分類刑務所
私書箱三八七七
ジャクソン、G30233

サムは凍りついた。

ここに収監されているのは死刑囚だ。

「どうしたの？」チャーリーが訊いた。「なにか死んでるとか？」

住所の上に書かれている名前は見えなかった。別の封筒に隠れていて、見て取れるのは最初の文字の半分だけだ。曲線が見えた。Oの一部かもしれないし、あわてて書いたIかもしれないし、大文字のCの端の部分かもしれない。

それ以外の名前は、クリスマスリースの分厚い郵便広告に隠れてしまっていた。

「ポルノ雑誌だなんて言わないでよ」チャーリーが机のこちら側に移動してきた。引き出しのなかに視線を落とす。

サムも目を凝らした。

チャーリーが言った。「ここにあるものは全部、パパの私有財産よ。わたしたちに見る権利はない」

サムは手にしたペンを引き出しのなかへと差し入れた。

色鮮やかな郵便広告を脇へ押しやった。

カルペッパー、ザカライア受刑者　#4252619

チャーリーが言った。「脅迫状かも。今日、カルペッパー一族に会ったでしょう？　ザカライアの処刑日がついに決まったように思えるたびに――」

サムは手紙を手に取った。重さはないに等しいのに、指の骨にずしりと重さを感じた。

封筒のフラップはすでに開いていた。

チャーリーが言った。「サム、これはパパのものだってば」

サムは封筒から一枚の紙を取り出した。破り取ったノートのページだ。封筒に収まるように半分に折ってある。裏にはなにも書かれていない。ザカライア・カルペッパーはスパイラルノートから一枚破り、ずたずたになった端の部分を丁寧に切り取っていた。

サムのまぶたを裂いた、その同じ指で。

「サム」チャーリーは引き出しをのぞいた。ザカライアからの手紙は数十通ある。「わたしたちに、これを読む権利はない」

「〝権利〟ってどういう意味？」サムが言った。言葉が喉にからまった。「母を殺した男が父になにを言っているのか、わたしには知る権利がある」

チャーリーは手紙を奪い取った。

引き出しに放りこみ、蹴飛ばして閉めた。

「上等じゃないの」サムは空の封筒を机に落とすと、引き出しを引っ張った。動かない。

チャーリーに蹴られたせいで、前面のパネルが歪んだようだ。「開けて」

「だめ。こんなものを読む必要なんて、わたしたちにはない」

「わたしたち？」サムは繰り返した。今日、ダニー・カルペッパーの挑発に乗った間抜けは自分ではない。「カルペッパー一族に対して、いつからわたしたちになったの？」

「それ、どういう意味？」

「なんでもない。議論しても仕方がないわ」サムはもう一度引き出しを引いた。やはり動かない。この指の力のなさといったら、鳥の羽根並みだ。

チャーリーが言った。「姉さんが、まだわたしに怒っているのはわかっている」

「わたしは、まだあなたに怒っているわけじゃない」サムは反論した。「いま怒っているの。あなたが十三歳みたいな態度を取るから」

「そうよね、姉さんの言うとおりよ。わたしは十三歳でけっこう」

「あなた、いったいどうしたっていうの？」チャーリーの怒りを感じると、サムはますます怒りをかき立てられた。「わたしは、わたしたちの母親を殺した男の手紙を読みたいの」

「なにが書いてあるかなんて、わかりきっているじゃないの。この町にたった一日いただけで、あのろくでなしの息子がなんて言ったか聞いたでしょう？　わたしたちが嘘をついてるって。彼は無実だって。パパが結局回収できなかったあのいまいましい弁護料が原因で、わたしたちが彼を殺すんだって」

そのとおりだろうとわかっていたが、それでもサムの気持ちは変わらなかった。「チャーリー、わたしは疲れているの。お願いだから、その引き出しを開けてくれない？」

「どうして今日、ここに残ったのかを話してくれたらね。どうして罪状認否を引き受けたのか。どうしていまもまだここにいるのか」

サムは両肩に金床を背負わされた気がした。机にもたれた。「わかった。今日、どうしてわたしがここに残ったのかが知りたいのね？　あなたが自分の人生をそこまでめちゃくちゃにしたことが信じられないからよ」

勢いよく鼻を鳴らしすぎて、チャーリーの鼻からまた血が滴った。指でぬぐう。「姉さんの人生は完璧だから？」

「あなたにはなにも――」

「姉さんは、わたしたちから千マイルも距離を置いた。パパの電話にもベンのメールにも一度も返事をくれなかったし、電話一本よこさなかった。ここから二時間もかからないアトランタにしょっちゅう来ていたにもかかわらず、一度だって――」

「連絡するなって言ったのはあなたよ。〝うしろばかりを見ていたらどちらも前には進めない〟あなたはそう言ったの」

チャーリーは首を振ったが、それを見たサムのいらだちはいっそう募った。

「シャーロット、あなたはずっと喧嘩を吹っかけてきている。そうやって首を振るのはやめてくれる？　まるでわたしの頭がどうかしたみたいじゃないの」

「姉さんの頭はどうかしてなんかいない。ただくそったれなだけ」チャーリーは腕を組んだ。「うしろを見ちゃいけないとは言った。でも、前を見ちゃいけないとか、いっしょに前に進んでいこうって考えちゃいけないとは言わなかった。普通の姉妹がそうするみたいに」

「わたしたちの壊れた関係について、あなたが口汚く語ったことの言外の意味を読み取れなくて申し訳なかったわ」

「頭を撃たれたせいで、暴言を理解する領域に穴が開いたんでしょうね」

サムは両手を握りしめた。爆発するつもりはない。「その手紙なら置いてあるわよ。コピーを送ってほしい？」

「コピー屋に行って、両面コピーを取って、それでニューヨークかぶれのお尻でも拭いたら？」

「一枚きりの手紙をどうして両面コピーするの？」

「いいかげんにして！」チャーリーはこぶしを机に打ちつけた。「ほんの一日ここにいただけなのに、なんだってわたしの惨めで、哀れで、痛ましい人生をそんなに気にかけるわけ？」

「わたしはそんな形容詞は使っていないから」

「姉さんは、ただわたしに突っかかっているだけじゃないの」チャーリーはサムの肩を指で押した。「文句が言いたいだけ」

「そう？」チャーリーに押されるたびに体を貫く痛みを無視してサムは言った。「わたしがあなたに突っかかっている？」

「ベンのことを訊いてくる」チャーリーはさっきよりも強くサムを押した。「ラスティのことを訊いてくる」さらに押した。「ハックのことを訊いてくる」また押した。「それから――」

「もうたくさん！」サムはチャーリーの手を払いのけた。「なんだってそんなにわたしと対立しようとするの？」

「姉さんはなんだってそんなにうっとうしいの？」

「あなたは幸せじゃなくちゃいけないからよ！」サムは叫び、その真実の響きに全身を貫かれた気がした。「わたしの体は役立たずよ！　頭は――」サムは両手を宙に投げ出すような仕草をした。「なくなった！　わたしであったはずのものは、全部なくなったの。見えない。走れない。動けない。体を使えない。安心感はない。安らぎを感じることもない。でもわたしは毎日自分に言い聞かせている――本当に毎日よ、シャーロット――あなたが逃げおおせたんだから、そんなことはささいなことだって」

「逃げおおせたわよ！」

「なんのために？　カルペッパー一族と対立するため？　ラスティみたいになるため？　顔を殴られるため？　結婚生活を台無しにするため？」サムは机の上の雑誌の山をなぎ払った。腕を駆けあがった痛みに思わず息を呑む。二の腕が痙攣《けいれん》した。肩がこわばった。息を切らしながら、机にもたれかかった。

チャーリーが前に出た。

「やめて」チャーリーに手を貸してほしくはなかった。「本当なら子供がいるはずなのに。あなたを愛する友だちがいて、素晴らしい夫といっしょにきれいな家で暮らしているはずなのに。メイソン・ハッカビーみたいな無責任なろくでなしのために、すべてをどぶに捨てるんじゃなくて」

「それは――」

「フェアじゃない？　間違っている？　それがベンとのあいだに起きたことじゃないの？　大学であったことじゃないの？　逃げているとあなたが感じたときにしてきたことじゃないの？　なにもかも、あなたが自分自身を責めているからよ、チャーリー。わたしじゃない。ガンマはあなたが逃げることを望んだ。逃げてとわたしは懇願した。わたしがあなたを責めているのは、自分の人生から、幸せから逃げていることに対してよ。わたしがあなたを寄せつけなかった？　わたしは冷たい？　あなたはすっかり自己嫌悪に陥っている。自己嫌悪の塊よ。すべての人、あらゆるものを別々に仕切ることが、事態を修復する唯一の方法だと思っている」

チャーリーはなにも言わなかった。

「わたしは遠いニューヨーク。ラスティは相変わらずドン・キホーテを気取っている。べンはここ。メイソンはあそこ。レノーラはどこだか彼女のいるところ。そんな人生っておかしい。あなたはそんなふうに生きていくべきじゃない。あなたはすごく頭がよくて、勤勉で、それに昔はうんざりするくらい、あきれるくらい幸せだった」サムは自分の肩をもんだ。筋肉が燃えるようだ。「彼女はどこに行ったの、チャーリー？　あなたは逃げた。逃げ出したのよ」

チャーリーは床を見つめていた。歯を食いしばっている。息遣いが荒い。

それはサムも同じだった。胸が激しく上下しているのがわかった。なにかに引っかかった時計の秒針のように、指が震えている。世界がなす術《すべ》もなくくるくると回転しているような気がした。チャーリーはどうしてわたしを押し続けたの？　なにをしようとしていたの？

開いたままのドアをレノーラがノックした。「なにも問題はない？」

チャーリーは首を振った。鼻血が滴った。

レノーラは冗談を言った。「警察を呼んだほうがいい？」

「タクシーを呼んで」チャーリーは引き出しの取っ手をつかんだ。思いっきり引っ張った。板が裂けた。ザカライア・カルペッパーの手紙が床に散乱した。「家に帰って、サマンサ。姉さんの言うとおりよ。姉さんはここにいると意地悪になる」

# 13

ほかにはだれもいない簡易食堂で、サムはレノーラと向かい合ってブースに座っていた。ウェイトレスが運んできたお湯に、ゆっくりとティーバッグを浸した。レノーラがこちらを見つめているのはわかっていたが、なにを言えばいいのかわからない。

「わたしが病院まで送っていくほうが早いけれど」レノーラが申し出た。

サムは首を振った。タクシーを待つつもりだ。「いっしょにいてくれなくてもいいのよ」

レノーラは両手でコーヒーカップを包むようにして持った。爪はきれいに整えられ、透明のマニキュアが塗られている。右の人差し指に指輪をしていた。サムが指輪を見つめていることに気づいて、彼女は言った。「あなたのお母さんがくれたのよ」

母がはめそうな指輪だとサムは思った――とりたててきれいなわけではないが、ちょっと変わっていて、人目を引く。「母のことを話して」

レノーラは右手をあげて、指輪を眺めた。「妹のラナが、フェルミ研究所で彼女といっしょに働いていたの。同じ部署ではなかったし、同じ地位でもなかったけれど、当時は独身の女の子がひとりで暮らすなんて許されていなかった。だからふたりは大学の宿舎でいっしょに暮らすことになったの。そうやって変態科学者の男たちを寄せつけないようにしないかぎり、母はラナをあそこで働かせることはなかったでしょうね」

サムは続きを待った。

「クリスマス休暇に、ラナがハリエットを家に連れてきた。最初のうちわたしは彼女を無視していたんだけれど、ある夜眠れなくて、外の空気を吸いに裏庭に出てみたら彼女もそこにいたのよ」レノーラは眉を吊りあげた。「空の星を見あげていた。物理は彼女の天職だったけれど、天文学は情熱の対象だった」

サムは、母のそんな一面を知らずにいたことが悲しかった。

「ひと晩じゅう、話をしたわ。わたしは、あれほど興味を持てる人にそれまで会ったことがなかった。それからデートみたいなことをするようになったんだけれど、でもなにもなかった……」レノーラはくわしいことを語る代わりに、肩をすくめた。「一年ちょっと続いたけれど、いわゆる遠距離恋愛っていうやつだった。わたしはラスティといっしょにロースクールに通っていたから。どうして挫折したのかは、また別の話ね。ともあれ、ある年の夏、わたしはラスティを連れてシカゴに行った。そうしたらハリエットは彼に夢中になったというわけ」再び肩をすくめる。「わたしは身を引いた。わたしたちは最初から、恋人というよりは友だちみたいなものだったから」

「でも母はいつもあなたに腹を立てていた。そんな口調だった」

「彼女の夫を遅くまで引き留めて、家族と過ごすべき時間を奪っていっしょに飲んだり煙草を吸ったりしていたから」レノーラはまた肩をすくめた。「彼女は平凡な生活を望んでいたのよ」

母がそんなものを望んでいたとは、サムにはとても想像できなかった。「母は平凡からほど遠かったわ」

「人間はいつだって、手に入らないものを欲しがるのよ。ハリエットはどこにも溶けこむことはなかった。フェルミ研究所でさえ、だめだった。すごく変わっていたから。社交性に欠けていた。いまなら発達障害かなにかを疑われていたんだろうけれど、あのころはただ、頭がよすぎて、教養がありすぎる変わり者だって思われていただけ。とりわけ、女性としては」

「母にとっての平凡な生活ってなんだったのかしら？」

「結婚。社会的な枠組み。娘たち。あなたを産んだときほど、幸せそうだったことはなかった。脳が発達するさまを観察し、新しい刺激に対する反応を調べていた。何ページも日記をつけていたのよ」

「なんだか科学のプロジェクトみたい」

「彼女はプロジェクトが大好きだったから。でもチャーリーは別。あの子の創造力、自発性は並外れていた。ハリエットはチャーリーを、あなたたちふたりを深く愛していたけれど、チャーリーのことはまったく理解できずにいたのよ」

「母とわたしの共通点ね」サムは紅茶を飲んだ。ミルクの味が悪い。マグカップを置いた。

「あなたはどうしてわたしを嫌うの？」

「チャーリーを傷つけたから」レノーラが答えた。

「わたしがやらなくても、チャーリーは自分でそうしているみたいだけれど」

レノーラはハンドバッグに手を差し入れ、ベンからもらったＵＳＢメモリを取り出した。

「これを受け取ってほしいの」

あたかもそれが自分の身に危険を及ぼすとでもいうように、サムは体を引いた。

「アトランタのどこかで捨てて」レノーラはＵＳＢメモリを机の上に滑らせた。「ベンのために。これのせいで彼がどういうことになるか、わかっているでしょう？」

どうすればいいのかわからないまま、サムはＵＳＢメモリをハンドバッグに入れた。ニューヨークに持って帰るわけにはいかない。アトランタオフィスのだれかに、破棄してもらうように頼むほかはないだろう。

レノーラが言った。「わたしには事件の話をしてもいいのよ。コインは絶対にわたしを証人には呼ばないから。こんな格好じゃ、どんな陪審員だってまともには聞いてくれない」

そのとおりだとサムにはわかっていた。

レノーラが言った。「銃弾が気になっているの。一発が逸れて壁に当たっているのが、妙な気がする。ケリーはピンクマンに三発当てている。胸に一発、顔に二発。それってたまたま運がよかったのか、それともすごく腕がいいかのどちらかよ」

「ルーシー」サムは首の横に手を触れた。「あれは、まともに当たったわけじゃないようだけれど」

「確かに。でも聞いて。パイクビルの女性は、銃の扱い方なんてほとんど知らない。わたしは射撃場でも的に当てられなかった。プレッシャーがかかっているわけでも、途中に人がいるわけでもないのに。いま問題になっているのは、十八歳の女の子なのよ。廊下に立って、ベルが鳴るのを待っていた。天井を突き破るくらい、アドレナリンが出まくっていたはず。つまり、彼女はこの町でも見たことがないくらい冷酷な殺人者なのか、もしくはなにかほかの事情があるのかどちらかね」

「ほかの事情って？」

「さっぱりわからない」

サムはケリーが妊娠していることを思った。アダム・ハンフリー。イヤーブック。決してはまることのないパズルのピースのようだ。

サムは言った。「わたしはこれまで守秘義務に違反したことはないの」

レノーラはだからなんだというように、肩をすくめた。

　サムは違反することを考えただけで罪悪感にかられた。妹にも話していないからなおさらだった。だが結局、口を開いた。「ケリーは妊娠しているかもしれない」

　レノーラはコーヒーを飲んだだけでなにも言わなかった。

「話をしたとき、ケリーはアダム・ハンフリーの名前を持ち出したわ。彼が父親なのかもしれない。それともフランク・アレクサンダーかも。今回が二度目の妊娠みたい。噂によると中学のときに一度妊娠して、中絶したそうよ。そのことはチャーリーも知っているけれど、いまケリーが妊娠していることは知らない」

　レノーラはカップを置いた。「父親はフランク・アレクサンダーで、ケリーは恨みか嫉妬のせいでルーシーを殺したってコインは言うでしょうね」

「父親がだれなのかは簡単に調べられる」

「子供が生まれるまで、そのテストは棚上げにできる。不当な負担っていうやつね。まったく危険がないわけじゃないから」レノーラが訊いた。「アダム・ハンフリーかフランク・アレクサンダーが、なんらかの理由があって学校に銃を持ってくるようにケリーを唆したと思う？　それとも彼女が自分でやったことなのかしら？」

「いま確かに言えるのは、真実を聞き出すにはケリー・ウィルソンほどあてにならない人間はいないっていうことね」サムはこめかみを指で押して、少しでも凝りをほぐそうとした。「虚偽の自白のビデオならこれまでにも見てきたわ——ロースクールでもテレビでもドキュメンタリーでも。ウェスト・メンフィス・スリー（一九九三年にウェスト・メンフィスで三人の男児が殺害され、三人の少年が有罪判決を受けた事件。冤罪の可能性があると言われている）、ブレンダン・ダシー（二〇〇五年にウィスコンシン州で女性が殺害された事件で、当時十六歳のブレンダンが有罪判決を受けた事件。警察が証拠を捏造、自白を強要された可能性があり、アメリカでドキュメンタリー番組が制作されている）、チャック・エリクソン（二〇〇一年にミズーリ州で起きた殺人事件の犯人として四年後に逮捕、有力な証拠はなく自白のみをもとに有罪判決を受ける）。だれもが見たか、読んだかしているわよね。でも目の前にいるのがあれほど暗示にかかりやすくて、相手を喜ばせたいと思っている人間だったなら、そこから真実にたどり着くのはとても無理よ」

サムはケリーとの会話を思い起こし、分析し、なにが起きたのかを正しく理解しようとした。「ある種の確証バイアスが関与しているんだと思う。これほど頭の悪い人間がいるはずがない、こちらをだまそうとしているに違いないと、みんなは思いこんでいるのよ。でも実際は、彼らに人をだませるほどの鋭敏さはない。言い逃れができるだけの知能がないの。相手をだませるくらい知能が高ければ、そもそも最初から自分の関与をほのめかすようなばかなことは言わない」サムは自分がチャーリーのような話し方をしていることに気づいた。もう少し簡潔に話そうと思った。「チャーリーがジュディス・ピンクマンの顔を引っぱたくのを見たと、ケリー・ウィルソンに言わせたわ」

「なんとまあ」レノーラは心臓の上に手を当てた。そうでないことを証明できるビデオが手元にあることを、神さまに感謝しているのかもしれない。

「そう言わせるのは簡単だった」サムは言った。「彼女は疲れていて、気分が悪くて、混乱していて、怖がっていて、孤独だった。五分もかからないうちに、わたしが言ったことを繰り返すだけじゃなくて、確認するようなことまで言わせることができた。作り話さえしたのよ。引っぱたく音が廊下の先まで聞こえたって。どれもこれも、わたしが言った嘘を裏付けるために」サムは首を振った。いまだに信じられなかったからだ。「自分が、たいていの人たちとは違う世界に住んでいることはわかっていたけれど、ケリーは社会の下層にいるのね。残酷なことを言っているわけでも、傲慢なつもりもない。単なる事実よ。あの子のような少女たちが道に迷うのは理由があるのね」

「道を踏みはずすっていうこと？」

サムは首を振った。いまの段階でひとつの仮説にこだわりたくはない。

「ハンフリーを捜すように、ジミー・ジャックにはもう言ってあるから。いまごろは見つけているかもしれないわね」

「ルーシー・アレクサンダーの父親を完全に除外するわけにはいかないわ」サムが言った。

「ケン・コインが間違っていてほしいからと言って、その可能性を消すことはできない」

「どうしてこんなことが起きたのかを調べられる人間がいるとしたら、それはジミー・ジャックね」

その網はメイソン・ハッカビーが引っかかるくらい大きいだろうかとサムはいぶかった

が、妹の愛人の話をここで持ち出すつもりはなかった。「ケリーの動機がわかっても、被害者が生き返るわけじゃない」

「そうね。でも三人目の被害者を死刑台に送らずにすむかもしれない」

サムは唇を結んだ。ケリーが被害者だとは確信が持てずにいる。知能程度がどうであれ、彼女が学校に銃を持ちこみ、引き金を引いて、罪のないふたりの人間を冷酷に殺したことは事実だ。彼女の運命が自分の肩にかかっていないことに安堵《あんど》した。陪審員は公平であることになっている。けれど、パイクビルから百キロ内で公平な陪審員を見つけるのは、ばかばかしいくらいありそうもないことだった。

「じきにタクシーが来るわ」レノーラはウェイトレスの姿を捜し、手をあげて合図を送った。

サムは振り返った。ウェイトレスはカウンターの前に座っている。「すみません」立ちあがったウェイトレスはいかにも気の進まない様子で近づいてきた。ため息をついてから、口を開く。「なに?」

サムは思わずレノーラを見たが、彼女は首を振るだけだった。「お支払いがしたいの」ウェイトレスは叩きつけるようにして、勘定書をテーブルに置いた。汚いものでも触るように、親指と人差し指でレノーラのコーヒーカップをつまんだ。

サムは、とんでもないウェイトレスがいなくなるのを待ってレノーラに訊いた。「どうしてここに住んでいるの？　こんな保守的なところに？」

「ここがわたしの家だもの。それにいまでも、人は人、自分は自分って考えているいい人たちもいるし」レノーラは言い添えた。「なにより、ニューヨークはこのあいだの大統領選挙でモラルを失くしてしまったしね」

サムは苦々しげに笑った。

「チャーリーの様子を見てくるわ」レノーラは財布から一ドル札を出したが、サムは手を振って断った。

「ありがとう」サムは礼を言ったものの、これまでレノーラが彼女の家族のためにどれだけのことをしてくれたのかは推測するしかなかった。自分の人生を取り戻すことで精いっぱいで、ラスティとチャーリーがどんな人生を送っているのかはあまり考えてこなかった。レノーラが、ガンマが残した穴の一部を埋めてくれていたことを初めて知った。

ドアのベルの音と共にレノーラが店を出ていった。ウェイトレスが料理人に向かって、レノーラの悪口を言っている。ぐさりとくるような辛辣な言葉で彼女を黙らせてやりたかったが、今日はもう人と争うだけのエネルギーが残っていなかった。

サムは洗面所に向かった。シンクの前に立ち、アトランタの〈フォーシーズンズ・ホテル〉でシャワーを浴びているところを想像しながら、ざっと手を洗った。ニューヨークを発《た》ってから十六時間。普段の二倍近くの時間、起き続けていることになる。虫歯のような鈍い痛みが頭に広がっていた。体は言うことを聞いてくれない。鏡のなかの疲れてやつれた顔を見つめていると、母の失望が感じられる気がした。

サムはチャーリーに見切りをつけようとしていた。

ほかにどうしようもない。チャーリーは彼女と話をしようとしなかった。何度ノックをしても、鍵のかかったオフィスのドアが開くことはなかった。身の危険を感じたチャーリーが真夜中に逃げていった、あのときとは違う。サムがいくら謝罪をし、許しを乞うても――なにに対してなのかは、サムにもわかっていなかった――チャーリーからは沈黙が返ってくるだけだった。そしてサムはようやく、ずっと以前からわかっているべきだったことを悲しみと共に認める気になった。

チャーリーは彼女を必要としていない。

トイレットペーパーで涙をぬぐった。泣いているのは、この旅が無益に終わったせいなのか、それとも疲れたせいなのか、自分でもわからなかった。二十年前に妹を失ったのは、互いの合意だと思えた。サムが怒りを爆発させ、チャーリーも爆発した。言い争いをして、激しい喧嘩をして、最後にはふたりとも背を向けて歩き出した。

けれど今回は、盗難にあったような気分だった。なにか素晴らしいもの、本物と感じられるなにかをその手につかんだと思ったら、チャーリーがそれをもぎ取っていった。

バッグのなかに数通の手紙が入っていた。ラスティのオフィスに山ほどあったものの一部だ。サムは彼の机の向こうに立ち、封筒を次々と開いた。どれにも、ノートから破り取った紙をきれいに折り畳んだものが入っていて、鉛筆の字が紙に食いこむくらいの筆圧で同じ言葉が記されていた。

　おまえはおれに借りがある。

　一行だけの手紙が毎月一通、何百通もラスティのオフィスに送られてきていた。

　サムの携帯電話が鳴った。

　ハンドバッグを探った。チャーリーではない。ベンではない。タクシー会社からのメールだった。運転手が外で待っている。

　サムはもう一度涙を拭いた。手で髪を撫でつけた。ブースに戻った。テーブルに一ドル札を置いた。スーツケースを転がしながら、待っているタクシーに向かって歩いていく。

　運転手はすぐに降りてきて、スーツケースをトランクに入れた。サムは後部座席に乗りこんだ。パイクビルのダウンタウンを走る車の窓から外を眺めた。

　スタニスラフとは病院で落ち合うことになっている。父親に会うのは気が進まなかったが、サムにはラスティに、そしてケリー・ウィルソンに対する責任があった。メモを父に渡し、彼女の意見と疑念を伝えなければいけない。

銃弾についてレノーラが言っていたことはもっともだ。ケリーは廊下で見事な射撃の腕前を見せた。ダグラス・ピンクマンとルーシー・アレクサンダーの両方に、かなりの距離から命中させたのだ。

それなのになぜ、教室から出てきたジュディス・ピンクマンを撃たなかったのだろう？ラスティが解くべき謎は増えるばかりだ。

サムはタクシーの窓を開けた。点々と星が光る空を見あげる。ニューヨークは人工の明かりが多すぎて、サムは夜がどんなものなのかをすっかり忘れていた。月は青い光の薄片のようだ。眼鏡をはずした。新鮮な空気が顔に当たる。目を閉じた。星を見ていたというガンマのことを思った。あの才気あふれる聡明《そうめい》な女性が、本当に平凡な人生を求めていたのだろうか？

主婦。母。彼女を保護する夫。夫を保護するという誓い。

ガンマについて心に残っている記憶のひとつが、常に探していたということだった。知識を。情報を。解答を。繰り返されていたなんでもない当たり前のある日、学校から帰ってくると、ガンマがなにかの課題に没頭していたことがあった。チャーリーは友人の家に行っていた。当時はまだ赤いレンガの家で暮らしていた。サムは裏口のドアを開けた。キッチンの床に鞄《かばん》を置いた。靴を脱ぎ捨てた。ガンマが振り返った。その手にはマーカー。裏庭を見渡す大きな窓になにかを書いていた。公式であることはサムにもわかったが、その意味は理解できなかった。

「ケーキがどうして落ちたのかを突き止めようとしていたのよ」ガンマが説明した。「それが人生の難しいところなの、サム。あなたがいまのぼっていないのなら、それは落ちているということなのよ」

タクシーがたんと揺れ、サムは目を覚ました。

一瞬、自分がどこにいるかわからず、うろたえた。

眼鏡をかけた。三十分近くたっていた。車はすでにブリッジ・ギャップを走っている。カフェの上に建つ四階や五階建てのビル。公園で開かれるコンサートや家族向けのピクニックの広告。メアリー＝リン・ハッカビーが友だちといっしょに行き、そこの洗面所でレイプされることになった映画館を通り過ぎた。

この国にはそんな暴力的な男たちがいる。

サムはハンドバッグに手をのせた。そこに入っている手紙から、熱が伝わってくるようだ。

〝おまえはおれに借りがある〟

わたしは、ザカライア・カルペッパーが父にどんな貸しがあると思っているのかが気になっているのだろうか？　三十年近く前、彼を死刑にするべきではないとラスティは主張した。どちらかと言えば、ザカライアのほうがラスティに借りがあるはずだ。サムに。チャーリーに。そういう意味ではベンにも。

サムは携帯電話のロックをはずした。

メールアプリを開き、ベンのアドレスを入れた。メールのタイトルにどの文字を打つべきなのかわからず、指が止まった。チャーリーの名前？　助言を求める？　壊れたものを修復できなかったことを謝る？

サムの目にはっきりと見えたのは、チャーリーが打ちひしがれているという事実だけだった。妹はなにか理由があって、サムに帰ってきてほしがった。だからサムは、彼女を悩ませているそのなにかを認めさせ、吐き出させ、真実を告げさせようとした。

どう攻めるべきかはわかっているつもりだった。頭を撃たれたあと、サムはひどく怒りっぽくなった。自分の体の弱さに激高し、以前のように頭が働かないことに腹を立てた。だれかれとなく、怒りの矛先を向けた。医者が処方したステロイドや抗鬱剤や鎮痙剤《ちんけいざい》は、感情を刺激しただけだった。サムはいつも怒りを感じていた。いくらかでもましになるのは、だれかにその怒りをぶつけたときだけだった。

もっとも激しい怒りを向けたのが、チャーリーとラスティだった。

リハビリを終えて、あの農家で暮らした半年はだれにとっても地獄だった。サムは決して満足することがなかった。常に文句を言っていた。チャーリーを責め、なにをしてもすべて間違っているような気持ちにさせた。感情をコントロールするためのセラピーを受けたらどうだと勧められると、わたしは大丈夫、わたしは回復しつつある、わたしは怒ったりなんかしていない、ただ疲れているだけ、ただいらだっているだけ、ただ時間と空間が必要なだけ、ひとりになって自己を取り戻す機会が必要なだけと主張して、バンシーのようにわめいた。

そして、ラスティはついにサムが一般教育終了検定《GED》を取ることを認め、彼女はスタンフォード大学に早期入学した。二千五百マイル離れた大学に通うようになってようやく、自分の怒りがあの農家に閉じこめられていたせいだけではないことを、サムは知った。

外に立ってみて初めてわかることがある。

サムは、カルペッパー兄弟を自分たちの人生に連れてきたラスティに怒っていた。キッチンのドアを開けたチャーリーに怒っていた。散弾銃をつかんだガンマに怒っていた。丸頭ハンマーを持ってバスルームに立っていたとき、直感に従わず、裏口から出ていく代わりにキッチンに入っていった自分に怒っていた。

サムは怒っていた。サムは腹を立てていた。ものすごく、すさまじく、激怒していた。

けれど三十一歳になるまで、サムはその怒りを口に出すことはなかった。チャーリーに怒りを爆発させたことでかさぶたがはがれ、その傷はアントンの悠然とした態度のおかげでようやく癒え始めたのだ。

彼の部屋でのことだ。大晦日《おおみそか》。ふたりはテレビでタイムズ・スクエアのボールドロップを見ていた。シャンパンを飲んでいた。少なくとも、サムは飲むふりをしていた。

アントンが言った。「飲まないと不運を招くよ」

サムは笑ってそれをいなした。その時点では、彼女の人生の半分以上が不運につきまとわれていたからだ。そして、これまでだれにも打ち明けたことのなかった思いを口にした。

「なにかを飲んだり、口にしたり、間違った動きをしたりしたら、痙攣や発作が起きて、残された機能までだめになるんじゃないかって、いつも不安なの」

アントンは、人生の謎について陳腐な決まり文句を言うことはなかったし、問題を解決する方法についてアドバイスすることもなかった。ただこう言っただけだ。「命があって幸運だったと、きみは大勢の人に言われてきたんだろうね。でもそもそも撃たれたりしなければ、それが幸運だったんだとぼくは思うよ」

サムは一時間近く泣き続けた。

生き延びたのは運がよかったと、だれもが幾度となく彼女に言った。どんなふうに生き残るべきだったのか、彼女に怒る権利があると言ってくれた人はだれもいなかった。

「お客さん?」タクシーの運転手がウィンカーを出した。前方の白い看板を指さした。

ディカーソン郡立病院。ラスティは病室でニュースを見ているだろう。自分の姿がちらりとでも映ることを期待しているかもしれない。法廷でのサムの仕事ぶりを見たはずだ。

胃のなかでまた蝶が暴れ始めたのを感じて、ラスティの反応を気にかけている自分を叱りつけた。

ここには、メモを渡すために来ただけ。別れの挨拶をして――おそらくは面と向かってするのはこれが最後になるだろう――アトランタに向かう。明日の朝目覚めたときには、カンザスに帰ったドロシーのように、現実の世界に戻っているだろう。

運転手はコンクリート製の張り出し屋根の下に車を止めた。サムのためにトランクからスーツケースを出す。持ち手を引っ張り出した。サムがスーツケースを転がしながら玄関に向かっていると、煙草のにおいが漂ってきた。

「〝ああ、なんと運の悪いことか〟」ラスティがうなるように言った。車椅子に座り、煙草を持った右手を肘掛けにのせている。車椅子のうしろについたポールから、点滴袋がふたつぶらさがっていた。カテーテルの袋は、まるで腰のベルトの留め具《シャテレイン》のようだ。煙草を吸う人は入り口から三十メートル以上離れるようにと記された標識のすぐ下に、車椅子を止めていた。六メートルも離れていない。

サムは言った。「それって命を縮めるのよ」

ラスティはにこやかに応じた。「気持ちのいい夜じゃないか。目の前には美しいふたりの娘のうちのひとりがいて、手のなかには新しい煙草の箱がある。あとはバーボンのグラスさえあれば、幸せに死んでいけるな」

サムは手を振って煙を払った。「こんなにおいがしたら、全然気持ちよくないわ」

ラスティは笑いだし、やがて咳きこんだ。

サムは車椅子の近くのコンクリートのベンチにスーツケースを移動させた。レポーターたちはいなくなっている。きっと、新たな銃撃事件の取材に行ったのだろう。サムは煙よりも風上になるように、ベンチの向こうの端に座った。

ラスティが言った。「罪状認否で、ちょっとしたドラマがあったそうじゃないか」

サムは片方の肩をすくめた。チャーリーの悪い癖が移ったようだ。

「〝ベイビーは死んだの？〟」ラスティは声を震わせながら言った。「〝ベイビーは死んだの？〟」

「パパ、子供が殺されたのよ」

「わかっているさ。わかっている」ラスティは最後にもう一度大きく吸いこんでから、スリッパの裏で煙草をもみ消した。ガウンのポケットに吸殻をしまう。「裁判は、どちらがより優れた物語を語れるかの競争にすぎない。陪審員の心を揺さぶったほうが勝つんだ。ケンは素晴らしいスタートを切ったわけだ」

サムは、もっといい物語を考えてよと父親をせっつきたくなるのをこらえた。

「彼女をどう思った？」

「ケリー？」サムは考えてみた。「わからない。わたしたちが思っているよりも賢いのかもしれないし、信じられないくらい知能が低いのかもしれない。彼女は、どんなふうにでも誘導できるのよ、パパ。どんなふうにでも」

「愚かなくらいなら、いかれているほうがましだと昔から思っていたんだ。愚かさは心を打ち砕くことがある」ラスティはあたりにだれもいないことを確かめるように、うしろを振り返った。「中絶の話を聞いた」

サムは妹が自分のオフィスに戻り、ラスティに電話をかけているところを思い浮かべた。

「チャーリーと話したのね」

「いいや」ラスティはまだ煙草がそこにあるかのような手つきのまま、肘に体重をかけた。「わたしの調査員のジミー・ジャックが、昨日の午後調べてきた。噂があったんだ。中学生のころ、なにかよくないことがケリーの身に起きたという証拠をつかんだ。ある週にはふっくらしていたケリーがしばらく休んだかと思ったら、すっきりして戻ってきた。ゆうべ、母親に確認した。いまもそのことには心をひどく痛めていたよ。赤ん坊の父親は、フットボールチームのメンバーで、とっくに町を出ている。彼が父親なのかどうかはわからないが、中絶の費用を出したようだ。母親がケリーをアトランタに連れていった。仕事を休んだせいで、危うくクビになるところだったそうだ」

サムは言った。「ケリーはまた妊娠しているかもしれない」

ラスティの眉が吊りあがった。

「毎日、同じ時間に吐いているの。授業も休んでいるし、お腹がふっくらしている」

「ここ最近、黒っぽい服を着るようになったそうだ。どうしてなのかわからないと母親は言っていた」

サムはまだラスティに告げていないことがあると気づいた。「メイソン・ハッカビーはケリーとつながりがある」

「確かに」

サムはその続きを待ったが、ラスティは駐車場を見つめるだけだった。

「この件はもうすでに、レノーラがパパの調査員に調べさせている。でもほかにも、ケリーが熱をあげているアダム・ハンフリーという子がいるの。ルーシーの父親のフランク・アレクサンダーも調べたほうがいいと思う」サムは再び、その名前を持ち出した。「メイソン・ハッカビーも」

ラスティは頬を掻いた。またもや、その名前を聞き流した。「彼女が妊娠しているというのは――よくない知らせだ」

「いいほうに働くかもしれない」

「かもしれないが、生涯を刑務所で過ごす未来が待つ、お腹に子供がいる十八歳の少女であることに変わりはない」ラスティは言葉を継いだ。「運がよければ」

「彼女はユニコーンじゃなかったの？」

「刑務所にどれくらい無実の人間がいるか、知っているのか？」

「知りたくないわね。パパはどうして彼女が無実だと思うの？　ほかになにを知っているの？」

「なにも知りはしないさ。特になにもね。ただ――」ラスティは自分の腹を示した。「ナイフで刺されても、わたしの直感が損なわれることはなかった。それは、いまだに無傷だ。目に見える以上のものがあると、いまもささやいているんだ」

「わたしの目はいろいろと見ているわよ。防犯カメラの映像を手に入れたことは、レノーラから聞いた？」

「おまえたち姉妹がわたしのオフィスで取っ組み合いを始めそうになったのも聞いたぞ」

ラスティは両手を心臓の上に当てた。「輪がほころぶことがありませんように」

サムはこのことを軽々しく扱いたくなかった。「パパ、チャーリーはいったいどうしたの？」

ラスティは駐車場を見つめている。止まっている車に光が反射していた。「〝罪も美徳も存在しない。すべては人間がしていることにすぎない〟」

チャーリーなら、それがだれの言葉の引用なのかを知っているのだろうとサムは思った。

「パパたちの関係って理解できない。ふたりしていつも喋ってはいるけれど、中身のあることはなにひとつ言ってないんだから」ぐるぐると互いを追いかけている二羽の雄鶏《おんどり》を想像した。「だからパパはチャーリーのことが気に入っていたのね」

「おまえたちはふたりともわたしのお気に入りだ」

サムは信じなかった。いい娘だったのは昔からチャーリーのほうだ。父の冗談に笑い、父の意見に反論し、父のもとに残った。

ラスティは言った。「父親の務めは、それぞれの求めるやり方で娘を愛することだ」

サムはその陳腐な言葉に声をあげて笑った。「今年いちばんの父親として表彰されなかったのが不思議ね」

ラスティもいっしょになってくすくす笑った。「これまで生きてきてがっかりしていることのひとつが、その副賞のマグカップをもらえなかったことだ」ポケットに手を入れ、煙草の箱を取り出した。「シャーロットは、メイソンと個人的な関わりがあることをおまえに話したのか？」

「ようやくその話をする気になったわけ？」

「遠回しにだがね」

サムは言った。「メイソンのことは、わたしがあの子に教えたの。チャーリーは彼が何者なのか知らなかった」

ラスティは時間をかけて煙草に火をつけた。咳きこんで煙を吐き出す。舌についた煙草の葉のかけらをつまんだ。「あの日以来、わたしはレイプ犯の弁護ができなくなった」

父の告白はサムを驚かせた。「すべての人にチャンスを与えるべきだっていつも言っていたのに」

「そのとおりだ。だが与えるのがわたしである必要はない」ラスティはさらに咳をした。

「あの少女、メアリー＝リンの写真を見たとき、わたしはレイプがどういうものであるかを本当には理解していなかったことを知った」ラスティは指のあいだで煙草をまわしながら言った。サムではなく、駐車場を見つめていた。

「レイプ犯は女性から未来を奪う。彼女がなるはずだった女性を消してしまう。いろいろな意味で、殺人よりもたちが悪い。なぜなら、レイプ犯は可能性のある人間を殺し、可能性のある人生を消してしまうのに、被害者はまだ生きていて、前に進んでいくための別の道を見つけなければならないからだ」ラスティは手を振った。「そうでない場合もあるが」

「頭を撃たれることとよく似ているわね」

煙が喉に引っかかったのか、ラスティは咳きこんだ。

「シャーロットは群生動物だ。自分がリーダーである必要はないが、グループの一員でなければならない。ベンはあの子のグループだった」

「どうしてベンを裏切ったの？」

「それを話すのはわたしの役目ではない」

サムは堂々巡りの話に付き合うつもりはなかったが、ラスティがひと晩じゅうでも嬉々として同じところをぐるぐるまわり続けることはわかっていた。ハンドバッグからメモを取り出した。「追跡調査をするべきことを書き出したの。ケリーは被害者を知らないみたいね。それがいいことなのか、悪いことなのかはわからないけれど」彼女の観点からすれば、それは悪いことだった。無差別の暴力を軽く考えるべきではない。「撃たれた弾の数と順番をはっきりさせなきゃいけないわ。話に食い違いがあるの」

ラスティはリストをたどった。「妊娠：クエスチョン・マーク。父親：大きなクエスチョン・マーク。ビデオ：おまえも知っているある人物のおかげで、ひとつは手に入った。だがあのずる賢いミスター・コインが判事の命令に従うかどうかは、わからないな」ラスティは指でメモ用紙を叩いた。「そうだ、ケリーはなぜ中学校にいたのか？　被害者は無差別」彼はサムを見た。「彼女がふたりを知らないのは確かなのか？」

サムは首を振った。「訊いたときは知らないと言っていたけれど、追跡調査する価値はある」

「追跡調査をするのは好きだ」ラスティはリストの最後の行を眺めた。「ジュディス・ピンクマン。さっき、ニュースで彼女を見たよ。〝もう一方の頬を差し出せ〟のあの台詞は、ずいぶんと大きな変わりようだ」ラスティはリストを元通りふたつに折り畳み、ポケットに入れた。「ザカライア・カルペッパーの裁判のときは、自分でスイッチを入れたがっていたんだがな。まだ電気椅子で処刑されていた時代だった。二〇〇〇年五月以前に罪を犯した人間には、新法令の適用が除外されていたんだ」

ロースクール時代に、サムは処刑方法について読んでいた。野蛮だと感じたが、それも、千八百ボルトの電流が流されるのを待ちながら、チャーリーのように失禁するザカライア・カルペッパーを思い浮かべるまでのことだった。

ラスティが言った。「彼女は、ガンマを殺した人間の死刑を望んでおきながら、自分の夫を殺した人間を助けたがっている」

サムは肩をすくめた。「人は年を取ると丸くなるものよ。一部の人は」

「褒め言葉だと受け取っておくよ。ジュディス・ピンクマンには、こう言っておこう。〝常に間違っているよりは、たまに正しいほうがいい〟」

チャーリーの問題を再び持ち出すならいまだろうとサムは思った。「メイソン・ハッカビーは凶器をズボンに入れたって、ケリーが言っていたの。彼はそのまま建物の外に出たんだと思う。どうしてそんな大きな危険を冒したのか、突き止める必要がある」

ラスティはなんの反応も見せなかった。煙草を吸い、駐車場を見つめている。

「パパ」サムは言った。「彼は現場から凶器を持ち出したのよ。なにかに関わっているか、もしくはいかれているっていうことだわ」

「愚かさは心を打ち砕くと言っただろう?」

「ずいぶんと早い結論だこと」

「そうか?」

サムは謎かけのような父の言葉に応じるつもりはなかった。ラスティは明らかになにかを知っているが、それを打ち明けてはくれないようだ。「メイソンを告発しないと。ジュディス・ピンクマンを除けば、おそらく彼がコインのいちばん強力な証人よ」

「別の方法を考える」

サムは首を振った。「なんですって？」

「メイソン・ハッカビーを無力化する別の方法を考える。愚かな過ちを犯したからといって、刑務所送りにする必要はない」

「それが基準になるのなら、囚人の半分は刑務所から出さなきゃいけなくなるわ」サムは目をこすった。こんな話をするには、あまりに疲れすぎていた。「パパはうしろめたいことでもあるの？　なにかを償っているつもり？　メイソンを見逃そうとするのは、パパが偽善者なのか情け深いからなのかは知らないけれど、自分の依頼人を犠牲にしてチャーリーを守ろうとしているのよ」

「確かにそうだ」ラスティは認めた。「サマンサ、とても大事なことを教えておこう。許すことには価値があるんだ」

サムはハンドバッグのなかの手紙のことを考えた。母を殺した男、妹をレイプしようとした男、サムが頭を撃たれたときその場にいた男が、ラスティに手紙を出し続けていた理由を知りたいのかどうか、自分でもよくわからない。実を言えば、父が彼を許したと知ることが怖かった。わたしは、ザカライア・カルペッパーの良心に救済を与えた父を決して許さないかもしれない。

ラスティが訊いた。「死刑執行に立ち会ったことはあるか？」

「どうしてわたしが立ち会うの？」

ラスティは煙草をもみ消した。吸殻をポケットに入れた。片手をサムに差し出した。

「脈を取ってくれ」サムの表情に気づいて言った。「飛行機に乗って帰る前に、老いた父親に付き合ってやってくれないか」

サムは父親の骨ばった手首の内側に指を当てた。最初は橈側手根屈筋《とうそく》の太い筋を感じただけだった。規則正しい拍動が血管越しに感じられるまで、指を移動させた。

サムは言った。「取れたわ」

「死刑が執行されるとき、おまえは検分室に座る。いちばん前の列には家族がいて、牧師がいて、レポーターがいて、そしてこれから起ころうとすることに対してなにひとつできない人間、おまえがいる」ラスティはサムの手に自分の手を重ねた。父の手は乾いてざらざらしていた。サムは、父に触れるのはほぼ三十年ぶりであることに気づいた。

ラスティは言葉を継いだ。「カーテンが開けられる。するとそこに彼がいる。生きて、息をしている人間だ。彼は怪物なのか？　確かに怪物のような所業をしたのだろう。だがいま彼はベッドに縛りつけられている。腕と脚と頭は固定されて、だれとも目を合わせられないようになっている。白い雲と青い空がタイルに描かれた天井を見あげるばかりだ。囚人のだれかが描いたものなのか、漫画のような仕上がりだ。死刑を宣告された男が最後に見るものがそれだ」ラスティはサムの指をさらに強く手首に押しつけた。鼓動が速くなっている。

「おまえは、呼吸をコントロールしようとする彼の胸が上下しているのを見るだろう。そのときに感じるはずだ」ラスティはサムの指を叩いた。「ドクン。ドクン。自分の血液が体内を巡るのを感じる。息が肺を出入りするのを感じる」

サムは無意識のうちに父と呼吸を合わせていた。

「やがて彼は、最後の言葉を訊かれる。彼は罪を悔いたり、自分の死が家族に平穏をもたらすことを祈ったり、あるいは無実を訴えたりするだろう。だがその声は震えている。これで終わりだとわかっているからだ。壁の赤い電話は鳴らない。二度と母親に会うことはない。二度と子供を抱くことはない。これまでだ。死はすぐそこに迫っている」

サムは唇をきつく結んだ。自分の鼓動がラスティの話すリズムに同調しているのか、それとも彼の言葉にのめりこんでいるのか、彼女にはわからなかった。

「刑務所長がうなずいて許可を出す。部屋にはふたりの男がいる。それぞれが、薬を注入するボタンを押す。そうすれば、どちらが彼を殺したのかがわからないからだ」ラスティは言葉を切り、ボタンが押されるのを眺めているかのように数秒黙りこんだ。「おまえは口のなかに薬品のような味を感じる。まるで、いま彼の命を奪おうとしているものの味を感じているかのように。彼は体をこわばらせ、それからゆっくりと、けれど確実に筋肉から力が抜けていき、やがて完全に動かなくなる。するとおまえは薬が自分の体内を巡っているかのような、疲労感を覚えるだろう。そしておまえはうなずく。どこかほっとしたものを感じている。待っているあいだ、ずっと緊張していたからだ。ようやく、あと数秒ですべてが終わる」ラスティは再び言葉を切った。「おまえの鼓動が遅くなっていく。呼吸が小さくなっていく」

サムは続きを待った。

ラスティはなにも言わない。

サムは聞いた。「それから？」

「そして、すべてが終わる」ラスティはサムの手を叩いた。「これで終わりだ。カーテンが閉められ、おまえは部屋を出る。車に乗る。家に帰る。酒を飲む。歯を磨く。ベッドに入る。あの死刑囚が頭上のタイルの天井を眺めていたように、おまえも天井を眺める」ラスティはサムの手を強く握った。「これが、ザカライア・カルペッパーがずっと考え続けていることだ。あの部屋に連れていかれてカーテンが開けられるまで、毎日毎日、考えるだろう」

サムは手を引いた。火であぶられているかのように、手の皮膚がちりちりした。「手紙を見つけたこと、レノーラから聞いたのね」

「おまえたちは昔からわたしのファイルをのぞき見していたな」ラスティは車椅子の肘掛けを握りしめた。遠くに視線を向ける。「彼は罰を受けている。苦しんでほしいとおまえが願っていることは知っている。実際に、苦しんでいるんだ。いまさら、あの男をどうこうする必要はない。おまえはニューヨークに戻って、あの男のことは忘れればいい。自分の人生を生きるんだ。それがおまえにできる復讐《ふくしゅう》だ」

サムは首を振った。こうなることはわかっているべきだった。ラスティはいつだって、彼女には見えない場所に隠れてしまう。それを許してきた自分に腹が立った。

ラスティが言った。「自分のためにそれができないのなら、妹のためにそうしてやってくれ」

「わたしはあの子を助けようとしたの。でもあの子はそれがいやみたい」

ラスティはサムの腕をつかんだ。「聞いてくれ、ベイビー。よく聞くんだ。大切なことだから」ラスティは、サムと視線が合うのを待った。「いまザカライア・カルペッパーのことでシャーロットを動揺させれば、あの子はいまいる暗い場所から二度と戻ってこられなくなる」

「ザカライアはパパにどんな貸しがあると思っているの？」

ラスティはサムをつかんでいた手を離した。車椅子の背にもたれかかる。「チャーチルから借りるというのは、デマ《canard》に包まれた謎だ」

「デマっていうのは、根拠のない噂のことよ」

「飛行機の前翼という意味もある。フランス語では、カモだな」

「ラスティ、ザカライア・カルペッパーはこの手紙をあなたに送っていた。同じメッセージを書いた手紙を、毎月第二金曜日に」

「そうなのか？」

「わかっているくせに。いつもわたしに電話をくれていた日じゃないの」

「おまえがわたしの電話を楽しみにしていてくれたとわかって、うれしいね」

サムは首を振った。そういう意味でないことは、どちらにもわかっている。「パパ、彼はどうして同じ手紙を送ってきていたの？　いったい彼にどんな借りがあるの？」

「借りなどないよ。一切」ラスティは聖書に誓うときのように、右手をあげてみせた。「あの手紙のことは警察も知っている。あれはただ、彼が暇つぶしにやっていることだ。あの哀れな男には腐るほどの時間がある。スケジュールを守るのはたやすいことだ」

「それじゃあ、あの手紙にはなにも裏はないって言うのね？　彼は、パパに貸しがあると考えている、ただの死刑囚のひとりにすぎないのね？」

「ああいう立場にいる人間は、だれかに貸しがあると感じるものだ」

「お願いだから、彼を許すことに価値があるなんて言わないで」

「彼を忘れることに価値があるんだ」ラスティがきっぱりと言った。「わたしは彼を忘れたから、自分の人生を進んでいけるようになった。わたしの心は、彼の存在をなかったことにした。だが、彼がわたしのソウルメイトを奪ったことは決して許さない」

サムは天を仰ぎたくなった。

「おまえの母親をこの世のなによりも愛していた。彼女と過ごした毎日は、人生で最高の日々だった。たとえ、声をかぎりに怒鳴り合っていたとしてもね」

サムはふたりが怒鳴り合っていたことを覚えていた。「ガンマがパパのなかになにを見ていたのか、わたしにはどうしても理解できなかった」

「彼女の下着をつけようとしない男だろう」

サムは思わず笑い、笑ったことを申し訳なく思った。

「レニーがわたしたちを引き合わせたんだ。知っていたかい?」ラスティは返事を待たなかった。「デートらしきものをしていた女性に会わせるため、彼がわたしを北に連れていった。彼女を見た瞬間、空から大きな石が落ちてきて、頭に当たったような気がした。文字どおり、目が離せなくなった。これまでに見たなかで、最高に美しい女性だった。長い脚。魅力的な腰の曲線」ラスティはにやりと笑った。「そしてもちろん、父親がただの女たらしだとおまえに思われるといけないので言っておくが、彼女の頭のなかは謎だった。彼女はとんでもなく物知りだった。知識の幅と奥深さには感心するばかりだった。あんな女性には、あとにも先にも会ったことがない。まるで猫のようだったね」ラスティはサムを指さした。「だれかにそう言われたことはあるか？」

「あるとは言えないわ」

「犬が愚かなことは周知の事実だ。だが猫は――猫からは、毎日尊敬を勝ち取らなくてはいけない。一度尊敬を失えば――」ラスティは指を鳴らした。「わたしにとっておまえの母親がそうだった。彼女はわたしの猫だったんだ。わたしのコンパスが常に北を向くようにしてくれていた」

「たとえが混乱しているわよ」

「猫はバイキングといっしょに航海していたんだぞ」

「ネズミを捕るためにね。船の舵《かじ》を取るためじゃないわ」サムが言った。「パパのしていたこと、ママはいやがっていたと思うけれど」

「彼女がいやがっていたのは、わたしがしていたことに内在していたリスクだ。だがわたしがそうせずにはいられないことは理解していたし、役立つことをしている人間には敬意を払っていた」

サムはガンマの言葉を聞いている気がした。

ラスティが言った。「ポートランド市対ヘンリー・アラメダ」

サムは愕然《がくぜん》とした。

彼女が初めて担当した事件だ。

「わたしはうしろのほうに座っていた。きらめく歯を頼りに猫が岩場から船を出すことができるくらい、にやにやしていたかもしれない」

「でもパパ――」

「おまえは水を得た魚のようだった。素晴らしい検察官だった。法廷を完全に支配していた。あれほどおまえが誇らしかったことはないよ」

「どうしてそのとき――」

「おまえを見ておきたかっただけだ。自分の居場所を見つけたのかどうかを」ラスティは箱を振って、新しい煙草を取り出した。「クリントン・ケーブル・コーポレーション対スタンリー・マーカンタイル・リミテッド」そう言ってサムにウィンクをした。彼女が初めてひとりだけで扱った特許侵害の事件を知っていたのが、なんでもないことのように。「あそこがおまえの居場所だ、サマンサ。おまえはこの世界で自分が役に立つ場所を見つけた。そこでは間違いなくおまえが最高だ」ラスティは煙草を口にくわえた。「その方面がおまえの卓越した頭脳を生かすのに適していると思っていたわけではないが、強化ケーブルの伸張強度について議論しているおまえは、まさに本領を発揮していたよ」ラスティは身を乗り出し、サムの胸を指さした。「ガンマはさぞおまえを誇らしく思っただろう」

サムは望みもしない涙が浮かんでくるのを感じた。法廷の様子を思い浮かべた。そのなかで振り返り、うしろのほうに座っている父親を見つけようとしたが、記憶が蘇ってくることはなかった。「パパがいたなんて知らなかった」

「そうだろうな。わたしはおまえを見たかった。おまえはわたしを見たくなかった」サムに言い訳させまいとして、ラスティは手をあげた。「娘が望むように愛することが、父親の務めだ」

サムは今度は冗談で返すのではなく、涙を拭いた。

「おまえに持っていてもらいたいガンマの写真がオフィスにある」

サムは驚いた。今日はその写真のことをかなりの時間考えていたとラスティが知るはずもない。

「おまえが見たことのない写真だ。そのことはすまないと思っている。いつかはおまえたちに見せようと考えてはいたんだ」

「チャーリーも見たことがないの？」

ラスティはうなずいた。「そうだ」

チャーリーも知らないことを父が話してくれたと思うと、サムは妙に気持ちが軽くなるのを覚えた。

「さて」ラスティは火のついていない煙草を口からはずした。「その写真を撮ったとき、ガンマは野原に立っていた。遠くに気象観測用タワーがあった。農家にあったような、金属の骨だけのタワーじゃない。木でできた、古くて壊れそうなタワーだった。レニーがカメラを取り出したとき、ガンマはそのタワーを見ていたんだ。あのショートパンツをはいていた」ラスティはにやりとした。「あの脚と共に過ごした時間は……」低い声でうなった。「ともあれ、おまえが知っている写真も同じ日に写したものだ。わたしたちは芝生の上でピクニックをした。わたしが名前を呼ぶと、彼女は眉を吊りあげて振り返った。わたしがとんでもなく賢明なことを言ったからだ」

サムは思わず笑ってしまった。

「だが、写真はもう一枚あったんだ。わたしだけの写真が。ガンマはカメラのほうを向いているが、少しだけ視線がずれていた。なぜなら、わたしを見つめていたからだよ。わたしも彼女を見つめていた。家に帰ったレニーとわたしは、現像した写真を受け取った。その写真を見たとき、わたしはこう言った。〝これが、わたしたちが恋に落ちた瞬間だ〟ってね」

本当だとは思えないくらい、その話はサムの心に響いた。「ガンマも同じことを言っていた？」

「わたしのかわいい娘」ラスティは手を伸ばし、サマンサの顎に触れた。「あの決定的瞬間は、おまえの母親とわたしで完全に意見が一致した唯一の時間だったと、なんのためらいもなく言える」

サムはまばたきをして、涙をこらえた。「見たいわ」

「動けるようになったら、すぐに送るよ」ラスティは手で口を覆って咳をした。「それに、おまえさえよければ、これからも電話する」

サムはうなずいた。父のメッセージが来ないニューヨークでの暮らしなど想像できない。ラスティはまた咳をした。肺がゴロゴロと低い音をたてているにもかかわらず、ラスティは煙草に火をつけようとした。

「咳は鬱血性心不全の兆候だって知っているでしょう?」

さらに咳。「喉の渇きの兆候でもある」

サムは彼の言わんとしていることを悟った。ベンチの脇にスーツケースを残し、病院のなかへと入っていく。売店は正面玄関のすぐそばにあった。冷蔵ケースから水のボトルを出した。レジに並ぶと、前には財布の底に残っている小銭で支払いをしようとしている老女がいた。

サムは息を吸い、そして吐き出した。そこからでも、外にいるラスティの姿が見える。また右肘にもたれかかっていた。指のあいだに火のついた煙草をはさんでいた。

前にいる老女は一ペンス硬貨をかき集めていた。見舞いに来た病気の友人のことをレジ係と話している。

サムはあたりを見まわした。アトランタまでは車で二時間ほどかかる。簡易食堂に行く気にはとてもなれなかったから、なにか食べるものを買っていったほうがいいかもしれない。プロテインバーの類を探していると、店の奥にマグカップが並んでいるのが見えた。〝今年いちばんの母親〟。〝世界一の友だち〟。〝今年いちばんの義理の父親〟。〝世界一の父親〟。

サムは〝世界一の父親〟のマグカップを手に取って眺めた。

背伸びをしてラスティの様子を確かめた。

車椅子の肘掛けにもたれたままだ。頭のまわりに煙が漂っている。サムはそのマグカップを戻すと、代わりに〝義理の父親〟のカップを取った。ラスティはきっと面白がるだろう。

小銭を数えていた老女はいなくなっていた。サムは財布からクレジットカードを取り出し、機械がそれを読み取るのを待った。

レジ係が訊いた。「義理のお父さんのお見舞いですか？」

サムはうなずいた。説明しても、普通の人は面白いとは思わないだろう。

「早くよくなるといいですね」レジ係はレシートをサムに差し出した。

サムはロビーを歩いて正面玄関に戻った。ドアが開いた。ラスティはベンチの脇から動いていない。サムはマグカップを掲げた。「これを見て」

ラスティは振り返らなかった。

「パパ？」

ラスティは肘掛けにもたれているのではなかった。体が傾いている。手がだらりと垂れていた。煙草が地面に落ちていた。

サムは近づいた。父親の顔をのぞきこんだ。

唇が開いていた。明るく照らされた駐車場に向けられた目はなにも映していなかった。

肌は白く見えるくらい血の気がなかった。

サムは手首に指を当てた。首に。胸に耳を押し当てた。

目を閉じた。耳を澄ました。待った。祈った。

彼から離れた。

ベンチに腰をおろした。

視界が涙でにじんだ。

父は逝ってしまった。

# 14

サムはチャーリーの家の長椅子で目を覚ました。白い天井を見つめた。ニューヨークを発って以来、ずっと頭痛が続いている。ゆうべは、客用寝室のある二階まで階段をあがることができなかった。家に入る二段の階段をのぼるのがせいいっぱいだった。体が言うことを聞かなくなっていたし、脳はラスティが車椅子に座ったまま死んでいるのを見つけたあとのストレスと疲労と予期せぬ落胆に、対応してくれなくなっていた。

普段であれば、とりわけ調子の悪い日の終わりには、関節の痛みにはセレブレックス、引きつけを抑えるニューロンティン、慢性の痛みに効くパロキセチン、筋肉の痙攣を防ぐシクロベンザプリンといったいつもの薬に加えて、なにかを飲むべきだろうかと自分自身に問いかける。抗炎症薬がもっと必要だろうか？　筋肉をリラックスさせる薬を増やさなくても眠れるだろうか？　オキシコンチンを半錠、もしくはパーコセットを丸一錠飲むくらい痛みはひどいだろうか？

ゆうべは全身の痛みがひどすぎて、すべて飲みたくなるのをこらえなくてはならなかった。

天井から顔を背け、暖炉の上に並べられている写真を眺めた。ゆうべ薬が効いてくる前に、その写真をじっくりと眺めた。煙草を持った手を肘掛けにつき、口を開いてロッキングチェアに座るラスティ。デビルズのバスケットの試合で、おかしな帽子をかぶっているベン。以前に飼っていたとおぼしき何頭もの犬。カリブ海のビーチらしいところでよりそって立つチャーリーとベン。雪山の麓でスキーウェアに身を包んだふたり。ゴールデンゲートのあの特徴的な赤色に塗られたつり橋の脇に立つふたり。

彼らの人生に、いまよりもいいときがあったことの証明だった。

長椅子の上で体を起こすと、薬の影響が残っていることがよくわかった。脚がぎくしゃくする。頭がガンガンする。目は焦点が定まらない。壁をほぼ覆っているチャーリーの巨大なテレビを眺めた。自分の影が見つめ返してきた。

ラスティは死んだ。

会議をしている最中か、もしくはどこか違う世界の違う町に降り立ったときに、その知らせを聞くのだろうと、サムは常々考えていた。彼の死は悲しいだろうが、一時的なものだろうと思っていた。高校生のころのボーイフレンドだったピーター・アレクサンダーが交通事故で死んだとチャーリーから聞かされたときのように。

死んでいるラスティを自分が見つけることになるとは想像もしていなかった。妹にそのことを伝える役目が自分にまわってくるとは思っていなかった。悲しみのあまり動けなくなって、病院の人間に伝えられるようになるまで、ラスティの横のベンチに三十分も座りこむことになるとは考えていなかった。

サムは失った父を思って泣いた。

これまで知ることのなかった父を思って泣いた。

コーヒーテーブルの上に眼鏡があった。まず足首、それからふくらはぎ、次に太腿と順に脚を伸ばしていく。背中が痛んだ。両手を体の前に伸ばし、そのまま頭上へとあげていく。準備ができたところで立ちあがった。筋肉が温まり、わずかな不快感だけで手足を動かせるようになるまで、さらにストレッチをした。

硬材の床にはラグが敷かれていなかった。ヨガマットはあるだろうかとサムは考えた。長椅子の横であぐらをかいて座った。裏庭を眺めた。スライドドアがわずかに開いていて、朝の空気が流れこんでいた。昔、ガールスカウトでチャーリーが作ったウサギ小屋がまだそのまま残っていた。ゆうべは悲嘆に暮れていてそれどころではなかったが、チャーリーとベンが以前赤いレンガの家があった場所に自宅を構えていることを知ったのはうれしかった。

ベンが帰ってしまったことはうれしくなかった。彼はほんの数分、二階にいただけだった。チャーリーの部屋に入っていくときの床のきしみ音が聞こえた。叫ぶ声はなかった。

泣く声もなかった。ベンは静かに階段をおりてくると、サムにおやすみも言わずに帰っていった。

サムは背筋を伸ばした。膝に両手の甲をのせる。目を閉じようとしたところで、手押し車を押しながら庭を進んでいくチャーリーが見えた。ウサギ小屋に干し草を敷く彼女の足に、野良猫がニャーニャーと鳴きながらまとわりついている。手押し車には餌の袋が乗っていた。穀物、鳥の餌、ピーナッツ。サムの目がしょぼしょぼしてきたところを見ると、以前は家のなかで犬を飼っていたらしい。

チャーリーはこうやって時間を埋めているようだ。様々な動物たちに餌をやることで。

サムはチャーリーが抱えている問題を意識から追い出そうとした。チャーリーを助けるためにここに来たのではない。たとえそうだったとしても、チャーリーがそうさせてはくれない。

サムは目を閉じた。指先を合わせた。脳の壊れた箇所を思い浮かべた。灰白質の微妙なしわ。シナプスの電気信号。

ラスティは車椅子の上でくずおれていた。

サムはその情景を頭から消すことができずにいた。口の左端がどんなふうに垂れさがっていたのか。いつもそこにあった父の精気や活力がまったく感じられなくなっていたこと。父が死んだことに気づいたときの悲しみ。

サムが慰めを必要としていたこと。チャーリーを必要としていたこと。

サムは妹の電話番号を聞いていなかった。病院の職員にはとてもそれを打ち明けられなかった。だからベンにメールを送り、彼の返事が来るのを待った。悪い知らせをチャーリーに伝える役目は、またもや彼に委ねることになった。サムの期待とは裏腹に、チャーリーが病院に駆けつけることはなかった。迎えに来たのはベンだった。家に着いたときも、チャーリーは顔を見せなかった。あたかもサムが見知らぬ他人であるかのように。もちろん、家族以外の人間にチャーリーがこれほど無礼な態度を取ることはないだろうが。

「発作でも起こしたの？」チャーリーが開いた戸口に立っていた。泣いたせいで目は腫れ、その下のあざは真っ黒だ。

サムは答えた。「瞑想《めいそう》しようと思って」

「一度やったことがあるけれど、ひどくいらついただけだった」チャーリーはブーツを脱いだ。髪に干し草がからまっている。猫のにおいがする。彼女が着ているTシャツのロゴは、数学クラブのものだとサムは気づいた。円周率《パイ》の記号に蛇がからみついているロゴ。パイクビル・パイソンズ。

サムは眼鏡の位置を調節した。法廷で裁判官が触ってからというもの、どうも具合が悪い。思っていたよりもすんなりと立ちあがることができた。「フクロネズミがひと晩じゅう、ドアの隙間からのぞいていたのよ」

「ビルっていうのよ」チャーリーは大型テレビのスイッチを入れた。「わたしの恋人なの」

サムは長椅子の肘掛けにもたれた。チャーリーは十歳のころ、よくこの手の冗談を言っていた。「フクロネズミはレプトスピラ症、大腸菌、サルモネラ菌を媒介するのよ。糞《ふん》には人食いバクテリアが含まれていることがあるわ」

「別にそういう関係じゃないから」チャーリーはチャンネルを次々と変えていく。

「いいテレビね」

「ベンはエレノア・ルーズベルトって呼んでいるの。大きくて醜いけれど、それでも崇拝しているからって」ＣＮＮにチャンネルを合わせ、音声を消した。

「どうしてそれを見るの？」

「パパのことをやっているかもしれない」

サムは、ニュースを見ているチャーリーを見ていた。妹がそこから得られる情報は、サムが与えられるものよりはるかに少ないだろう。間違いなくサムは、どのレポーターよりも多くのことを知っていた。父が言ったこと。考えていたこと。警察が呼ばれたこと。遺体が一時間以上も車椅子に置かれたままだったこと。父は刺されていて、その傷が死因になった可能性もあったから、ブリッジ・ギャップ警察を呼ぶ必要があったのだ。

幸い、警察が到着する前に、ケリー・ウィルソンについてのリストは父のガウンのポケットから取り除くことができた。もしそのままにしていたら、彼女の秘密をケン・コインに知られていたところだ。

「くそっ」チャーリーが消していた音声を元通りにした。

ナレーターの声がした。〝……アダム・ハンフリーの独占インタビューの模様をお届けします。以前ケリー・レネ・ウィルソンと共にパイクビル高校に通っていた卒業生です〟

サムは、おんぼろの古いカマロの前に立つぽっちゃりしたにきびだらけの若者を見つめた。腕を組んでいる。白いボタンダウンのシャツに細い黒いネクタイ、黒いズボンという教会にでも行くような格好だ。顎にうっすらとひげを生やしている。眼鏡にははっきりとわかる指紋が残っていた。

アダムは言った。「ケリーは悪い子じゃなかったと思うよ。あんまりよくないことを言うやつらもいるけどさ。でも彼女は――まあ確かに、鈍かった。だろう？　ここがさ」彼は側頭部を叩いた。「でも、だからどうだっていうんだ？　みんながみんな優等生ってわけじゃないんだ。彼女はいい子だった。頭はよくなかったけど、がんばっていた」

レポーターが画面に映った。アダムの顎の下にマイクを突きつけている。「彼女とはどこで知り合ったんですか？」

「わからないな。小学校のころかな？　おれたちはほとんどが知り合いなんだ。ここは小さな町だからさ。通りを歩けば、必ず知った顔を見かけるようなところなんだ」

「中学校ではケリー・レネ・ウィルソンと親しくしていたんですか？」レポーターは肉のにおいを嗅ぎつけた動物のような顔をしていた。「当時、軽率な行為があったという噂がありますす。ひょっとしたらあなたが——」

「悪いね、その手には乗らない」アダムは組んだ腕に力をこめた。「あんたたちはそういうことを言ってほしいんだろう？　ケリーがいじめられていたとか、なんだとか。まあ、意地悪なことをしていた人間はいたかもしれないけれど、そういうもんだ。少なくとも学校ではそうだ。ケリーにはわかっていた。あのころだってわかっていた。彼女はばかじゃないからね。みんなは彼女をばかだって言う。確かに頭はよくないさ。さっきおれもそう言ったけれど、でもばかじゃない。子供のときは、そういうもんだっていうことなんだ。子供は残酷だ。時々残酷になって、残酷なことをする。卒業まで続くこともあるけれど、うまくかわしていけるものなんだ。ケリーはちゃんとかわしていた。だから、なにがきっかけになったのかおれは知らないが、そういうことじゃない。あんたたちが考えているようなこととは違う。そいつは嘘だ」

レポーターが言った。「ですが、ケリー・レネ・ウィルソンは——」

「彼女をジョン・ウェイン・ゲイシーに仕立てあげるのはやめないか？　彼女はケリーだ。ケリー・ウィルソン。彼女がしたのは憎むべきことだ。なんでそんなことをしたのか、おれにはわからない。推測もできない。推測なんてだれにもできないし、しちゃいけないんだ。しようとするやつらがいたら、そいつらは嘘つきだ。起きたことは、起きたことにすぎない。ケリー以外のだれにもその理由はわからない。あんたたち――テレビの世界の人間――は、そいつを覚えておいたほうがいい。彼女はケリーだ、ただそれだけ。いっしょに学校に通っていたやつらにも言っておく。彼女はケリーだ」

アダム・ハンフリーは歩き去った。思いどおりに運ばなかったインタビューにも、レポーターはめげなかった。スタジオにいるキャスターに向かって言った。「ロン、前にも言ったとおり、ひとりを好み、いじめられることが多く、孤独で、晴らすべき恨みを抱えている男性というのが、銃撃事件の典型的な犯人像です。ケリー・レネ・ウィルソンの場合は、別の可能性が考えられます。彼女は、性的にだらしなかったということで仲間外れにされていました。ウィルソン一家に近い筋からの情報によれば、彼女は計画外の妊娠を中絶していて、小さな町では――」

チャーリーは再び音声を消した。「計画外の妊娠？ ケリーは中学生だったのよ。基礎体温表をつけていたわけでもあるまいに」

サムは言った。「アダム・ハンフリーは証人として役立ちそうね。一部の友人たちのように、彼女を中傷していない」

「友人たちだって中傷はしないわよ。ミンディ・ゾワダをテレビに引っ張り出したら、きっと愛だの許しだのって言い始めるでしょうね。でもフェイスブックに書いていることを読めば、いまにも大きな熊手と松明《たいまつ》を手に刑務所を襲うつもりじゃないかって思うから」

「ケリーを怪物だと感じるのは当然よ。彼女は——」

「彼女がだれを殺したのかは知っている」チャーリーはそこにまだルーシーの血がこびりついているかのように、両手を見おろした。「ハンフリーの坊やはいい弁護士を雇ったほうがいいわね。彼の〝魔性の女《ファム・ファタール》〟説はすぐに注目を浴びる。関わりがあろうとなかろうと、警察は彼をケリーと結びつけようとするでしょうね」

サムはなにも言わなかった。実の妹には打ち明けるつもりがないことを、ゆうべ簡易食堂でレノーラに話したという事実がうしろめたい。だがレノーラとは違い、チャーリーは間違いなく証人として呼ばれる。偽証するか、あるいはケリーは有罪だと陪審員に思わせるような証拠を提供するかを選択しなければならない立場に、妹を置きたくなかった。

それは、サムが刑事弁護士にならなかった理由のひとつでもあった。自分の言葉が、文字どおり生と死を分けることに耐えられなかった。

サムは話題を変えた。「これからどうするの？　パパの葬儀の手配をしなきゃいけないでしょう？」

「パパがもう手配済み。代金も全部支払ってあるし、どういうふうにしてほしいかも葬儀屋に伝えてある」

「そこまでしていたのに、遺言書も蘇生処置拒否指示《DNR》もなかったの？」

「ラスティはきれいに去っていきたかったのよ」チャーリーは壁の時計を見た。「葬儀は三時間後」

サムは不意打ちを食らった気がした。今日はホテルを探すつもりでいたのだ。「どうしてそんなに急ぐの？」

「ラスティが防腐処理をいやがったから。尊厳の問題だって言っていた」

「一日くらい、どうということはないでしょう？」

「できるだけ早くしたがっていたの。そうすれば姉さんが来なきゃいけないって思わずにすむし、来られなかったときでも気が咎めることはないから」チャーリーはテレビを消した。「長引かせるのは、ラスティらしくないし」

「ばかばかしい話以外はね」

チャーリーは肩をすくめただけだった。

サムは妹のあとについてキッチンに入った。カウンターの椅子に座る。チャーリーがカウンターの上を片付け、食器洗浄機に入れていくのを眺めた。「苦しまなかったと思う」

チャーリーはキャビネットからマグカップをふたつ取り出した。ひとつにコーヒーを入れ、もうひとつには水を注いで電子レンジに入れた。「お葬式が終わったら帰っていいのよ。その前でもいいし。どっちでもいいと思う。パパにはわからないんだし、ここの人たちがどう思おうと姉さんには関係ないことだし」

サムはチャーリーのとげとげしい言葉を無視した。「ゆうべ帰っていく前、ベンはとても親切にしてくれたわ」

「姉さんの紅茶はどこ？」チャーリーはドアの脇のベンチに置いてあったサムのハンドバッグを運んできた。「このなかね？」

「横のポケット」

チャーリーはサムのハンドバッグからジップロックを取り出すと、カウンターを滑らせた。「ベンがここで暮らしていないことを認めたうえで、その話はしないっていうのはどう？」

「これまでもそうしていたと思うけれど」サムはティーバッグを出して、チャーリーに渡した。「牛乳はある？」

「どうしてわたしが牛乳を置いておかなきゃいけないの？」

サムは肩をすくめると同時に首を振った。「あなたが乳製品を受けつけないことは覚えているわよ。でもベンが――」それ以上の言葉が無益であることをサムは悟った。「今日は言い争いはなしにしましょう。昨日の議論の続きもやめて」

電子レンジが鳴った。チャーリーは鍋つかみを使って、マグカップを取り出した。キャビネットからソーサーを出す。サムはチャーリーのシャツの背中を見つめた。数学クラブでのニックネームを、アイロンで貼りつけている。ルイ・コモン・デノミネーター。

サムは聞いた。「ケリー・ウィルソンはどうなるの？　アル中のグレイルが弁護を引き継ぐの？」

チャーリーは振り向いた。サムの前にマグカップを置く。どういうわけか、カップの上にソーサーが乗っていた。「アトランタにスティーヴ・ラスカーラという人がいるの。彼が引き継いでくれると思う。意見を聞くために姉さんに電話をかけるかもしれない」

「番号を教えておくわね」

「ベンが知っているから」

サムはソーサーをカップの下に置き直した。ティーバッグをもう一度浸してから取り出す。「そのラスカーラという人が無料で引き受けてくれなかったら、わたしが払うわ」

チャーリーは鼻を鳴らした。「百万ドルを超えるわよ」

サムは肩をすくめた。「パパはそうしてほしがるだろうから」

「いつから姉さんは、パパの望むことをするようになったの？」

サムは、つかの間の平和が早くも崩れそうになっていることを感じた。「パパはあなたを愛していた。パパが最後に言ったことのひとつがそれだった」

「やめて」

「あなたを心配していた」

「心配されるのは、もううんざり」

「心配しているほうの立場で言えば、こっちもうんざりよ」サムはマグカップから顔をあげた。「チャーリー、なにを思い悩んでいるのか知らないけれど、それだけの価値はないから。あなたが抱えている怒りも。悲しみも」

「父親は死んだ。夫は出ていった。この何日かは、姉さんが撃たれてママが死んだ日以来、最悪だった。わたしが幸せで元気いっぱいじゃなくて悪いけれど、サム、もうどうでもいいの」チャーリーはコーヒーを飲んだ。キッチンの窓の外に目を向ける。鳥たちが餌台に群がっていた。

アントンのことを妹に話すなら、いまだ。おそらくはこれが最後のチャンスだろうとサムは思った。愛されることがどういう意味を持つのか、そして愛がときに押しつぶされそうなほどの責任を伴うものであることも知っていると、チャーリーに伝えたかった。子供のころのように、秘密の交換ができればいいと思った。〝どうして三日間外出禁止ってガンマに言われたのかを教えてくれたら、わたしが熱をあげている男の子のことを話してあげる〟

サムは言った。「ザカライア・カルペッパーからの手紙はなんでもないってラスティは言っていた。警察も知っているって。彼はただやけになっているだけなのよ。わたしたちを怒らせようとしているだけ。彼に勝たせちゃだめ」

「死刑囚になったときに、勝つ権利はなくなっていると思うけれど」チャーリーはコーヒーを置いた。腕を組んだ。「続けて。ほかにはなんて？」

「死刑の話をしたわ」

「姉さんに手首を握らせた？」

サムはまただまされたような気がした。「パパはよく町を追い出されなかったわね」

「パパはわたしをカルペッパーの処刑に行かせたがらなかった。州が刑を執行する気があったらの話だけれど」チャーリーは人の死がささいな不都合にすぎないかのように、首を振った。「行きたいのかどうか、自分でもわからない。でもラスティがなにを言おうと、わたしの考えは変わらない」

それが事実ではないことをサムは願った。「ママの写真のことも言っていた」

「あの写真？」

「別の写真よ。わたしたちのどちらも見たことがないものだって」

「それは信じにくい」チャーリーが言った。「子供のころに、パパのものはくまなく漁《あさ》ったもの。パパにプライバシーなんてなかった」

サムは肩をすくめた。「家の書斎にあるって言っていた。帰る前に見たいわ」

「お葬式のあと、ベンにHPに連れていってもらうといいわ」

農家。行きたくはないが、せめて母の一部でもニューヨークに持って帰りたかった。

「それを隠すのを手伝えるけれど」サムはチャーリーの顔のあざを示しながら言った。「お葬式の前に」

「どうして隠さなきゃいけないの？」

サムはもっともな理由が思い浮かばなかった。葬儀にはだれも来ないだろう。少なくとも、サムが会いたい人は。ラスティはこの町の人気者だったとは言いがたい。顔だけ出してから農家に行き、スタニスラフにアトランタまで連れていってもらって、できるだけ早くこの場所をあとにしようとサムは考えた。

立っているだけのエネルギーがあれば。筋肉弛緩《しかん》薬の効果はまだ続いていた。薬のせいで体が重い。目覚めてから十五分もたっていないのに、いますぐにでも眠れそうだった。

サムは紅茶のカップを手に取った。

「それは飲まないで」チャーリーの頰が赤らんでいる。「おっぱいの汗入りだから」

「え？」

「おっぱいの汗。姉さんが見ていないときに、ティーバッグでブラのなかをこすったの」

サムはカップを置いた。怒るべきなのだろうが、笑いがこみあげた。「どうしてそんなことをしたの？」

「理由が説明できると思う？　なんだってまた子供みたいな真似をしているのか、自分でもわからないんだから。姉さんを悩ませて、困らせて、注意を引こうとしている自分がすごくいや」

「それじゃあ、やめればいい」

チャーリーは深々とため息をついた。「喧嘩はしたくない。パパがいやがるもの。とりわけ今日は」

「パパは議論が好きだったわよ」

「傷つけ合うようなものは別」

サムは紅茶を飲んだ。なにが入っていようとかまわないくらい、いまはカフェインが必要だった。「それで、このあとは？」

「シャワーを浴びながら泣いたら、そのあとはあわてて手配したパパのお葬式の準備をする」

チャーリーはシンクでコーヒーカップをゆすぎ、食器洗浄機に入れた。タオルで手を拭いた。キッチンを出ていこうとした。

「わたしは夫を亡くしたの」あまりにもさらりと言い過ぎて、チャーリーの耳に届いているのかどうかサムには確信がなかった。「アントンっていった。十二年間、結婚していたの」

驚きのあまり、チャーリーの口が開いた。

「十三カ月前に死んだ。食道がんだった」

言うべき言葉を探して、チャーリーの唇が動いた。結局、こう言った。「気の毒に」

「タンニンのせいよ。ワインの。タンニンは――」

「タンニンがなにかは知っている。その手のがんはヒト《H》・パピローマ《P》ウイルス《V》が原因だと思っていたけれど」

「彼の場合は陰性だった。検査結果を送る？」

「いらない。信じるわ」

だがサムは、自分が本当に信じているのかどうかわからなくなっていた。彼女はこれまで、問題が起きたときには論理で対抗してきた。だが天候と同じく、人生は質量場と運動の微妙なバランスの上に成り立っている。

平たく言えば、どうしようもないことはある。

サムはチャーリーに言った。「葬儀場にはあなたといっしょに行きたいけれど、ずっとはいられない。来るだろう人たちに会いたくないの。偽善者。見物人。パパを見かけたら通りの反対側に渡っていったような人たち。パパがいいことをしようとしているなんて、まったく理解できなかった人たち」

「パパはお葬式はいらないって言っていた」チャーリーが言った。「ちゃんとしたものは。葬儀場に来てもらったら、あとはみんなで〈シェイディ・レイズ〉に行ってほしいって」

父のお気に入りのバーのことをサムはすっかり忘れていた。「年寄りの酔っぱらいたちがする法廷での思い出話なんて、わたしはとても聞いていられないわ」

「パパはそれが好きだったから」チャーリーはカウンターにもたれた。足元を見おろす。靴下に穴が開いていた。親指が突き出しているのが見えた。

チャーリーは言った。「前にお葬式の話をしたの。心臓の手術をする前に。わたしとパパだけで。そのときにパパが決めたことなの。パパは、自分が生きていることをみんなに喜んでもらいたいんだって言っていた。素敵に聞こえるでしょう？　でも実際にこうなってみると、パパが死んだときにわたしが喜ぶ気になるなんて考えていたパパは、とんでもない間抜けだったとしか思えない」チャーリーは涙をぬぐった。「わたしはショックを受けているのか、それともこんなふうに感じるのが普通なのか、自分でもわからない」

サムにはなんの助言もできなかった。アントンは、死を理想化しない文化で生きた科学者だった。サムは火葬炉の脇に立ち、彼の木の棺《ひつぎ》が炎のなかへと消えていくのを眺めた。

チャーリーが言った。「ガンマのお葬式に行ったことは覚えている。あれはショックだった。あまりにも突然だったし、ザカライアが出てきたらどうしようって怖くて仕方がなかった。また襲ってきたらって。彼の家族がなにかしてきたらって。姉さんが死んだらどうしようって。姉さんが殺されたらって。最初から最後までずっとレノーラの手を握りしめていたと思う」

ガンマが埋葬されたとき、サムはまだ病院にいた。入院中に葬儀の話をチャーリーから聞いたはずだ。彼女の脳がその情報を保持できなかっただけで。

「あの日、パパは頼りになった。そばにいてくれた。目を見て、力づけてくれて、変な人が変なことを言ったときには遮ってくれた。さっき姉さんが言ったみたいな偽善者とか、見物人とか。でもほかの人たちもいたのよ。通りの向かいのミセス・キンブルや不動産屋のミスター・エドワーズ。いろいろ聞かせてくれた。ガンマが言った妙なこととか、変な問題をどうやって解決したかとか。ガンマの違う面を知れたのはすごくよかった。大人の一面を」

「ガンマは最後まで溶けこめなかった」

「どんな場所にだって溶けこめない人間はいる。だからこそ、そういう人たちは溶けこむのよ」チャーリーは時計を見た。「用意しないと。早くやれば、それだけ早く終わる」

「わたしも残ってもいいわ」サムは用心深く言った。「お葬式に。もし――」

「なにも変わってないのよ、サム」チャーリーはまた片方の肩をすくめた。「それでも、わたしは、壊れて不幸な人生をどうするのかを考えなきゃいけないし、姉さんは帰らなきゃいけないんだから」

# 15

サムは葬儀場のロビーを行ったり来たりするチャーリーを眺めていた。その建物は外観こそ現代的だが、内装は細部にこだわる老女が手がけたかのようだ。運営も同じ程度に効率が悪かった。ロビーの両側にある礼拝堂では、二件の葬式が同時に行われていた。同じ形の二台の黒い霊柩車《れいきゅうしゃ》が、建物の外で棺を待っている。サムはパイクビルにやってきたとき、広告板でこの葬儀場のロゴを見たことを思い出した。なんの悩みもなさそうな若者の写真の横に、不吉な文字が記されていた。〝ゆっくり！　ここには来ないで！〟

唇を結んだチャーリーが、腕を振りながらサムの横を通り過ぎた。黒いワンピースにパンプスという装いで、髪をうしろでまとめている。化粧っけはなく、悲しみを隠すような努力はなにひとつしていない。彼女が口のなかでつぶやいた。「葬儀場で順番を待たされるなんて、聞いたことある？」

妹が答えを求めていないことはわかっていた。待つように言われてから、十分もたっていなかった。向かい合うふたつの閉じた扉の向こうから、違う音楽が流れてくる。片方の葬儀は始まったばかりだが、もう一方は終わりに近づいているようだ。間もなく、参列者が出てくるだろう。

「信じられない」チャーリーは再び歩きだした。

サムは携帯電話の振動を感じた。画面を見た。チャーリーの家を出る前にスタニスラフにメールをして、農家に来てくれるように頼んであった。充分な支払いをしているにもかかわらず、彼の返事は素っ気なかった。〝早急《ASAP》に戻ります〟

〝早急に〟という言葉を投げつけられた気がした。サムは不意に、ゆっくりでいいと彼に言いたくなった。早く帰りたいという思いだけを抱えてディカーソン郡にやってきたサムだったが、いまはこのまま流れに任せていたいと感じていた。

あるいは、意地を張っているという言葉のほうがふさわしいかもしれない。帰れとチャーリーに言われれば言われるほど、この呪われた場所に根をおろしているような気になった。

横のドアが開いた。てっきりクローゼットだろうと思っていたところから、スーツにネクタイ姿の年配男性が、ペーパータオルで手を拭きながら出てきた。彼はうしろに反り返るようにして、ペーパータオルをゴミ箱に捨てた。

「エドガー・グラハムです」彼はまずサムと、それからチャーリーと握手を交わした。

「お待たせして申し訳ありません」

チャーリーが言った。「二十分近くここにいるんですけど」

「本当にすみません」エドガーはホールを示した。「どうぞこちらへ」

サムが先に立った。今日は脚が協力的で、一時的なものだと主張するわずかな痛みがあるだけだ。背後でチャーリーがぶつぶつ文句を言っていたが、その内容までは聞き取れなかった。

エドガーが言った。「今朝、ご主人がご遺体に着せる服を持っていらっしゃいました」

「ベンが？」チャーリーは驚いたように訊き返した。

「こちらです」エドガーはふたりの前に出て、開いたドアを押さえた。〝死別カウンセリング〟と表示がある。深い安楽椅子が四脚とコーヒーテーブルが置かれ、部屋のあちらこちらにある鉢植え植物のうしろにはクリネックスの箱がひっそりと置かれていた。

チャーリーはドアの表示をにらみつけていた。サムは、冷たい熱のようなものが妹から伝わってくるのを感じた。いつもであれば、ふたりは互いの感情を糧にする。それがどんなものであれチャーリーが抱いた感情は、サムのなかで増幅されるのが常だ。だがいまチャーリーのパニックや怒りは、逆にサムを冷静にしていた。

彼女はそのためにここにいるのだ。チャーリーの問題を解決することはできなかったが、いまは、いまだけは妹が必要としているものを与えることができる。

エドガーが言った。「こちらでおくつろぎください。今日は全部ふさがっていまして。

いらっしゃるとは思っていなかったので、申し訳ありません」

「父のお葬式にわたしたちが来ると思っていなかったっていうこと？」

「チャーリー」サムは彼女をなだめようとした。「わたしたちは連絡もしないで来たのよ。お葬式が始まるのは二時間後なんだから」

エドガーが言った。「通常は、参列の方々を受けつけるのは葬儀の一時間前からです」

「わたしたちは葬儀はしないの」チャーリーがさらに訊いた。「あっちの礼拝堂ではだれのお葬式をしているの？　ミスター・ピンクマン？」

「いいえ」エドガーの顔から笑みは消えたが、落ち着いた様子はそのままだった。「ダグラス・ピンクマンの葬儀は明日、行われます。ルーシー・アレクサンダーはその翌日です」

サムは思いがけず、安堵を覚えた。ラスティのことで頭がいっぱいで、埋葬しなければならない人間があとふたりいることをすっかり忘れていた。

エドガーはサムに椅子を勧めたが、彼女は座らなかった。「いま、お父さまは地下にいらっしゃいます。メモリー・チャペルでの葬儀が終わり次第、お父さまをお連れして部屋の前の祭壇に安置します。ですから――」

「いま父に会わせて」チャーリーが言った。

「まだ準備ができていません」

「テストを受ける準備ができていないってこと?」

サムはチャーリーの肩に手をのせた。

エドガーが言った。「誤解を招くような言い方をして申し訳ありません」彼は椅子の背に両手をのせたまま言った。異常なほどの冷静さはそのままだ。「お父さまはいま、ご自分で選ばれた棺のなかです。それを祭壇にお連れして花を飾り、部屋を整えなくてはいけません。初めてお父さまをご覧になるときは――」

「その必要はありません」サムはチャーリーが余計なことを言わないように、肩をつかんだ。妹がなにを考えているのか、手に取るようにわかった――〝わたしがどうしたいかなんて、勝手に決めないで〟サムは言った。「きちんと段取りをしてくださっているのはわかっていますが、わたしたちはいま父に会いたいんです」

エドガーはすんなりとうなずいた。「もちろんですとも。もちろんです。しばらくお待ちください」

チャーリーはドアが閉まるのも待たずに言った。「恩着せがましい、いやなやつ」

「チャーリー――」

「いまいちばん言われたくないのは、ママみたいな口をきいてるっていう台詞だから」チャーリーはワンピースの襟を引っ張った。「ここ、四十度近くあるんじゃないの?」

「チャーリー、これが喪《うしな》う悲しみなの。あなたはいま自分をコントロールできないように感じているから、ものごとをコントロールしたくなっているのよ」サムはお説教じみないようにしながら言った。「あなたはこれに対処することを学ぶ必要がある。いま感じているものは、明日以降も続くんだから」

「必要がある」チャーリーはサムの言葉を繰り返すと、椅子の脇の箱からティッシュペーパーを取り出した。眉にたまった汗を拭く。「ここは死んだ人が大勢いるんだから、空気は冷たくなっていてもいいはずなのに」チャーリーは狭い部屋のなかを歩き始めた。首を振り、しきりに手を動かし、あたかも自分自身とひそかに会話を交わしているかのようだ。

サムは椅子に腰をおろした。怒りという形で現れている妹のすさまじいまでのエネルギーを見ていると、しっぺ返しを食らっているような気になった。ガンマのような口をきいていると言ったチャーリーの言葉は正しかった。ガンマはなにかに脅かされていると感じると、喧嘩腰になった。以前のサムがそうしたように。いまチャーリーがしているように。

サムは言った。「ハンドバッグにヴァリウムがあるわよ」

「姉さんが飲めば」

サムはさらに言った。「レノーラはどこ？」

「彼女ならわたしを落ち着かせられるから？」チャーリーは窓に近づいた。金属製のブラインドの隙間から、駐車場をのぞいた。「彼女は来ない。ここにいる人みんなを殺したくなるもの。姉さんは首になにをつけているの？」

サムは自分の首に触れた。「なにって？」

「ガンマの首って、クレープ紙みたいになってきていたでしょう？　しわができ始めていたっていうか。いまのわたしよりほんの三歳上だっただけなのに」

サムには会話を続けるしかできることはなかった。「ママはいつも太陽の下にいたから。日焼け止めも使っていなかったし。あの世代の人たちはみんなそうだけれど」

「心配じゃない？　ほら、いまはいいけれど、でも――」チャーリーは窓の脇の鏡をのぞきこんだ。自分の首の肌を引っ張る。「毎晩化粧水は塗っているけれど、クリームを買ったほうがいいかもしれない」

サムはハンドバッグを開けた。最初に目についたのが、ラスティに渡したメモだ。その紙には煙草のにおいがこびりついていた。メロドラマのようなことはするまいと思った。そのメモを顔に近づけて、父のにおいを覚えておこうとするような。ベンのＵＳＢメモリの隣にハンドクリームがあった。「ほら」

チャーリーはラベルを読んだ。「これはなに？」

「わたしはこれを使っているの」

「ハンドクリームって書いてあるわよ」

「ググってみる？」サムは携帯電話に手を伸ばした。「どうする？」

「わたしは……」チャーリーは小さく息を吸った。「頭のなかがぐちゃぐちゃになっているみたい」

「どちらかというと、パニック発作を起こしているんだと思う」

「パニックなんかじゃない」チャーリーは反論したが、声の震えはそのとおりだと告げていた。「めまいがする。体が震える。吐きそう。これってパニック発作なの？」

「そうよ」サムは手を貸してチャーリーを座らせた。「大きく息を吸って」

「ああ」チャーリーは膝のあいだに顔を埋《うず》めた。「ああ、もう」

サムはチャーリーの背中を撫でた。どうすれば妹の痛みを取り去ることができるだろうと考えたが、悲しみは論理を受けつけない。

「パパが死ぬなんて信じていなかった」チャーリーは両手で髪をつかんだ。「ううん、いつかは死ぬってわかっていたけれど、でも本当にそんな日が来るなんて思っていなかった。宝くじを買うときとは反対みたいな感じ。みんな〝絶対に当たらない〟って言うでしょう？ でも実際は、当たるかもしれないって思っているのよ。そうでなきゃ、宝くじなんて買うはずがないもの」

サムはチャーリーの背中をひたすら撫で続けた。

「まだレノーラがいるけれど、でもパパは――」チャーリーは体を起こした。浅い息をする。「どんなことであれ、なにか問題が起きたらパパのところに行けばいいってわかっていた。パパはわたしを非難しないし、なんだって笑い話にしてしまうからたいして心は痛まなくて、それからふたりでいっしょに解決する方法を考えるの」チャーリーは両手で顔を覆った。「自分を大事にしないパパが大嫌いだった。自分の好きなように生きているパパが大好きだった」

サムはその両方の感覚をよく知っていた。

「ベンがパパの服を持ってきていたなんて知らなかった」おののいたような顔でサムを見る。「ピエロみたいな格好をさせてくれって頼んでいたらどうする？」

「チャーリー、ばかなこと言わないの。ベンがきちんとしたものを選んでいることはわかっているはずよ」

ドアが開いた。チャーリーは立ちあがった。

エドガーが言った。「メモリー・チャペルが空きました。少しお時間をいただければ、お父さまをより自然な状態にできますが」

「父は死んだんです」チャーリーが言った。「自然になんてできません」

「いいでしょう」エドガーは顎を引いた。「いまはとりあえずショールームに安置しています。ゆっくりご自分と向かい合っていただくために、椅子を二脚置いておきました」

「ありがとう」椅子のことで文句を言うか、自分と向かい合うことについて辛辣な言葉を吐くに違いないと思いながら、サムはチャーリーを振り返った。けれどそこにいたのは泣いている妹だった。

「わたしがいるわ」それが慰めになるのかどうかはわからなかったが、サムは言った。チャーリーは唇を噛んでいた。両手はまだ固く握りしめたままだ。体を震わせている。サムはチャーリーの指を開かせ、その手を握った。

エドガーにうなずく。

彼は小さな部屋の反対側へと歩きだした。壁板に目立たないドアがあったことにサムは初めて気づいた。エドガーが掛け金をはずすと、そこは明るく照らされたショールームだった。

チャーリーが自分で歩こうとしないので、サムはそっと彼女をドアのほうへ促した。エドガーはそこをショールームと呼んだが、まさか本物のショールームだとは思ってもみなかった。暗いアースカラーに塗られたつややかな棺が壁際に並んでいる。どれも十五度ほどに傾けられていて、シルクの内張りが見えるように蓋が開けられていた。スポットライトが金や銀の取っ手を照らしていた。回転台に様々な枕が展示されていた。遺族たちは柔らかさを確かめてからどの枕にするかを決めるのだろうかとサムは考えた。「やっぱりこんなふうだったの？　ハイヒールを履いたチャーリーの体はぐらぐらと揺れていた。姉さんの――」

「いいえ」サムは答えた。「アントンは火葬されたの。松材の棺だったわ」

「どうしてパパもそうしなかったんだろう？」チャーリーは展示されている、黒いシルクの内張りのある漆黒の棺を眺めながら言った。「シャーリー・ジャクスンの小説のなかにいるみたいな気がする」

サムはエドガーがそこにいることを思い出して、振り返った。「ありがとう」

エドガーはお辞儀をすると、部屋を出ていった。

サムはチャーリーに視線を戻した。完全に動きは止まり、荒れ狂う嵐はやんでいた。部屋の前方を見つめている。そこにはパステルブルーのサテンのカバーをかけた二脚の折り畳み椅子が置かれていた。大きな黒い車輪のついたステンレスのカートの上に、金の取っ手がある白い棺が乗っていた。蓋が開いていた。ラスティの頭は枕にのせられていて、白髪交じりの髪や鼻の先端やスーツの明るい青色が見えた。

チャーリーが言った。「パパだわ」

サムは再び妹の手を取ろうとしたが、チャーリーはすでに父親のほうへと歩きだしていた。だがそのゆったりした足取りはすぐに勢いを失い、じきに立ち止まった。手で口を覆う。肩が震え始めた。

チャーリーは言った。「あれはパパじゃない」

サムにはその言葉の意味がわかっていた。あれは確かにふたりの父親だが、そうでないこともまた確かだ。ラスティの頬は赤すぎた。ぼさぼさの眉はきれいに撫でつけられている。あらゆる方向に突っ立っているはずの髪は、オールバックのようなスタイルに整えられていた。

サムはチャーリーが言った。「ハンサムに見せるからって、パパは約束したの」

「この話をしたとき、棺の蓋は閉めてほしいってわたしは言ったの。そうしたら、ハンサムに見せるからって、パパは約束したの。みんな、パパがどれほどハンサムなのかを見たいだろうからって。全然、かっこよくない」

「そうね」サムは言った。「パパらしくない」

ふたりは父親を見つめた。サムは、なにもしていないラスティを思い出すことができなかった。煙草に火をつける。芝居がかった仕草で手を広げる。爪先で床を打つ。指を鳴らす。ハミングしながらうなずく。舌を鳴らす。聞いたことがないのに頭にこびりついて離れないメロディを口笛で吹く。

チャーリーが言った。「あんなパパをだれにも見られたくない」蓋を閉じようとして手を伸ばした。

「チャーリー！」

チャーリーは蓋を引っ張った。動かない。「手伝って」

「彼を――」

「あんな気味の悪い男に戻ってきてほしくない」チャーリーは両手で蓋を引っ張った。蓋はほんの五度ほど動いただけで止まった。「手伝ってってば」

「手伝わない」

「それも姉さんのできないことのひとつ？　見えない、走れない、処理できないだった？役に立たないその体が、実の父親の棺桶《coffin》の蓋を閉める手伝いもできないなんて、知らなかった」

「これは棺《casket》よ。棺桶は頭と足のところが細くなっているの」

「そんなのどうだっていいから」チャーリーは床にハンドバッグを落とした。靴を脱ぎ捨てた。両手で蓋にぶらさがるようにして閉めようとした。

蓋は抗うようにきしんだが、閉まることはなかった。

「簡単には閉まらないと思う。安全上の問題よ」

「それって、勢いよく閉まったらパパが死ぬっていうこと？」

「あなたの頭に当たるか、指の骨が折れるかするっていうことよ」サムはラスティの上にかがみこむようにして、真鍮《しんちゅう》のヒンジを調べた。布のストラップと輪を組み合わせたもので蓋が開きすぎないように止めているが、閉まらないようにするための仕組みは見当たらない。「ロックのようなものがあるはずなんだけれど」

「ああ、もう」チャーリーは再び蓋にぶらさがった。「いいから、手伝ってくれない？」

「わたしは――」

「自分でやる」チャーリーは棺の裏側にまわった。向こう側から蓋を押す。台が動いた。前の車輪のひとつにロックがかかっていないようだ。チャーリーはさらに押した。台がまた動いた。

「待って」サムはレバーかボタンはないかと、棺の外側を調べた。「そんなことをしたら――」

チャーリーは飛びあがり、蓋に全体重をかけて閉めようとした。

「棺が台から落ちるわよ」

「かまわない」チャーリーはさらに押した。なにも動かない。蓋を手のひらで叩いた。「ファック！」今度は握ったこぶしで叩いた。「ファック！　ファック！　ファック！」

サムはシルクの内張りの縁の内側を指でたどった。ボタンがあった。

カチリという大きな音がした。

空気ポンプの音がして、蓋がゆっくりと閉じた。

「なによ」チャーリーは息を切らしていた。閉じた棺に両手をのせ、目をつぶった。首を振った。「パパならどう言うかしら」

サムは椅子に腰をおろした。

「なにか言わないの？」

「自分と向かい合っているところ」

チャーリーの笑い声はすすり泣きに変わった。肩が震える。棺に涙が落ちた。その涙が棺の横に転がり落ち、ステンレスの台の上で丸まって、ぽとりと床に落ちるのをサムは眺めていた。

「なによ」チャーリーは手の甲で洟をぬぐった。取っ手のディスプレイのうしろにティッシュペーパーの箱があるのを見つけ、洟をかんだ。涙をぬぐった。サムの隣の椅子にどさりと腰をおろした。

ふたりは黙って棺を見つめた。けばけばしい金の取っ手と角の飾りの金線細工。透明塗料になにか光るものを混ぜているのか、真っ白に塗られた表面はきらきらと輝いていた。

チャーリーが言った。「なんだってあんなに醜いのかしら」使ったティッシュペーパーを放り投げる。新しいものを箱から引っ張り出した。「まるでエルヴィスがあのなかにいるみたい」

「グレースランドに行ったときのことを覚えている？」

「白いキャデラックだった」

ラスティは係員をうまく手なずけて、運転席に座らせてもらった。キャデラック・フリートウッドの塗装は、棺と同じ鮮やかな白だった。ダイヤモンドの粉末できらきらしていた。

「パパはだれでも丸めこんで、やりたいようにできたんだから」チャーリーはまた鼻を拭いた。椅子の背にもたれた。腕を組んだ。

どこかで時計が時を刻む音が聞こえた。サムの鼓動に合わせて打つメトロノームのようだ。彼女の指はいまも、ラスティの血管を流れていたトクトクという血液の音を覚えていた。この二日間、心の重荷をおろしてほしいとチャーリーに懇願してきたが、サムが抱えている罪はそれよりはるかに重かった。

サムは言った。「わたしは彼を死なせることができなかった。夫を。彼を手放せなかった」

チャーリーは黙ったまま、手のなかでティッシュペーパーをもてあそんでいる。

「彼は延命治療を拒否していたのに、わたしはそれを病院に伝えなかった」サムは深呼吸をしようとした。アントンの死の重さに胸を締めつけられているような気がした。「彼は喋れなかった。動けなかった。ただ、見ることと聞くことしかできなかった。彼が見て、聞いていたのは、苦しみを長引かせるだけの機械のスイッチを医者に切らせまいとする、自分の妻の姿だった」サムは、恥ずかしさが胃のなかで熱っされた油のようにふつふつと泡立つのを感じた。「腫瘍は脳に転移していた。頭蓋骨の内側の容量には限りがある。腫瘍の圧力で脳は脊髄のほうに押し出されていた。痛みは耐えがたかった。医者はまずモルヒネを、それからフェンタニルを投与した。わたしはベッドの脇に座って、彼の目から涙がこぼれるのを見ていた。それでも彼を逝かせることができなかった」

チャーリーはティッシュペーパーを指に巻きつけた。

「わたしはここでも同じことをしたと思う。ニューヨークからあなたにそう言えたはずなのよ。わたしに頼むべきじゃないって。わたしは自分の欲求を、絶望を捨てることができなかった。愛したたったひとりの人のためにさえも。パパのために正しいことができたはずがない」

チャーリーはティッシュペーパーをはがし始めた。

時計は時を刻み続けている。

時は止まることなく動いている。

チャーリーは言った。「わたしが姉さんに来てほしかったのは、ただ来てほしかったから」

サムはチャーリーの罪悪感をかき立てるつもりはなかった。「お願いだから、わたしの気を楽にさせようなんてしないで」

「そうじゃないの」チャーリーは言った。「姉さんをここに呼んだ自分が許せない。姉さんにこんな思いをさせたことが」

「あなたが無理やりわたしを連れてきたわけじゃない」

「わたしが頼めば、姉さんは来てくれるってわかっていた。二十年前からわかっていたのに、パパを言い訳に使ったのよ。わたしはもう耐えられなくなっていたから」

「なにに耐えられなくなっていたの？」

チャーリーはティッシュペーパーを丸めた。両手で強く握りしめた。「大学生のころ、流産した」

サムは遠い昔、チャーリーがいらだった声でかけてきた電話を思い出した。腹立たしげにお金を要求したことを。

チャーリーは言った。「あのときは、すごくほっとした。若いときは、いずれ年を取るっていうことがわからないのよ。ほっとするだけじゃすまないときが来ることが」

妹の言葉に隠された鋭い苦悶《くもん》の響きに、サムは涙がにじんでくるのを感じた。

「二度目の流産はそれよりひどかった。ベンはそれが最初だと思っているけれど、でも本当は二度目だったの」チャーリーは肩をすくめた。「三カ月目の終わりごろだった。裁判所にいたら、お腹が痛くなったの。生理痛みたいな痛み。裁判官が休廷を告げるまで、一時間待たなくちゃいけなかった。トイレに駆けこんで、座った。そうしたら血液が流れ出る感触があった」チャーリーは言葉を切って、唾を飲んだ。「便器をのぞいたら、そうしたら——なにもなかった。なにかあるようには見えなかった。ひどく量の多いときの生理みたいな、ただのねばねばした血の塊だった。でも流しちゃいけないような気がしたの。そのままにして出ていけなかった。ドアに鍵をかけたまま、下から個室を出て、ベンに電話をかけた。なにを言っているのか、彼がわからないくらい泣きじゃくった」

それよりもひどかった。妊娠十八週目だった。わたしたちは外にいて、庭の落ち葉を掃いていた。もう子供部屋を作り始めていたの。壁を塗って、ベビーベッドを選んで。そのとき、また同じ痛みを感じた。水を飲んでくるってベンに言ったけれど、トイレにまでもたどり着けなかった。突然、流れ出たの。まるでわたしの体が一刻も早く、それを処分したがったみたいに」チャーリーは指先で涙を払った。「もう二度とこんな目には遭わないって心に決めた。こんなリスクは負わないって。でも、また起きたの」

サムは手を伸ばした。妹の手をしっかりと握りしめた。

「三年前。バースコントロールをやめた。ばかだった。ベンには言わなかった。彼をだましていたってことよね。ひと月もしないうちに妊娠した。それから一カ月が過ぎて、妊娠三カ月に入った。六カ月、七カ月に入ったときには、わたしたちは興奮しまくっていた。パパは有頂天だったし、レノーラはあれこれ名前を考えていた」

チャーリーはまぶたを指で押さえた。涙が頬を伝った。「今度はダンディ・ウォーカー症候群だったの。ばかみたいな名前よね。昔懐かしいダンスみたい。先天性の脳の形成障害のことよ」

サムは心臓の内側に痛みを感じた。

「チャーリー」サムは声をかけた。

チャーリーは首を振った。まだ続きがある。「ベンが二度目だと思っている三度目は、

「金曜日の夕方にその話を聞いた。ベンとわたしは週末ずっと、インターネットでその病気のことを調べ続けた。笑っていて、ちゃんと生きていて、バースデーケーキのろうそくを拭き消している子供がいた。〝そうか、それなら――大丈夫、神さまからの贈り物。やっていける〟って思った。でも一方で、目が見えなくて、耳が聞こえなくて、心臓の手術をして、脳の手術をして、一歳の誕生日前に死んでいく子がいた。わたしたちは抱き合って泣いたわ」

サムはチャーリーの手を握りしめた。

「あきらめるわけにはいかないって決めた。だってわたしたちの赤ちゃんだもの。そうでしょう？　だからヴァンダービルトの専門家に会いに行ったの。先生はいくつか検査をしたあと、ある部屋にわたしたちを呼び入れた。その部屋の壁には一枚も写真がなかった。そのことをよく覚えているの。ほかの部屋には赤ちゃんの写真がいっぱいだった。家族の写真も。でもその部屋にはなにもなかった」

チャーリーは言葉を切り、もう一度涙を拭いた。

サムは待った。

「先生に、わたしたちにできることはなにもないって言われた。脳脊髄液が漏れているって。赤ちゃんには……ない器官があるって」チャーリーは震える息を吸った。「わたしの血圧は高かった。敗血症の心配があった。赤ちゃんが死ぬまで、それともわたしが死ぬまで五日から一週間くらいだろうって言われたけれど、わたしは――わたしは待てなかった」チャーリーはサムの手にすがりついた。「だからコロラドに行こうと決めた。そこだけが合法だったから」

中絶のことだとサムにはわかっていた。

「二万五千ドル必要だった。それと飛行機代。ホテル代。仕事も休まなきゃいけない。ローンを組んでいる時間はなかったし、なにに使うのかをだれにも知られたくなかった。だからベンの車を売ったの。パパとレノーラがお金をくれた。残りはクレジットカードで払った」

サムは申し訳なさに押しつぶされそうになった。わたしがその場にいるべきだったのに。ふたりにお金をあげて、チャーリーといっしょに飛行機に乗ってあげられたのに。

「出発するはずだった前の夜、わたしは睡眠薬を飲んだ。だってもう、関係ないもの。そうでしょう？　でも、激しい痛みで目が覚めた。前のときの生理痛のような痛みじゃなかった。体が引き裂かれるみたいだった。ベンを起こしたくなかったから、一階におりた。吐いたわ。バスルームにはたどり着けなかった。ものすごい出血で、まるで犯罪現場みたいになった。なにかが見えたの。なにかの一部――」チャーリーはそれ以上言うことができずに首を振った。「ベンが救急車を呼んでくれた。お腹には帝王切開みたいな傷があるけれど、そこから出てきたはずの赤ちゃんはいないの。退院してきたときには、ラグはなくなっていた。ベンが全部きれいにしてくれていた。まるで、なにも起きなかったみたいに」

サムはチャーリーの家の居間のむき出しになった床を思った。三年のあいだ、ラグを買い替えることはなかったのだ。「ベンとそのことを話し合った？」

「話し合った。セラピーにも行った。わたしたちは乗り越えたの」

それが本当だとはサムには思えなかった。

チャーリーは言った。「わたしのせいなの。ベンには言っていないけれど、全部わたしのせいなの」

「そんなことない」

チャーリーは手の甲で涙をぬぐった。「パパが最終弁論をするのを一度見たことがある。人はどんなふうに嘘に取りつかれるのかを話していた。嘘を責めていた。でも本当に危険なのは真実なんだってこと、だれもわかっていないの」チャーリーは白い棺を見あげた。「真実は人を内側から腐らせる。ほかのものがなにも入る隙間がなくなるの」

サムは言った。「自分を責めることが真実じゃない。自然には自然の意図があるのよ」

「わたしが言っているのは、その真実じゃない」

「じゃあ、話して、チャーリー。なにが真実なの？」

チャーリーは前かがみになった。両手で頭を抱えた。

「お願いよ」サムは懇願した。これ以上自分の無力さに耐えられそうもない。「話して」

チャーリーは両手の隙間から大きく息を吸いこんだ。「みんな、わたしは逃げたことで自分を責めているんだと思っている」

「そうじゃないの?」

「違う。もっと速く走らなかった自分を責めているの」

チャーリーの身に本当に起きたこと

「逃げて!」サマンサはシャーロットを突き飛ばした。「チャーリー、走って!」

シャーロットは地面に倒れた。銃から放たれる閃光《せんこう》が見え、弾が発射される音が聞こえた。

空中で回転するフォークのように、サマンサはまわりながら墓に落ちていった。

「くそっ」ダニエルが言った。「なんてこった」

シャーロットは両手と両足のかかとを使って、カニのような格好で逃げた。背中が木に当たった。体重を預けながら、じりじりと立ちあがる。膝が震えていた。手が震えていた。全身が震えていた。

「大丈夫さ、スイートピー」ザックが言った。「そこにじっとしているんだ」

シャーロットは墓を見つめた。サムはきっと隠れているだけで、起きあがって逃げるチャンスをうかがっているに決まっている。けれどサムは起きあがらなかった。動かなかったし、話さなかったし、怒鳴らなかったし、命令しなかった。

ザックがダニエルに言った。「おまえはその女を埋めるんだ。おれはこのチビとちょっとばかり楽しませてもらう」

もしいまサムがなにか言えたなら、ただここに立ち尽くして、チャンスを無駄にして、サムが教えたことをしようとしないあたしを怒鳴り、激怒するだろう。

**振り返っちゃだめ……あたしがそこにいることを信じるの……頭をさげてそして——。**

シャーロットは走り出した。

腕を大きく振った。懸命に足を動かした。木の枝が顔を切り裂く。息ができなかった。胸に針を刺されているみたいに肺が痛んだ。

サムの声が聞こえた——。

**息を続けて。ゆっくり、規則正しく。痛みが通り過ぎるのを待つの。**

「戻れ」ザックが叫んだ。空気を揺らすどすどすという規則正しい足音が、シャーロットの胸の内側で共鳴した。

ザカライア・カルペッパーが追ってきていた。

シャーロットは腕を小さく曲げた。肩の力を抜く。自分の脚が、機械のピストンだと想像した。足の裏に刺さる松ぼっくりや鋭い石を無視した。体を動かしてくれている筋肉のことを考えた——。

**ふくらはぎ、大腿《だいたい》四頭筋、ハムストリング、体幹を締めて背中を保護するの。**

ザカライアが近づいてきている。まるで迫りくる蒸気エンジンのようだ。倒木を飛び越えた。まっすぐ走っていてはいけないとわかっていたから、左を見て、それから右を見た。気象観測用タワーを見つける必要があった。正しい方向に走っていることを確認しなければいけない。振り返ればザカライア・カルペッパーの姿が見えることはわかっていた。彼を見てしまえばさらにパニックがひどくなり、パニックがひどくなればなにかにつまずき、なにかにつまずけば倒れるだろう。

そうしたら、彼にレイプされる。

シャーロットは右に向かった。爪先で土を踏みしめ、方向を変える。ぎりぎりのところで、さらに倒木があることに気づいた。かろうじて飛び越え、妙な格好で着地した。足をひねった。くるぶしの骨が地面に当たった。痛みが脚を駆けあがった。

シャーロットは走り続けた。

両足が血でべたべたしている。汗が全身を伝っている。明かりを探した。なんでもいい、安全を与えてくれるものを。

あとどれくらい走り続けられるだろう？　どこまで行けるだろう？

サムの声が再び聞こえた――。

**ゴールラインを想像するの。うしろにいるだれよりも、そこに行きたいと望まなきゃだめ。**

ザカライアはなにかを叫んでいる。シャーロットはそれ以上になにかを望んでいる——逃げて、サムを助けて、ラスティを見つけてすべてを解決してもらうことを。

不意に、シャーロットはうしろから頭を引っ張られた。

両足が前方に浮いた。

背中から地面に叩きつけられた。

自分の口から出た息が、形あるもののように見えた。

ザカライアがシャーロットに覆いかぶさった。体じゅうを撫でまわす。胸をつかむ。ショートパンツを引っ張る。閉じた口に彼の歯が当たった。シャーロットは彼の目を引《ひ》っ掻《か》いた。股間に膝蹴りをしようとしたけれど、膝を曲げることができなかった。ザカライアは体を起こし、シャーロットにまたがった。ベルトをはずした。ザカライアは重すぎた。シャーロットの肺から息が押し出された。

シャーロットの口が開いた。悲鳴をあげるだけの空気が残っていない。めまいがした。胃のなかのものが喉までこみあげてきた。

ショートパンツが引きずりおろされた。ザカライアは物のようにシャーロットをひっくり返した。シャーロットはもう一度悲鳴をあげようとしたが、顔を地面に押しつけられた。口に土が入った。ザカライアはシャーロットの髪をつかんだ。彼が無理やり押し入ってくると、シャーロットは体の奥を引き裂かれる痛みを感じた。ザカライアが肩に嚙みついた。

うしろからシャーロットをレイプしながら、ザカライアは豚のようにうめいた。シャーロットは地面から、彼の口から、彼が自分に突っこんでいるものから、腐敗のにおいを嗅いだ。

あたしはここにいない。あたしはここにいない。あたしはここにいない。

これは現実ではない、あたしはいま赤いレンガの家のキッチンで宿題をしている、学校でグラウンドを走っている、サマンサがピーター・アレクサンダーと電話しているのをクローゼットに隠れて聞いていると自分に言い聞かせるたびに、ザカライアがなにか新しいことをして彼女を現実に引き戻した。

まだ終わりではなかった。

ザカライアに再び仰向けにされると、シャーロットの腕は力なくどさりと落ちた。ザカライアは前から彼女に突き立てた。シャーロットはなにも感じなくなっていた。頭のなかは真っ白だ。なにが起きているのかはわかっていたが、まるでどこか遠いところからそれを眺めているようだ。ザカライアの腰の動きに合わせて、シャーロットの体は上下に揺れた。シャーロットの口はぽっかりと開いていた。ザカライアの舌が喉をなめる。その指は、引きちぎろうとでもするかのように、強く乳房をつかんでいた。

シャーロットは視線をあげた。ザカライアの歪んだ、醜い顔の向こうを見た。曲がった木々の向こう。歪んだ枝のその先。

夜空。

暗い空に月が青かった。

星はまばらで、小さくぼやけていた。

シャーロットは目を閉じた。なにも見たくなかったのに、ねじれながら宙に浮くサマンサが見えた。また同じことが繰り返されているみたいに、姉の体が墓に落ちるどさりという音が聞こえた。次にガンマが見えた。キッチンの床に。キャビネットに背を向けて。**真っ白な骨。心臓と肺の一部。腱《けん》と動脈と静脈と命が、ぽっかり開いた傷口からこぼれ出ていた。**

ガンマは走れと言った。

サマンサは逃げろと命令した。

ふたりはこんなことを望んでいない。

ふたりが命を犠牲にしたのは、こんなことをされるためじゃない。

「いや！」シャーロットは叫び、両手でこぶしを作った。ザカライアの胸を叩き、顔の向きが変わるくらい強く顎を殴りつけた。彼の口から血しぶきが飛んだ——ガンマのときのような細かい物ではなく、大きな滴だ。

「くそあま」ザカライアはシャーロットを殴ろうとして振りかぶった。

シャーロットは視界の隅になにか動くものを見た。

「彼女から離れろ！」

ダニエルがどこからか飛びこんできて、ザカライアを地面に押し倒した。風車のようにこぶしを振りまわして兄を殴りつけた。

「このくそったれ！　殺してやる！」

シャーロットはあとずさって男たちから離れた。両手を地面に食いこませるようにして体を支え、ようやくのことで立ちあがった。脚を血が伝った。鋭い痛みに体がふたつ折りになった。ふらついた。目が見えないサマンサのように、その場で一回転した。方角がわからなくなっていた。どっちに向かって走ればいいのかわからない。ここにいてはいけないことだけはわかっていた。

再び森に駆け戻ると、足首が悲鳴をあげた。もうタワーを捜してはいない。水の流れる音も聞いていないし、サマンサを捜そうともしていないし、HPを目指してもいない。ただ走り、それから歩き、それからあまりの疲労感に這《は》いずりたくなった。

やがてシャーロットはあきらめて膝をつき、四つん這いになった。

背後から迫る足音に耳を澄ましたが、聞こえるのは自分の口から漏れる激しい息遣いだけだった。

両脚のあいだから血が滴った。彼のものが彼女を内側から膿《う》ませ、腐らせている。シャーロットは吐いた。胃液が地面に当たり、跳ね返って顔に当たった。倒れこみたかった。

目を閉じて、眠りに落ちて、すべてが終わった一週間後に目覚めたかった。

だがそれはできない。

ザカライア・カルペッパー。

ダニエル・カルペッパー。

兄弟。

きっとふたりの死を見届ける、死刑執行人がふたりを木の椅子に縛りつけて、火がつかないようにスポンジをのせた頭に金属の帽子をかぶせて、電気椅子で処刑されることを知ったザカライア・カルペッパーの脚のあいだに尿が伝うのを、きっと見届ける。

シャーロットは立ちあがった。

ふらついたが、やがて歩きだし、それからゆっくりと走り、そしてやっと、奇跡のように明かりが見えた。

隣の農家。

そうすれば触れられるとでもいうように、シャーロットは手を伸ばした。

泣きたくなるのをこらえた。

かろうじて彼女を支えている足首を引きずりながら、耕されたばかりの畑を進んでいく。

あたかもそれが岩場に近づかないように導いてくれる灯台の明かりであるかのように、ポーチの明かりだけを見つめて歩いた。

あたしはここ。あたしはここ。あたしはここ。

裏のポーチには四段の階段があった。シャーロットはそれを見つめながら、HPの階段を思い出すまいとした。ほんの数時間前に、二段ずつそこを駆けあがったことを。靴を脱ぎ捨て、靴下をはぎ取り、キッチンで悪態をつくガンマの声を聞いたことを。

「ファッジ」チャーリーはつぶやいた。「ファッジ」

一段目で足首が耐えられなくなった。がたつく手すりにしがみついた。炎のように明るく輝くポーチの照明に目をしばたたいた。血が目に流れこんだ。こぶしでそれをぬぐった。玄関マットには、笑顔と手足のついた丸々とした赤いイチゴの絵が描かれていた。

シャーロットの足がマットに黒いしみを作った。

シャーロットは片手を持ちあげた。

手首がぐらぐらしていた。

ドアをノックするためには、片手でもう一方の手を支えなくてはならなかった。白く塗られたドアにこぶしの赤いしみができた。

家のなかから、椅子がきしる音が聞こえた。軽い足音が近づいてくる。女性が快活な声で尋ねた。「こんなに遅く、どなた？」

チャーリーは答えなかった。

鍵を開ける音も、チェーンをはずす音もしなかった。いきなりドアが開いた。そこに金髪の女性が立っていた。髪をうしろでひとつに結んでいる。シャーロットより年上だった。かわいらしい。その目が丸くなった。口が開いた。矢で射られたかのように、胸に手を当てた。

「まあ――。なんてこと。ああ、パパ！」シャーロットのほうに手を伸ばしたが、どこに触れればいいのかわからないようだった。「入って！　さあ！」

シャーロットは一歩踏み出した。そしてもう一歩進むと、そこはキッチンのなかだった。その部屋は温かかったにもかかわらず、シャーロットは身震いした。

なにもかもがあまりに清潔で、あまりにまぶしかった。黄色い壁紙には赤いイチゴの模様。壁の上部には縁飾り。トースターにはイチゴのアップリケがついたニットのカバーがかけられている。コンロに置かれたケトルは赤。目が動く猫の顔をした掛け時計も赤だった。

「なんてこった」男性がつぶやいた。年配でひげを生やしている。眼鏡の奥の目はほぼまん丸だった。

シャーロットは壁に背中がつくまであとずさった。

彼が女性に訊いた。「いったいなにごとだ？」

「この子がノックしたのよ」彼女は泣いていた。ピッコロのように声が震えている。「わからない。なにも」

「クインの娘のひとりだ」彼はカーテンを開けた。外をのぞく。「そいつらはまだそこにいるのか？」

ザカライア・カルペッパー。

ダニエル・カルペッパー。

サマンサ。

「男性はキャビネットの上に手を伸ばした。ライフルと弾の入った箱をおろした。「電話を取ってくれ」

シャーロットは再び震え始めた。ライフルは長く、その銃身は彼女を真っ二つにできる剣のように見えた。

女性は壁のコードレス電話に手を伸ばした。つかむことができずに床に落とした。かがみこんで拾う。両手はまだ震えていて、思いどおりに動かせないようだ。アンテナを伸ばし、父親に電話機を渡した。

彼が言った。「警察に電話する。わたしが出ていったら、ドアに鍵をかけるんだ」

女性は言われたとおりにしたが、掛け金をおろす手の動きはぎこちなかった。両手を組み、シャーロットを眺めた。ひとつ息を吸い、部屋を見まわした。「どうすれば……」彼女は手で口を押さえた。その目は床を見つめている。

シャーロットも視線を落とした。足のまわりに血がたまっている。ハンマーでしっかり叩かないと止まらない農家の蛇口の水のように、内側からの出血が太腿を伝い、膝から足首へと、ゆっくり、けれど止まることなく垂れてきていた。

シャーロットは足を動かした。血がそのあとをついてきた。移動したあとにぬるぬるした粘液を残すかたつむりを思い出した。

「座って」女性が言った。さっきよりは落ち着いて、自分を取り戻したようだ。「いいのよ。座って」彼女はシャーロットの肩にそっと手を置いて、椅子に座らせようとした。「すぐに警察が来るわ。もう安心よ」

シャーロットは座らなかった。その女性は安心しているようには見えない。

「わたしはミス・ヘラー」彼女はシャーロットの前で膝をついた。シャーロットの髪を撫でた。「あなたはシャーロットね？」

シャーロットはうなずいた。

「ああ、かわいそうに」ミス・ヘラーは髪を撫で続けている。「かわいそうに。なにがあったのかは知らないけれど、かわいそうに」

シャーロットは膝から力が抜けていくのを感じた。座りたくはなかったが、これ以上立っていられない。体のなかにナイフを突き立てられているようだった。下半身が痛んだ。また尿を漏らしたみたいに、生温かいものがしみ出してくるのがわかった。

シャーロットはミス・ヘラーに言った。「アイスクリームをもらえますか？」

ミス・ヘラーはなにも言わなかったが、やがて立ちあがった。ボウルとバニラのアイスクリームとスプーンを持ってきて、テーブルに置いた。

そのにおいを嗅いだだけで、シャーロットの喉元に苦いものがこみあげた。ぐっと飲みくだした。スプーンを手に取った。かなうかぎりの速さでアイスクリームを口に押しこんでいく。

「ゆっくり」ミス・ヘラーが言った。「吐いてしまうわ」

吐きたかった。彼を自分のなかから追い出したかった。自分を清めたかった。自分を殺したかった。

**ママ、あたしがアイスクリームをボウルふたつ分食べたら、どうなると思う？　すごく大きいやつを。**

**腸が破裂して、あなたは死ぬわね。**

シャーロットは二杯目のアイスクリームをがつがつと食べた。スプーンが小さすぎたので、両手を使った。容器に手を伸ばそうとしたところで、ミス・ヘラーが止めた。ぎょっとしたような顔だ。

「なにがあったの？」

あまりに急いで食べたせいで、シャーロットは息切れしていた。鼻を通る空気が音をたてる。ショートパンツは血に濡れていた。椅子に置かれたイチゴ柄のクッションはびしょびしょだ。脚のあいだから滴るものを感じていたが、それはただの血ではなかった。彼だ。ザック・カルペッパーだ。シャーロットのなかに彼が残していったものだ。

再び吐き気が襲ってきた。今回は我慢できなかった。シャーロットは手で口を押さえた。ミス・ヘラーが腰を抱えるようにして立たせ、廊下の先にあるバスルームへと急いで連れていった。

胃が口から出てくるのではないかと思うくらい激しく、シャーロットは吐いた。便器の冷たい縁をつかんだ。目が膨れあがる。喉が焼ける。腸にカミソリを入れられたみたいだ。ショートパンツを引きずりおろした。便器に座った。液体が勢いよく流れ出るのが感じられた。血。便。彼。

シャーロットは痛みに悲鳴をあげた。体をふたつ折りにした。口が開いた。苦痛に泣き叫んだ。

ガンマにいてほしかった。ガンマが必要だった。

「ああ、かわいそうに」ミス・ヘラーはドアの向こう側にいた。鍵穴から彼女の声が聞こえていた。「〝しかし、イエスは言われた。子供たちを来させなさい。わたしのところに来るのを妨げてはならない。天の国はこのような者たちのものである〟(マタイによる福音書19:14/新共同訳)」

シャーロットは固く目を閉じた。涙があふれた。開いた口で息をした。血がぽたぽたと水に落ちる音が聞こえた。止まらない。いつまでたっても止まらない。

「いい子ね」ミス・ヘラーが言った。「神さまに委ねるのよ」

シャーロットは首を振った。血に濡れた髪が顔に当たった。目は閉じたままだ。サムが宙で回転するのが見えた。

銃弾が頭に命中したときの血しぶき。

ガンマの胸が爆発したときに、激しく飛び散った血。

「姉さん」シャーロットはか細い声で言った。「死んだ」

「なに？」ミス・ヘラーが少しだけドアを開けた。「なんて言ったの？」

「姉さん」シャーロットの歯がかたかた鳴った。「死んだの。ママも死んだの」

ミス・ヘラーはドアノブをつかんだまま、床にへたりこんだ。

彼女はなにも言わなかった。

シャーロットは足元の白いタイルを見おろした。視界に黒い点が見えた。開いた口から血が滴った。トイレットペーパーを少しちぎって丸めた。鼻に押し当てた。骨が折れているような気がした。

ミス・ヘラーがバスルームに入ってきた。シンクの蛇口を開けた。

シャーロットは下半身を拭いた。両脚のあいだに肉片がぶらさがっているのがわかった。

血は止まらない。永遠に止まらないだろう。ショートパンツを引きあげたが、めまいがして立っていられなかった。

便器に腰をおろした。壁にかかった、イチゴのパッチワークの写真を見つめた。

「大丈夫よ」ミス・ヘラーが濡らした布でシャーロットの顔を拭いた。手も声と同じくらい震えている。「〝しかし、わが名を畏れ敬うあなたたちには義の太陽が昇る。その翼にはいやす力がある。あなたたちは牛舎の子牛のように――〟（マラキ書3：20／新共同訳）」

激しいノックに裏口のドアが揺れた。大きなノックの音。叫び声。

ミス・ヘラーはシャーロットの胸に手を当てて、動きを封じた。

「ジュディス！」男性が叫んだ。「ジュディス！」

裏口のドアがはじけるようにして開いた。

ミス・ヘラーはシャーロットのお腹に腕をまわして抱きあげた。シャーロットは足が宙に浮くのを感じた。ミス・ヘラーの肩に手を当てて、体を支える。ミス・ヘラーが廊下を走ると、肋骨《ろっこつ》が砕けるような気がした。

「シャーロット！」

瀕死《ひんし》の動物が発するような、苦悩に満ちた声だった。

ミス・ヘラーは足を止めた。

振り返った。

シャーロットのウエストをつかんでいた手からゆっくりと力が抜けていく。

廊下の突き当たりにラスティが立っていた。壁にぐったりと寄りかかっている。胸が大きく上下していた。手にハンカチを握っていた。

シャーロットは足が床に着くのを感じた。体重を支えきれず、膝がくずおれた。ラスティはよろめきながら廊下を近づいてきた。壁に肩が当たり、今度は反対の壁に当たり、やがてシャーロットの前で膝をつき、彼女を抱きしめた。

「ベイビー」ラスティはすっぽりとシャーロットを包みこんだ。「わたしの宝物」

シャーロットは全身からゆっくりと力が抜けていくのを感じた。父親の存在はまるで麻薬のようだ。彼の腕のなかでぬいぐるみになった気がしていた。

「わたしのベイビー」

「ガンマ――」

「知っている！」ラスティがうめくように言った。悲しみを必死でコントロールしようとしているのか、胸が震えているのがわかった「知っているんだ、知っている」

シャーロットはすすり泣いた。痛みのせいではなく、恐怖のせいだ。父が泣くのを見るのは初めてだった。

「もう大丈夫だ」ラスティはシャーロットを抱きしめたまま、体を揺すった。「パパがここにいる。もう大丈夫だ」

シャーロットは目を開けていられないくらい、泣きじゃくっていた。「サム――」

「知っている。見つけるから」

「埋められたの」

ラスティは絶望のうめき声をあげた。

「カルペッパー兄弟だった」シャーロットは言った。彼らの名前をラスティに告げるという思いだけが、彼女をここまで連れてきたのだ。「ザックと弟」

「そんなことはどうでもいい」ラスティはシャーロットの頭頂部に唇を押し当てた。「救急車を呼んだ。おまえの面倒を見てくれるよ」

「パパ」シャーロットは頭をあげた。ラスティの耳に口を寄せる。「ザックがあれをあたしのなかに入れたの」

ラスティの腕がゆっくりと落ちた。まるで彼の体から空気が抜けていくようだった。口がぽっかりと開く。がくりと座りこんだ。シャーロットの顔を隅々まで眺める。喉が動いた。なにか喋ろうとしたが、出てくるのはうめき声だけだった。

「パパ」シャーロットはさらに言った。

ラスティはシャーロットの口を手で押さえた。なにも言いたくないかのように唇を噛んだが、言わなくてはならなかった。

ラスティが訊いた。「やつにレイプされたのか?」

シャーロットはうなずいた。

ラスティの手が石のようにすとんと落ちた。視線を逸らした。首を振った。顔の横を二本の川のように涙が伝った。

父がなにも言わないので、シャーロットは恥ずかしくなった。ザカライア・カルペッパーのような男がなにをするのか、父にはわかっている。だからシャーロットの顔を見ることすらできずにいる。

「ごめんなさい」シャーロットが言った。「もっと速く走ればよかった」

ラスティはミス・ヘラーを見つめ、それからゆっくりとシャーロットに視線を戻した。「おまえのせいじゃない」咳払いをして、繰り返した。「おまえのせいじゃないんだ、ベイビー。聞いているか？」

聞いてはいたが、シャーロットは信じなかった。

「おまえの身に起きたことは」ラスティの声がきしんだ。「おまえのせいじゃない。だが、だれにも言ってはいけない。いいね？」

シャーロットは、父の顔を見つめることしかできなかった。自分のせいじゃないのなら、嘘をつく必要はないはずだ。

ラスティは言った。「これはここだけの話にしよう。だれにも言わない。いいね？」もう一度、ジュディス・ヘラーを見た。「レイプされた少女が検事たちにどんな扱いをされるのか、わたしはよく知っている。自分の娘をそんな目に遭わせるわけにはいかない。世間に傷物扱いさせるわけにはいかない」ラスティは手の甲で涙をぬぐった。その声が次第に力強くなっていく。「やつらは絞首刑になる。あの兄弟は人を殺したんだから、死刑になる。だが、お願いだからわたしの娘までいっしょに連れていかせないでくれ。頼む。もうたくさんだ。これ以上は耐えられない」

ラスティはミス・ヘラーを見つめたまま、待った。シャーロットは振り返った。ミス・ヘラーは彼女を見ながらうなずいた。

「ありがとう、ありがとう」ラスティはシャーロットの肩に手を置いた。改めてシャーロットの顔を眺め、全身にこびりついた血と骨と小枝と木の葉を見て取った。ショートパンツの引き裂かれた縫い目に触れた。再び彼の目から涙があふれだした。ラスティは、シャーロットがなにをされたのか、サマンサが、ガンマがなにをされたのかを考えていた。両手で顔を覆った。すすり泣きが咆哮《ほうこう》に変わった。悲嘆に引き裂かれたかのように、壁にもたれかかった。

シャーロットは唾を飲みこもうとした。喉がからからに渇いていた。酸っぱい牛乳の味が口にこびりついている。身も心もぼろぼろだった。両脚のあいだからいまもまだ血が流れ続けているのが感じられた。

「パパ」シャーロットは言った。「ごめんなさい」

「だめだ」ラスティはシャーロットをつかんで揺すった。「謝るんじゃない、シャーロット。わかったか？」

ひどく怒っているように見えたので、シャーロットはなにも言えなくなった。

「すまない」ラスティが口ごもりながら言った。膝立ちになり、シャーロットの後頭部に手を当てると、鼻と鼻がくっつくまで自分のほうに引き寄せた。煙草と麝香《じゃこう》のコロンのにおいがシャーロットの鼻をついた。「よく聞くんだ、チャーリー・ベア。聞いているか？」

シャーロットは父の目を見つめた。青い虹彩《こうさい》に赤い筋が放射状に走っている。

「これはおまえのせいじゃない。わたしはおまえの父親だ。そのわたしが、おまえのせいじゃないと言っているんだ」ラスティは返事を待った。「わかったか？」

シャーロットはうなずいた。「わかった」

ラスティはまたうめくような声を出した。唾を飲みこむ。泣いていることを隠そうともしなかった。「ママがリサイクルショップから持ってきたたくさんの箱を覚えているだろう？」

シャーロットは箱のことなどすっかり忘れていた。もうだれもあの箱を開けることはないだろう。いまはシャーロットとラスティしかいない。もうほかにはだれもいない。

「よく聞くんだ、ベイビー」ラスティは両手でシャーロットの顔を包んだ。「あの汚らわしい男がおまえにしたことは、ひとまとめにして箱のひとつに入れるんだ。いいかい？」

ラスティは、シャーロットがうなずくのを必死の思いで待っている。

シャーロットはうなずいた。

「よし。そうだ。そうしたらパパがテープを持ってくる。その箱をテープで封印してしまおう」ラスティの声が再び震えた。すがるような目でシャーロットを見つめる。「聞こえたか？　その箱を閉じて、テープで封印する」

シャーロットはまたうなずいた。

「そうしたらその箱は棚にしまう。そしてそこに置いたままにするんだ。いつか準備ができるまでは、もうそのことを考えもしないし、見ることもない。わかったかい？」

シャーロットはうなずき続けた。それが父の望んでいることだったから。

「いい子だ」ラスティはシャーロットの頬にキスをした。彼女を胸に抱き寄せる。シャーロットの耳がラスティのシャツに当たって曲がった。皮膚と骨の下で父の心臓が打つのが感じられた。父はひどく取り乱して、ひどく怯えていた。

「わたしたちは大丈夫だ、そうだろう？」

強く抱きしめられていたせいでうなずくことはできなかったが、シャーロットは父がなにを望んでいるかを理解した。彼女に論理のスイッチを入れてほしがっている。ただし、今回は現実の世界で。ガンマは死んだ。サムは死んだ。あたしは強くならなければいけない。父の面倒を見るいい娘にならなくてはいけない。

「いいかい、チャーリー・ベア？」ラスティがシャーロットの頭頂部にキスをした。「できるね？」

チャーリーは独身男の寝室にある空のクローゼットを思い浮かべた。ドアが開いている。床に箱が見えた。茶色い段ボール。テープでぴったりとめられている。ラベルを見た。〝極秘〟ラスティがその箱を肩にかつぎ、棚の上にのせ、影に呑みこまれるまで奥へと押しやった。

「できるね、ベイビー？」懇願するような口調だった。「その箱を閉じて、しまえるね？」

チャーリーはクローゼットのドアを閉めている自分を想像した。

「うん、パパ」

二度とその箱は開けない。

# 16

チャーリーはサムを見ることができなかった。両手に顔を埋めたままだ。椅子の上で体を丸めていた。チャーリーは、もう何十年もラスティとの約束を思い出したことはなかった。ずっといい娘、従順な娘で、棚に秘密をしまいこみ、時間の闇に記憶を委ねていた。彼らの悪魔のような所業は、その後の物語にまったく影響を与えていないのだと思っていたが、実はなによりも大きな影響があったことが、いまになればよくわかった。

チャーリーは言った。「この話の教訓は、わたしには廊下で悪いことが起きるっていうことね」

背中に置かれたサムの手を感じた。ただ姉にもたれかかり、その膝に顔を埋めて、泣いているあいだ抱きしめていてもらいたい、いまはそれだけがチャーリーの望みだった。

だが彼女は立ちあがった。靴を手に取り、ラスティの棺で体を支えながら履いた。「メアリー＝リンだった。てっきりリンっていうのが苗字《みようじ》だと思っていたの。ハッカビーじゃなくて」チャーリーがラスティの娘だと知ったときのハックの冷ややかな態度を思い出すと、吐き気がした。「彼女が納屋で首を吊っていた写真を覚えている？」

サムはうなずいた。

「彼女の首は、三十センチ以上も伸びていた。まるでキリンみたいだった。その表情は――」ラスティが廊下で見つけたとき、わたしもあんな苦しそうな顔をしていたのだろうかとチャーリーは考えた。「姉さんは死んだと思っていたし、ママが死んだことはわかっていた。パパはなにも言わなかったけれど、わたしがメアリー＝リンみたいに首を吊るんじゃないか、もしくはほかの方法で自殺するんじゃないかって心配してることはわかっていた」チャーリーは肩をすくめた。「的外れじゃなかったと思う。あまりにもひどすぎたもの」

サムはしばらく無言のままだった。ものをいじる癖は彼女にはなかったが、ズボンのしわを伸ばしながら訊いた。「あなたの流産はそのせいだってお医者さまに言われたの？」

チャーリーは思わず笑い出すところだった。サムはいつも科学的な説明を求める。

「二度目――実際は三度目だったけれど――の流産のあと、アトランタにいる不妊治療の専門家に会いに行った。ベンには会議だと言って。先生にはなにがあったかを話した――本当はなにがあったかを。パパも知らないことを話したわ。ザックが手を使ったこと。こぶしを。ナイフを」

サムは咳払いをした。例によって、濃い色の眼鏡に隠れてその表情はわからない。「それで?」

「先生はいろいろな検査やスキャンをしたあと、この壁が薄くなっているとか、あの管に傷がついているとか言って、紙に図を描き始めた。だからわたしは言ったの。〝はっきり言ってください〟って。そうしたら言ってくれた。わたしの子宮は居心地が悪いって」どこかの旅行サイトのレビューで見るような言葉だったから、チャーリーは苦々しく笑った。「わたしの子宮の状態は胎児を育てるには適していないんですって。むしろ妊娠十八週まで進んだことに驚いていた」

「あのことが原因だって言われたの?」

チャーリーは肩をすくめた。「そうかもしれないけれど、断言はできないって。どうだかね、ナイフの取っ手をあそこに突っこまれたんだもの、赤ちゃんができなくなったって驚かない」

「最後のときは」論理に過ちがあるとき、サムは正さずにはいられなかった。「ダンディ・ウォーカー症候群だったって言ったわよね? それは子宮の損傷のせいじゃない。遺伝要素じゃないの?」

チャーリーはもうその話を蒸し返したくはなかった。「そうよ。それが最後の妊娠だった。わたしは年を取りすぎたのよ。子供を産むにはリスクが大きすぎた。時間切れだったの」

サムは眼鏡をはずした。目をこすった。「わたしがそばにいてあげるべきだった」

「わたしは姉さんを呼ぶべきじゃなかった」ラスティが二日前に言ったことを思い出して、チャーリーは微笑んだ。「わたしたちはいつも行き止まりね」

「ベンに話す必要があるわ」

「また姉さんの必要がある、ね」チャーリーは洟をかんだ。サムの年長者ぶった態度を恋しいと思ったことは一度もない。「わたしとベンは、もうどうにもならないと思う」ふざけた口調だったが、誘惑しようとして惨めな結果に終わったあとは、夫が帰ってこないかもしれないという可能性を認めざるを得なくなった。またノーと言われるのが怖くて、ゆうべはこのまま泊まってほしいと頼む勇気さえなかったのだ。

　チャーリーは言った。「ベンはいつも聖人みたいだった。毎回よ。大げさじゃなくて。いったいだれに似たんだろうって不思議でたまらないの。母親でも、姉たちでもないわね。まったくあの人たちって本当にひどいんだから。あらゆることを知りたがるの。ゴシップ扱いよ。あの人たちのあいだでホットラインができているんだから。姉さんだって、妊娠するのがどういうものか、知らないでしょう？　赤ちゃん用の家具を買って、産休の計画を立てて、大型トラックみたいにお腹が大きくなって、それが一週間後に食料品店に買い物に行くと、前は笑顔を向けてきた人たちがわたしの顔を見ることすらできなくなっている。姉さんにそんな経験はないわよね？」

サムはうなずいた。

チャーリーは驚かなかった。身ごもることでサムの体はさらに損傷を受けるかもしれない。姉がそんなリスクを冒すとは思えなかった。

チャーリーは言った。「わたしはいやな女になった。いまだって、十分前だって、昨日だって、その前だって、ずっとこう思っている――もう黙って。忘れなさい。でもだめなの。できないの」

「養子は?」

チャーリーは腹を立てまいとした。彼女の子供は死んだ。犬とは違う。その穴を埋めるために数カ月後に新しい犬を飼うようなわけにはいかない。「ベンがその話を持ち出すのをずっと待っていたけれど、彼はふたりきりでも幸せだって言うだけだった。わたしたちはチームで、ふたりで年を取っていくのもいいものだって」チャーリーは肩をすくめた。「わたしが養子の話を持ち出すのを待っていたのかもしれない。『賢者の贈り物』みたいに。わたしが贈れるのは、できそこないの子宮だけれど」

サムはまた眼鏡をかけた。「ベンとはもう終わったって、あなたは言ったのよ。なにがあったかを話したとして、なにを失うって言うの?」

「問題は、なにを得るかなのよ」チャーリーは応じた。「彼に同情されたくない。義務感から、わたしのそばにいてほしくない」閉じた棺に手をのせた。サムだけでなく、ラステイにも話しているつもりだった。「だれかほかの人といっしょになるほうが、ベンは幸せなのよ」

「ばかばかしい」サムはつっけんどんに言い返した。「彼がどうするかをあなたに決める権利はない」

ベンはすでに決めているとチャーリーは感じていた。彼を責めることはできない。四十一歳の男性が、身も心も柔軟な二十六歳の女性と生きていくことが不幸だとは思えなかった。「彼は子供の扱いがすごく上手なの。子供が大好きなのよ」

「それはあなたもでしょう？」

「でも、わたしに子供ができないのは彼のせいじゃない」

「もし、そうだったら？」

チャーリーは首を振った。こういう展開になるとは思っていなかった。「ひとりになりたい？」棺を示して、サムに訊いた。「お別れを言いたい？」

サムは顔をしかめた。「だれに話をするっていうの？」

チャーリーは腕を組んだ。「しばらくひとりにしてもらえる？」

サムは眉を吊りあげたが、今回ばかりは言いたいことを呑みこんだ。「外にいるわ」

チャーリーは、部屋を出ていく姉を見送った。今日はあまり脚を引きずっていない。せめてもの慰めだった。パイクビルに戻ってきた姉を見るのは耐えがたかった。あまりにも無防備で、場違いだった。角をひとつ曲がるあいだ、通りを歩くあいだ、そこで行きかうだれもが彼女の身になにがあったかを知っているのだ。

スタンリー・ライマン裁判官以外は。

あのとき、裁判官席に駆け寄り、姉を辱めたあのろくでなしの顔を引っぱたくことができたなら、チャーリーは逮捕される危険を冒してでもそうしていただろう。

サムは昔から自分の体が不自由であることを必死になって隠そうとしていたが、ほんの数分彼女を観察すれば、どこかおかしなことがあると気づく。その姿勢は力が入りすぎている。腕を自然に振るのではなく、体の両脇にぴったりとつけたまま歩く。見えにくい側に注意を払うため、顔はいつもいくらか横を向いている。そして、どこまでも正確で、講義をするような話し方。昔からその口調は鋭かったが、撃たれてから口にするすべての言葉はまるできれいに切り取られた直角形のようだった。ときたま、ふさわしい言葉を探しているのか、一拍の間が開くことがある。ごくまれに、言語療法士から教わったとおり横隔膜を使って声を出すときに、息の音が聞こえることもあった。

医者。作業療法士。セラピスト。サムのまわりにはこういった人々がいた。彼らにはそれぞれ意見があり、助言があり、忠告があったが、サムが彼らを受け入れていなかったことに気づいている者はいなかった。サムは普通とは違う。撃たれる前はこんなふうではなかったし、回復途中にあるときももちろん違っていた。

チャーリーは、脳の損傷のせいでサムの知能指数は十くらい減るかもしれないと、医者のひとりがラスティに話していたのを覚えていた。思わず笑いそうになったものだ。普通の人であれば、知能指数が十減るのは大変なことかもしれない。だがサムの場合、天才レベルから、ものすごく頭がいい程度になるだけのことだ。事件から二年後の十七歳のときに、サムはスタンフォード大学の全額支給奨学金を得ていた。

〝あの子は幸せなのか？〟

ラスティの声が頭のなかで響いていた。

チャーリーは父親の棺を見つめた。蓋に手をのせた。角のペンキがはげていた。さっき、頭のいかれた口の悪い猿のようにぶらさがったときに、なにかに当たったのだろう。

サムは幸せそうには見えないけれど、満足はしているようだ。

いまにして思えば、満足することのほうがより大切なゴールなのだとラスティに言うべきだった。サムは法律の世界で成功している。一時は嵐のように荒れ狂っていた癇癪も、ようやく落ち着いたようだ。胸に抱えたレンガのようだった怒りはなくなっている。もちろん、いまだに知識をひけらかすし、人をいらだたせるけれど、それはあの母親の娘だから仕方がない。

チャーリーはこつこつと指で棺を叩いた。

　自分も姉も、生と死に関わる問題に関して惨めに失敗しているというのは、皮肉なものだと思えた。サムは苦しんでいる夫を楽にしてやることができなかった。チャーリーは赤ん坊が安全に成長できる場所を提供できなかった。

「そしてまたここに戻ってくるのね」チャーリーの目に涙が浮かんだ。もう泣くのはうんざりだった。もうこれ以上泣きたくない。もうこれ以上、いやな女でいたくない。もうこれ以上悲しい思いはしたくない。もうこれ以上、夫のいないところで生きていたくない。しがみついているのも難しかったが、手放すのはさらに難しかった。

　チャーリーは椅子のひとつを引き寄せた。パステルブルーのサテンのカバーをはがした。十六歳の少女の誕生パーティーではないのだ。

　固いプラスチックに腰をおろした。

　わたしはサムに秘密を打ち明けた。箱を開けた。

　どうして違う気分にならないのだろう？　どうしてすべてが奇跡のように変わらないのだろう？

　ずっと昔、ラスティがチャーリーをセラピストのところに連れていったことがあった。十六歳のときだ。サムはカリフォルニアにいた。チャーリーは学校で荒れ始めていて、ふさわしくない相手と付き合い、ふさわしくない相手とセックスし、ふさわしくない相手が運転する車のタイヤを切り刻んでいた。

なにがあったのか本当のことをチャーリーがセラピストに話すだろうと、ラスティは考えていたのかもしれない。そのことは話さないとラスティは考えているに違いないと、チャーリーが思っていたように。

またいつもの行き止まり。

セラピストはベストを来た熱心な男性で、チャーリーをあの日に連れ戻そうとした。農家のキッチンに。ガンマがコンロにケトルをかけたまま、廊下にいるサムを捜しに行ったあのじっとりした部屋に。

目を閉じて、食卓についている自分を思い浮かべるようにとセラピストは言った。紙皿で飛行機を折ろうとして、せっせと手を動かしていたときだ。私道をやってくる車の音ではなく、キリストがドアから入ってくるところを想像するようにと彼は言った。

セラピストはキリスト教徒だった。善意ある誠実な人だったが、キリストが多くのことに対する答えだと信じていた。

「目は閉じたままで」彼は言った。「キリストに抱きあげられているところを思い浮かべて」

ガンマが散弾銃をつかむところではなく。サムが撃たれるところではなく。ミス・ヘラーの家へと森のなかを走る自分の姿ではなく。

チャーリーは指示どおり、目を閉じたままでいた。動かさないように、手の上に座って押さえておかなくてはならなかった。脚をぶらぶらさせて、調子を合わせているふりをしていたが、彼女が思い浮かべていたのはキリストではなく、リンゼイ・ワグナーだった。バイオニック・ジェミーがそのとてつもない力で、ダニエル・カルペッパーの顔を殴りつけていた。空手の蹴りでザカライアの股間を蹴りつけていた。その動きはスローモーションで、シュッシュッシュッという音がバックに流れるなかで長い髪が揺れていた。

チャーリーは指示どおりにすることが昔から苦手だった。

だが、変な髪型をした時代遅れのセラピストは、少なくともひとつのことに関しては正しかったと思うと、チャーリーは恥ずかしさが胸のなかで渦巻くのを感じた。三十年近く前にチャーリーの身に起きたおぞましいことが、いま彼女の人生を台無しにしている。

台無しにしたと言うべきだろう。なぜなら夫はすでにいなくなり、姉は数時間後にはニューヨークに戻り、チャーリーはだれもいない家に帰っていくのだから。

今週は犬の世話をする番ですらなかった。

チャーリーは父親の棺を見つめた。冷たい金属の箱のなかにラスティが横たわっているとは思いたくなかった。笑顔の父を覚えていたかった。ウィンクしている父。床をこつこつと足で叩いている父。手近なテーブルでリズムを取っている父。何千回も聞いたことのあるばかな話をしている父。

もっとたくさん写真を撮っておくべきだった。

語尾の変化や、間違った言葉を強調するわざとらしい口調を忘れないように、声を録音しておくべきだった。

どうか父が口をつぐんでくれますようにと祈ったことはこれまで何度もあったが、いまは父の声が聞きたくてたまらなかった。父の長話が聞きたい。父が引用した言葉の出所を判別したい。父の話や奇妙な言葉や退屈な見解といったものが、実は助言であり、その助言がたいていの場合、癪に障ることに価値のあるものだと気づく、あのはっとする瞬間を感じたい。

チャーリーは手を伸ばした。

棺の脇に手のひらを当てた。ばかなことをしているとわかっていたけれど、訊かずにはいられなかった。「わたしはどうすればいいの、パパ？」

チャーリーは待った。

四十一年間で初めて、ラスティは答えてくれなかった。

# 17

チャーリーはワイングラスを片手に、メモリー・チャペルのなかを歩きまわっていた。父は、葬儀の場でアルコールを出すことしか決めていなかった。バーに強い酒はあるが、正午という時間ではそのほとんどが早すぎる。それが、ラスティのあわただしい葬儀計画のひとつ目の問題だった。ふたつ目はサムがすでに予見していたこと――見物人と偽善者たちだ。

チャーリーは、かつての友人たちをそういった輩《やから》と同一視することを申し訳なく思った。彼らがチャーリーではなくベンを選ぶことを非難はできない。自分でもベンを選ぶだろう。一週間か一カ月か、あるいは来年には、彼らの存在や笑顔や優しい会釈が意味を持つことがあるかもしれない。けれどいまは、くそったれたちしか目に入らなかった。

ラスティの偽善家ぶった行為を非難していた町民たちが大勢いた。中絶を行う施設の代理人になったラスティを人殺しと呼んだジュディ・ウィラード。人殺しを弁護したラスティをろくでなし《バスタード》と呼んだアブナー・コールマン。非嫡子《バスタード》を弁護した彼を裏切り者と呼んだウィット・フィールドマン。リストは延々と続いていたが、チャーリーはうんざりしてそれ以上数える気にはなれなかった。

もっとも不快だったのがケン・コインだ。くそったれの下劣な男は、地区検察局の子分たちに囲まれて立っている。ケイリー・コリンズがいちばん前の中央にいた。チャーリーの夫と浮気をしているらしいその女性は、自分が歓迎されていないかもしれないとは想像すらしていない様子だ。地元の法律関係者たちは、この葬儀を社交のひとつの場だと考えているようだった。コインがラスティの話をしているのは間違いなかった。ラスティが法廷で繰り広げた、首をかしげたくなるような弁論の話だろう。ケイリーが顔をのけぞらせて笑っているのが見えた。顔に落ちてきた長い金色の髪を払っている。その男の妻だけが不適切だと言えるような親密な仕草で、コインの腕に触れている。

チャーリーは、これが酸だったら彼女の顔にかけてやれるのにと思いながらワインを飲んだ。

チャーリーの携帯電話が鳴った。人気のない部屋の隅へと歩いていき、留守番電話になる直前に応答した。

「ぼくだ」メイソン・ハッカビーだった。

チャーリーは部屋に背を向けた。恥ずかしさと罪悪感が湧き起こった。「電話しないでって言ったはずだけど」

「すまない。だがきみと話をする必要があるんだ」

「そんな必要はないから。よく聞いて。わたしたちのあいだに起きたことは、これまでの人生で最悪の間違いだった。わたしは夫を愛しているの。あなたに興味はない。話もしたくない。一切あなたと関わりたくないの。もし今度また電話をしてきたら、接近禁止命令を出してもらって、あなたにセクハラの前科があるっていうことを教育委員会に伝えるわよ。そうしてほしいの？」

「いいや。話を戻そう、いいかい？　頼むよ」彼の声にはせっぱつまった響きがあった。「シャーロット、顔を合わせて話す必要があるんだ。重要なことだ。ぼくたちのことよりも。ぼくたちがしたことよりも」

「あなたが間違っているのはそこなのよ」チャーリーはきっぱりと言った。「わたしの人生でいちばん重要なのは、夫との関係なの。あなたにそれを邪魔させるつもりはない」

「シャーロット、もしきみが――」

彼がそれ以上たわごとを口にする前に、チャーリーは電話を切った。

ハンドバッグに携帯電話をしまった。髪を整えた。ワインを飲み干した。カウンターで新しいグラスを手に取った。震えが止まったときには、グラスの中身は半分になっていた。彼が電話で連絡を取ってきたことを神に感謝した。もし葬儀場に来ていたりしたら、彼といっしょにいるところを町の人たちに、ベンに見られたりしたら、チャーリーは自己嫌悪と憎悪の海に溺れてしまったことだろう。

「シャーロット」部屋を埋め尽くす無能な弁護士のひとりニュートン・パーマーが、熟練した哀悼の表情を彼女に向けた。「大丈夫かい？」

シャーロットはワインを飲み干すことで、悪態の言葉をかき消した。ニュートンは、アメリカの小さな町のほとんどを支配している典型的な年配の白人男性だった。人種差別や性差別が骨の髄までしみついているニュートンのようなろくでなしの老人はいずれ死ぬのだから、それを待てばいいとベンがいつか言っていたことがある。だが彼が理解していなかったのは、同じような輩は次々に生まれているということだった。

ニュートンが言った。「先週、きみのお父さんをロータリークラブの朝食会で見かけたよ。いつものように堂々としていて、実におどけたことを言っていた」

「父らしいわ。おどけていたのは」チャーリーは、彼の語るロータリークラブのばかばかしい話を聞いているふりをしながら、姉の姿を捜した。

サムもまた、八年生のときの英語の教師だったミセス・ダンカンにつかまっていた。サムは笑顔でうなずいていたが、どうでもいい話に付き合うような忍耐力を彼女が持ち合わせているとは思えない。大勢の人に囲まれていると、サムの異質な感じは一段と際立って見えた。体の不自由さのせいではなく、明らかにこの場から浮いていた。いまという時間からもずれているようだ。濃い色の眼鏡。頭を軽く傾けた堂々とした姿勢。葬儀の場であっても、その服装はほかの人たちと混じり合うことはなかった。全身黒で統一しているのは同じだが、色合いが違う。人口の一パーセントだけが手に入れることのできる黒だった。年配の教師の隣に立つサムは、豚の耳と並んだ絹の財布のようだった。

「お母さんを見ているみたい」レノーラが言った。体にぴったりとフィットする黒いワンピースにチャーリーのものより高いハイヒールを履いた彼女は、ニュートンに微笑みかけた。「ミスター・パーマー」

ニュートンは青くなった。「シャーロット、失礼するよ」

レノーラは彼を無視したので、チャーリーもそれにならった。レノーラの肩に自分の肩を押しつけながら、サムを眺めた。ミセス・ダンカンはまだ長々と話を続けている。

レノーラが言った。「ハリエットは、ほかの人たちとものすごくつながりたがっていたの。でもどうしてもその方程式が解けなかった」

「ガンマはパパとつながったじゃない」

「お父さんは普通じゃなかったから。あのふたりはどちらも変わり者で、いっしょにいるときがいちばん輝いていたのよ」

チャーリーはレノーラにさらにもたれかかった。「あなたが来るとは思わなかった」

「あの憎たらしいろくでなしたちを、最後にどうしてもなじってやりたくて。あのね――」レノーラはなにか難しいことをしようとしているみたいに、大きく息を吸った。

「仕事を辞めてフロリダに行こうと思うの。わたしの同類たち――年金暮らしで性格の悪い老いた白人女性――がいるところに」

チャーリーは唇を結んだ。これ以上泣くわけにはいかない。すべきことをしようとしているレノーラに、うしろめたい思いをさせるわけにはいかなかった。

「ああ、チャーリー」レノーラはチャーリーの腰に腕を巻きつけ、耳に唇を寄せた。「あなたを置き去りにするわけじゃない。ただ違う場所に行くだけ。いつでも遊びに来てくれていいのよ。馬や子猫やフクロネズミの写真を壁に飾った、特別な寝室を用意しておくから」

チャーリーは笑った。

レノーラは言った。「前に進む潮時なのよ。わたしはもう充分に善戦したわ」

「パパはあなたを愛していた」

「もちろんよ。わたしもあなたを愛している」レノーラはチャーリーの側頭部にキスをした。「愛といえば」

ベンが人ごみを縫うようにして近づいてきていた。両手をあげて、なにか話したがっているらしい老人をうまくかわした。おべっか使いたちに取りこまれることもなく、知り合いに挨拶しながら着実に進んでくる。だれもがベンを見ると笑顔になった。チャーリーも頬が緩むのを感じた。

「やあ」ベンはネクタイを直した。「ここは男子禁制かい?」

レノーラが言った。「あなたの上司をいらつかせに行くところよ」そう言ってチャーリーにもう一度キスをすると、ケン・コインのほうへと歩きだした。

地方検事のグループはさっと散らばったが、レノーラは赤ん坊のイボイノシシを見つけたチーターのようにコインを追いつめていた。

チャーリーはベンに言った。「レノーラはフロリダに行くんですって」

ベンは驚かなかった。「きみのお父さんがいなくなったいま、彼女がここにいる意味はあまりないからね」

「わたししかいないもの」レノーラがいなくなるなど考えられなかった。辛すぎる。ベンに訊いた。「パパのスーツを選んでくれたの?」

「全部ラスティらしかったよ。手を出して」

チャーリーは手を出した。

ベンはコートのポケットから赤いボールを取り出した。チャーリーの手にのせる。「どういたしまして」

チャーリーはピエロの赤い鼻を眺めて微笑んだ。

ベンが言った。「外に出よう」

「どうして?」

ベンはいつものように辛抱強く、ただ待っていた。

チャーリーはワイングラスを置いた。ピエロの鼻をハンドバッグに押しこみ、ベンのあとについて外に出た。まず目に入ったのが、もうもうとたちこめる煙草の煙だ。次に気づいたのが、あたりは犯罪者たちでいっぱいだということだった。サイズの合っていないスーツから、刑務所で彫った刺青《いれずみ》や何時間ものトレーニングの成果である無駄のない筋肉がのぞいている。男女とりまぜて五十人ほどもいるだろうか。

彼らはラスティを本当に悼んでいる人々だった。学校の体育館の裏にたむろする悪ガキたちのように、外で煙草を吸っていたのだ。

「シャーロット」男のひとりが彼女の手をつかんだ。「あんたの親父さんがどれほどのことをしてくれたのか、言っておきたかった。子供たちを取り返してくれたんだ」

「おれの仕事を見つけてくれたよ」別の男が言った。前歯は欠けていたが、脂っぽい髪に櫛《くし》の跡があるところを見ると、ラスティのためにせいいっぱいのことをしてきたのだとわかった。

彼のざらざらした手を握り返しながら、シャーロットは笑みが浮かぶのを感じていた。

「いい人だったよ」ひとりの女性がドア近くに置かれた中身のあふれた灰皿に向かって、吸殻をはじいた。「能無しの元旦那に養育費を払わせてくれた」

「おいおい」別の男が言った。能無しの元旦那かもしれない。

ベンはウィンクを残し、建物のなかへと戻っていった。地方検事補はここでは歓迎されない。

チャーリーはさらに握手を交わした。煙草の煙に咳きこまないように気をつけた。ほかのだれも手を貸そうとしないときに、ラスティが彼らを助けた話に耳を傾けた。サムをここに連れてきたかった。彼女たちの複雑で怒りっぽい父親のことを彼らがどう思っているのか、きっと聞きたいだろうと思った。いや、聞きたいのではなく、聞く必要があるのかもしれない。サムはいつだってものごとの白黒をはっきりとつけたがった。灰色の部分――ラスティが活躍していたらしい場所――は、彼女にとっての未知の領域のはずだから。

そこまで考えたところで、思わず笑いたくなった。チャーリーは、彼女が抱えていたもっとも暗く重いものをサムに打ち明けた。父親はいい人間だったと知ることが、サムにとってはもっとも重要なはずだ。

「シャーロット?」ジミー・ジャック・リトルは犯罪者たちにすっかり溶けこんでいた。銀行強盗で収監されたときに片方の腕にびっしりと刺青を入れていて、その数はここにいるほかのだれよりも多い。黒のフェドーラ帽が、彼を別の時代の人間のように見せていた。彼は常に怒っているようだった。あたかも自分が、一九四〇年代の暗黒小説に登場する、悪女に堕落させられた善人の男でないことに心底がっかりしているみたいに。

「来てくれてありがとう」チャーリーは彼の首に抱きついた。これまで一度もしたことのない、そしておそらく二度とすることがないだろうハグだった。「あなたが来てくれて、パパもきっと喜んでいる」

「ああ、まあな」ジミー・ジャックは、チャーリーに抱きつかれてまごついているようだった。時間をかけて煙草に火をつけ、たくましい男の雰囲気を取り戻そうとしている。「親父さんは残念だったな。集中砲火を浴びて逝っちまうんだとばかり思っていたけどな」

「そうじゃなくてよかったわ」ラスティは二日前に刺されている。射殺はあまりにも現実的すぎて、冗談にはできなかった。

「アダム・ハンフリーっていう若造だが」ジミー・ジャックは煙草を唇から離した。「なんとも言えねえな。彼女とやってたのかもしれないが、近ごろの若い男と女はそういうこと抜きの友だちになれるらしいからな」ジミーは到底理解できないというように肩をすくめた。自動運転の車や最新式のビデオレコーダーを見ても、同じように肩をすくめるのだろう。「フランク・アレクサンダーのほうは、何年か前に調べたことがある。飲酒運転で捕まって、ラスティがそれを助けてやったんだ」

「パパはアレクサンダー家の人間と仕事をしたことがあったの？」チャーリーは自分の声が大きすぎたことに気づいた。声をひそめた。「なにがあったの？」

「ラスじいさんにとっては、特別なことじゃない。まあ、よくあるやつだ。なにがあったかっていうと、フランクが女に突っこんだ場所がまずかったんだな。どこぞのラブホテルで飲みながら女とやって、香水のにおいをぷんぷんさせながら女房のところに帰った、っていうか、帰ろうとした。途中でおまわりに危険な酒気帯び運転で捕まっちまったんだ」

それはつまり、飲酒検知器の数値は規制値以下だったものの、運転が正常ではないと警察官が判断したので、飲酒運転で検挙されたという意味だった。

チャーリーは尋ねた。「相手は生徒だったの？」

「不動産業者だった。女房よりずっと年上の。まったくわけがわかんねえよ。なんでだ？そりゃあ金は持ってるだろうよ。だが女っていうのは年代物がいいってもんじゃないんだ。車といっしょさ。新鮮なほうがいいに決まっている。違うか？」

チャーリーは浮気についての微妙な問題に踏みこみたくはなかった。「それで、フランク・アレクサンダーはどうなったの？」

「社会奉仕活動をやって、講習を受けた。教員の資格を失くさないですむように、裁判官は記録を残さなかったんだ。問題は家のほうだったって聞いているぜ。年上の恋人がいたなんて聞いて、女房が面白いはずないからな。なんだってわざわざ年増《としま》を選ぶ？」

チャーリーは訊いた。「離婚話になったの？」

ジミー・ジャックは肩をすくめた。「ほかにどうしようもなかっただろう。飲酒運転は金がかかる。弁護士費用。講習を受けるための費用。罰金。手数料。八千から九千ドルは楽に超える」

だれにとってもそれだけの金額は大金だが、アレクサンダー夫妻はどちらも学校教師で幼い子供がいる。それほどの現金が手元にあるとは思えなかった。

ジミー・ジャックは言った。「残りの人生をヌードルばっかり食べ続けることがわかっていながら、〝愛している〟と言えるやつはいないぜ」

「ふたりはとても愛し合っていて、子供のためにがんばっていこうと思ったかもしれないわよ」

「ずいぶんと殊勝なことを言うじゃねえか」ジミー・ジャックはフィルターまで吸った煙草を、ドアの脇のプランターに投げ入れた。「まあ、もうどうでもいいこった。こいつを調べても、ラスティが墓から払ってくれるわけじゃないしな」

「この事件を引き継ぐ人は、だれか現場の人間が必要になると思うけれど」

彼は考えただけでどこかが痛むとでもいうように、顔をしかめた。「あんたの親父さん以外の弁護士のために、働きたいとは思わないな。あんたは別として。だいたい弁護士なんていうのは金払いが悪いし、人間としてはクズばっかりだからな」

チャーリーも同意見だった。

ジミー・ジャックはチャーリーにウィンクをした。「さてと、あんたはあのくだらない野郎どものところに戻るといいさ。なかにいるろくでなしたちは、あんたの親父さんをわかっちゃいない。彼の小便をコップに受ける価値もないな」

チャーリーは笑顔で応じた。「ありがとう」

ジミー・ジャックは舌を鳴らしながら、もう一度ウィンクをした。チャーリーは、彼のうしろ姿を見送った。いくつかの背中を叩き、何人かとこぶしを合わせながらドアのほうに歩いていく。おそらくバーに行くのだろう。彼は、養育費を払ってもらった女性にフェドーラ帽を軽く持ちあげて挨拶をした。彼女は腰に手を当てていて、どちらも今夜はひとりで過ごすことはないかもしれないとチャーリーは感じた。

クラクションが鳴り響いた。

全員が駐車場に目を向けた。

ベンがピックアップトラックのハンドルを握っている。隣にはサムがいた。

最後にこんなふうにクラクションで合図を送られたときは、真夜中に寝室の窓から抜け出した罰として、ラスティに外出禁止を言い渡されたことを思い出した。

ベンが再びクラクションを鳴らした。チャーリーを手招きする。

チャーリーは言い訳をしながらその場を離れたが、ここにいる人たちの多くが、駐車場でアイドリングをしているトラックに駆け寄ったことがこれまで一度はあるに違いないと考えていた。

サムが車を降り、開いたドアに手を置いて待っている。十メートル離れたところからでも、トラックのマフラーが咳きこむ音が聞こえていた。ベンのダットサンは二十年前の車だった。コロラド行きをキャンセルしたあと、ふたりが買うことができた車はこれだけだった。ローンの返済のために、ふたりは彼のSUVを売った。一週間後、買い戻そうとしたが、買い手に拒否された。ラスティとレノーラは貸した金は返さなくてもいいと言ったが、そういうわけにはいかなかった。コロラドのクリニックからは、数日のうちに返金があったが、問題はほかの請求だった。飛行機とホテルのキャンセル料。クレジットカードのキャッシング・サービスの手数料、流産後の診察代、手術費用、専門家の費用、麻酔料金、放射線使用料金、医者への支払い、薬代、山ほどの自己負担。当時は借金があまりに多すぎたから、こんなぼろ車でも買えるだけの現金があったのは幸運だった。

リアウィンドウに貼られていた巨大な南部連合国旗のステッカーをこすり取るのに、週末を丸々費やさなくてはならなかった。

サムは言った。「ベンが助け出してくれたの。とてもあれ以上、あのなかにはいられなかった」

「わたしも」チャーリーは言ったが、ベンとの仲を取りもとうとするサムの見え透いたやり口に乗って辛い思いをするくらいなら、悪党たちに囲まれているほうがましだと考えていた。

床から突き出しているシフトレバーを見て、チャーリーはためらった。ドレスをたくしあげてまたがろうとしたが、先日の夜、彼女の脚のあいだには興味がないことをベンははっきりと意思表示している。

「大丈夫?」ベンが訊いた。

「もちろん」結局、落馬する前のボニー・ブルー・バトラーのように、膝をそろえて斜めに伸ばし、横座りをした。

サムが乗りこんでドアを閉めると、錆《さ》びたヒンジがきしんだ。「潤滑剤をスプレーすれば、音がましになるわよ」

ベンが答えた。「WD-四〇を試したよ」

「あれは溶剤よ、潤滑剤じゃない」サムはチャーリーに言った。「農家に寄ってみたいの。あなたといっしょに」

チャーリーは思わず姉を二度見した。あの忌まわしい場所に、サムが二秒以上いたがる理由がわからない。スタンフォードに発つ前夜、サムはあの家を灰にするもっとも効率のいい方法について、あまり面白いとは言えない冗談を言っていたのだ。

ベンはギアをドライブに入れた。ずらりと並んだ車のまわりで小さくUターンした。BMW。アウディ。メルセデス。チャーリーは、ラスティの死を悼んでいる悪党たちがなにかを盗んだりしないことを祈った。

「くそっ」ベンがつぶやいた。

出口近くの中央分離帯に、パトカーが二台止まっている。ジョナ・ヴィッカリーにグレッグ・ブレナー、そしてあの日チャーリーが中学校で見かけた警察官のほとんどがそこにいた。車にもたれて煙草を吸いながら、葬儀を護衛する時間をつぶしていた。

彼らもチャーリーに気づいた。

ジョナは指で輪を作り、自分の両目に当てた。ほかの警察官たちもハイエナのように笑いながら、チャーリーのあざに敬意を表して同じ格好をした。

「くそったれ」ベンは窓を開けた。

「ベン」チャーリーは心配そうに声をかけた。

ベンは窓から身を乗り出すと、こぶしを突きあげた。「くそ野郎ども」

「ベン！」チャーリーはベンを引き戻そうとした。ベンが怒鳴っている。あのおとなしい夫がどうしたというのだろう？「ベン、いったい――」

「とっとと失《う》せろ」ベンは両手をぱたぱたと鳥のようにはばたかせた。「間抜けどもめ」

警察官たちはもう笑っていなかった。

トラックが幹線道路へと出ていくまで、彼らはベンをにらみつけていた。

「気でも狂ったの？」チャーリーが問いただした。情緒不安定になっているのはわたしのはずなのに。「叩きのめされるわよ」

「やらせればいいさ」

「殺されたいの？　どうしたの、ベン？　あの人たちは危ないのよ。鮫《さめ》みたいよ。飛び出しナイフを持っているのよ」

サムが口をはさんだ。「飛び出しナイフはないわね。違法だもの」

チャーリーは、首を絞められたときのようなうめき声を喉の奥で呑みこんだ。

ベンは窓を閉めた。「もう、こんなところはうんざりだ」乱暴にギアを三にあげ、さらに四にあげて幹線道路を進んでいく。

チャーリーはがらんとした前方の道路を見つめていた。

いままで、ベンがこの町にうんざりしたことは一度もない。

「そうね」サムは咳払いをした。「わたしはニューヨークの暮らしが気に入っている。文化。アート。レストラン」

「ぼくは北には住めないな」ベンは、その提案を真剣に考えているかのように応じた。

「アトランタならいいかもしれない」

サムが言った。「国選弁護人事務所は、あなたが来てくれれば喜ぶでしょうね」

チャーリーは姉をにらみつけ、声に出さずに言った。「いったい、どういうこと?」

サムは表情を変えることなく、肩をすくめた。

ベンはネクタイを緩めた。シャツのいちばん上のボタンをはずした。「大義のために働くのはもう充分だ。今度は邪悪な側にまわりたいね」

チャーリーは仰天した。「なんですって?」

「しばらく前から考えていたんだ。貧乏な公務員でいるのはうんざりした。金を稼ぎたい。自分のボートが欲しいんだ」

レノーラがフロリダに行くことを聞いたときと同じように、チャーリーは唇を結んだ。ベンは普段はのんきだが、一度こうと心を決めると決して変えないことをチャーリーは知っていた。すでに転職を決めていることは間違いない。この町を出ていくことも決めたのかもしれない。彼はどこか違って見えた。軽薄に見えるくらい、リラックスしている。まるで肩の重荷をおろしたかのようだ。

わたしがその重荷だったのだろうとチャーリーは思った。

サムが言った。「刑事訴訟のときにわたしたちが依頼している法律事務所が、アトランタにいくつかあるわ。わたしが推薦状を書くわよ」

チャーリーは再び姉をにらみつけた。

「ありがとう。少し調べてから、連絡するよ」ベンはネクタイをほどいた。シュッという音と共に襟から引き抜くと、座席のうしろに放った。「病院で撮ったビデオで、ケリーは自白している」

「だめ！」チャーリーの声はガラスが割れそうなくらい高かった。「ベン、それを言っちゃだめ」

「きみにはまだ配偶者としての特権があるんだし、それに彼女は――」ベンは笑った。

「サム、きみはコインを心底すくみあがらせたよ。きみが裁判官の追及を受け流し始めたときには、やつが糞を漏らす音が聞こえた気がしたね」

チャーリーは彼の腕をつかんだ。「いったいどうしたの？　こんなことをしたらクビに――」

「ゆうべ、辞表を出した」

チャーリーの手が落ちた。

サムがベンに訊いた。「ビデオだけれど――」

「くそっ」チャーリーがつぶやいた。

サムは言った。「どう思う？　ケリーは有罪？」

「間違いなく有罪だ。鑑識の結果がそれを裏付けている。残留火薬が手、シャツの袖、シャツの襟まわりと右胸に残っていた。まさにそこにあるべき場所に」ベンは舌の先端を嚙んだ。少なくとも彼の一部は、自分のしていることは倫理的に間違っているとわかっているらしい。「あいつらが彼女に認めさせたやり口が気に入らない。あいつらのやっていることがいろいろと気に入らない」

サムが言った。「うまく誘導すれば、ケリーはどんなことだって認めるのよ」

ベンはうなずいた。「彼女にミランダ警告をしていなかった。たとえしていたとしても、彼女が黙秘権を理解していたかどうか」

「ケリーは妊娠していると思う」

チャーリーは思わず振り向いた。「どうしてそう思うの？」

サムは首を振った。話をしている相手はベンだ。「銃がどうなったのか知っている？」

「いいや。きみは知っているのか？」

「ええ」サムは答えた。「ケリーは被害者を知っているって言ったの？」

「ルーシー・アレクサンダーがフランク・アレクサンダーの娘だということは知っていたが、それはおそらくあとから聞いたことだと思う」

「アレクサンダー夫妻のことだけど」チャーリーが割って入った。「数年前、フランクは浮気をしていたってジミー・ジャックが言っていた。飲酒運転で捕まって、それでばれたの」

「なるほどね」サムが言った。「前にもやっていたわけね。相手は生徒？」

「ううん。不動産業者だって。金持ちだけど年上。ちょっと相手が違うわね。飲酒運転の裁判ではパパが代理人になったの。型どおりだったってジミー・ジャックは言っていた」

「そうだ」ベンが言った。「コインがすでにその件を調べている。ケリーの代数の教師がフランクだったという事実に注目しているんだ。フランクは彼女を落第させるつもりだった。昨日のコインの言い分を聞いただろう？　カブ並みの知能の娘が、代数で落第するのが怖くて、恥ずかしくて、だから学校に銃を持っていってふたりを殺したとコインは考えている。それも間違った学校に」

「そこが気になる点なのよ」サムが言った。「ケリーはどうして中学校にいたの？」

「ジュディス・ピンクマンが、英語の検定試験かなにかのために教えていたみたい」

「なるほどね」ようやくパズルのピースがはまったかのように、サムが言った。

「だが、今週はケリーに会う予定はなかったとジュディスは言っている。銃声を聞くまで、ケリーがあそこにいるとはまったく知らなかったそうだ」

サムは尋ねた。「ミセス・ピンクマンはほかになんて？」

「たいしてなにも。彼女はひどく動揺していてね。まあ、夫が死んで、ルーシーがあんなことになったんだから当然だろうが。それにチャーリーが――」ベンはちらりとチャーリーを見てから、前方の道路に視線を戻した。「ジュディスは取り乱していて、救急車に乗せるにも鎮静剤で落ち着かせなきゃならなかったくらいだ。建物から出るときになってようやく、現実だと認識したんだと思う。ヒステリーを起こしたようだった。悲しみに押しつぶされていたんだ」

「銃撃が始まったとき、ミセス・ピンクマンはどこにいたの？」

「自分の教室だ。彼女は銃声を聞いた。本来ならドアに鍵をかけて、教室の隅に隠れなければいけないんだが、彼女は廊下に走り出た。始業のベルがすぐにも鳴り出すことがわかっていたから、入ってくるなと子供たちに警告しようとしたんだ。撃たれることなくそうできればの話だが。自分の身の安全は考えなかったと彼女は言っていた」ベンは再びチャーリーを見た。「そういう人間が大勢いたみたいだ」

サムがベンに言った。「ボートを維持するのはすごくお金がかかるのよ」

「ヨットを買うつもりはないよ」

「保険、係留しておくための費用、税金」

長年会っていなかった姉と別居中の夫が語り合うボートの話など、チャーリーはとても聞いていられなかった。ぼんやりと道路を眺めた。頭のなかを整理しようとした。ベンの辞職——いま考えるのは無理だ。そこでさっきのサムとの会話を思い出してみた。ベンは刑務所内の密告者みたいに、ぺらぺらと喋り続けていた。サムはそれよりは慎重だった。ケリーの妊娠。行方のわからなくなっている銃。銃撃が起きたときチャーリーは学校にいて、その一部を目撃しているというのに、ふたりよりも知らないことが多い。

ベンが身を乗り出してサムの顔を見た。「きみがウィルソンの事件を引き継ぐべきだ」

サムは笑って応じた。「減給になるわけにはいかないわ」

前をトラクターが走っていたので、ベンは速度を落とした。車線を二本ともふさがれている。ベンが二度クラクションを鳴らすとトラクターは端に寄ったので、中央分離帯に乗りあげてようやく追い越すことができた。

ベンとサムは再びボートの話に戻った。気がつけばチャーリーは、サムにあれこれと訊かれたことを考えていた。その先はどこに行き着くのだろう？　サムは昔から、チャーリーよりもパズルを解くのは速かった。実を言えば、たいていのことはサムのほうが速かった。法廷では間違いなく彼女のほうが上だ。昨日はすっかり圧倒されて、初めて素直に負けを認める気になった。洒落《しゃれ》た服や威厳のある態度だけでなく、かっと口を開けて、丸々太ったネズミのようにケン・コインをひと呑みするさまは、まさにヴィクトリア朝時代のドラキュラのようだった。

サムが訊いた。「弾は何発撃たれたの？」

チャーリーはベンが答えるのを待ったが、サムは自分に訊いているのだと気づいた。

「四発？　五発？　六発？　わからない。ひどい目撃者ね」

ベンが言った。「ビデオでは五発だった。一発は――」

「壁、三発がピンクマン、一発がルーシー」サムはチャーリーのうしろからベンを見た。

「ミセス・ピンクマンの教室のそばは？　ドアの近くとか？」

「わからない」ベンが答えた。「事件があったのはほんの二日前だ。鑑識はまだ作業を終えていないんだ。だが目撃者がもうひとりいる。六発だったと彼は言っている。軍にいたことのある男なんだ。証言は信用できる」

メイソン・ハッカビー。

チャーリーは自分の手を見つめた。

「フロントオフィスから携帯電話で、ひどく動揺した様子の通報があったが、それは銃撃が終わったあとだ。きみが知りたがっている音声は、廊下にいた警官のマイクが拾ったものだ。例の〝ベイビー〟の発言はそこからだよ」ベンは言い添えた。「銃声はまったく入っていなかった。検察医の報告書はまだだ──少なくともぼくは見ていない。遺体にもう一発、銃弾が残っている可能性はある」

「音声はどうなの？」

サムは言った。「あのビデオをもう一度見たいわ」

「ぼくはもうアクセスできない。辞表にはかなりずけずけと書いたからね。推薦状を書いてもらえないことは間違いないな」

チャーリーはベッドに潜りこんで、眠ってしまいたくなった。住宅ローンがある。車の支払いがある。健康保険の保険料。自動車保険料。財産税。三年前からの様々な借金。

「わたしが推薦するわよ」サムはハンドバッグの奥深くに手を突っこんだ。それひとつで、チャーリーたちの借金をすべて返してしまえそうな革のハンドバッグ。ベンのUSBメモリを取り出した。「パパはコンピューターを持っている？」

「いいテレビを持っているよ」ベンが答えた。自宅にあるものと同じモデルをふたりが贈ったのだ。四年前の話だ。コロラドの前。ボートの前。

ベンはトラックの速度を落とした。HPの前だったが、私道に車を進めようとはしなかった。血が赤い土をねっとりした黒に染めている。あの夜、郵便物を取りに私道の突き当たりまでやってきたラスティが倒れた場所だった。

「警察は、おじがラスティを刺したんだろうと考えている」

「ファーバー?」サムが訊いた。

「リック・ファーヒー」チャーリーは、記者会見で見たルーシー・アレクサンダーのおじを覚えていた。「どうして彼だと思うの?」

ベンは首を振った。「その件についてはぼくは蚊帳の外だった。事務所で噂を耳にしただけなんだ。それにラスティが刺された日、ケイリーは夜遅くに呼び出されたと文句を言っていた」

「つまり、容疑者かもしれない人に話を聞く人間が必要だったということね」浮気をしているのではないかと疑っている相手の名前を、ベンがさらりと口にしたことに深く傷ついてなどいないふりをしながらチャーリーは言った。「パパは自分を刺した相手を見ていると思う」

「わたしもそう思うわ」サムが言った。「許すことには価値があるって長々と話をしていたし」

「もしパパが生きていたら、ファーヒーの弁護をするって言い出したかもしれないわね」

その可能性がおおいにあることはよくわかっていたから、だれも笑わなかった。

ベンはギアをローに落とした。私道へと入り、わだちを避けてゆっくりと進んでいく。農家が見えてきた。ペンキははげ、木は腐り、窓は曲がっていたが、それ以外は二十八年前にカルペッパー兄弟がキッチンのドアをノックしたときと少しも変わっていなかった。サムが身じろぎした。覚悟を決め、意思を固めているのだろう。勇気づけるような言葉をかけたかったが、チャーリーにできるのは姉の手を握ることだけだった。

サムが訊いた。「どうしてここには鉄格子もゲートもないの？　オフィスは要塞みたいなのに」

「雷は同じところには落ちないってパパが」チャーリーは喉にまた塊がこみあげてくるのを感じた。オフィスの過剰なほどの防犯は彼女のためだ。ラスティではなく。HPを訪れた回数は数えるほどだが、そのたびに車にとどまったままクラクションを鳴らし、ラスティを待った。建物のなかには入りたくなかった。もし彼女がもっと頻繁に訪れていれば、ラスティはこの家の防犯にも気を使ったかもしれない。

ベンが言った。「このあいだの週末、ここのポーチでラスティと話したのが嘘みたいだ」

チャーリーは彼にもたれ、その肩に頭を預けたくてたまらなかった。

「つかまって」タイヤが穴に落ち、次に深いわだちにはまり、それからようやくスムーズに進みだした。ベンは納屋の脇の駐車スペースに車を止めようとした。

「玄関にまわって」チャーリーは言った。キッチンから入りたくはない。

「"Goat Fucker"」サムが落書きを声に出して読んだ。「書いた人はラスティをよく知っていたのね」

チャーリーは笑った。

サムは笑わなかった。「ここに戻ってくることがあるとは思わなかった」

「なかに入らなくてもいい。わたしが行って、写真を捜してくるから」

歯を食いしばったサムの顔を見れば、心を決めていることがよくわかった。「いっしょに捜したいの」

ベンはトラックをフロントポーチの前に止めた。雑草が生い茂っている。通りの先の子供が芝刈りをすることになっていたはずなのに、チャーリーがトラックを降りると足首までタンポポに埋まった。

サムはまた手を差し出した。子供のころでもこれほど手をつないだことはない。

あの日以外は。

サムが言った。「赤いレンガの家が燃えたのは悲しかったけれど、でもきっとあれはいい日だったんだと思う」チャーリーを振り返った。「覚えている？」

チャーリーはうなずいた。ガンマはしょっちゅういらだっていたけれど、あのころはこれからなにもかもがよくなっていくような予感があった。「ここがわたしたちの家になっていたかもしれない」

ベンが言った。「子供が望むのはそれだけなんじゃないか？　安全に暮らしていける場所があること」そう言ったあとで、はっと気づいたらしかった。「いや、つまり、その――」

「いいのよ」チャーリーが言った。

ベンはスーツのジャケットをトラックに放りこんだ。座席のうしろに置いてあったラップトップをつかんだ。「ぼくはこれをテレビに接続してくる」

サムは彼の手にUSBメモリを握らせた。「必ず返してね。わたしが処分するから」

ベンは敬礼をした。

チャーリーは、階段を駆けあがっていく彼を眺めた。ベンはドア枠の上に手を伸ばして鍵を取ると、家のなかに入っていった。

ラスティが吸っていたフィルターなしキャメルの慣れ親しんだにおいが、庭まで漂ってきた。

サムは農家を見あげた。「相変わらずごちゃごちゃね」

「いずれ売るつもり」

「パパはここを買ったの？」

「独身男はのぞきが趣味だったの。それに足フェチで、下着もいっぱい盗んでいた」サムの表情を見てチャーリーは笑った。「死んだときは、弁護費用の借金がたまっていた。家族がこの家をラスティに譲渡したのよ」

「どうしてパパはここをさっさと売って、赤いレンガの家を建て直さなかったのかしら？」

チャーリーにはその理由がわかっていた。サムの回復には多額の費用が必要だった。医者、病院、セラピスト、リハビリ。突然の怪我や病気が精神的にどれほどの負担になるものかはよく知っている。新たになにかを作るだけの時間もエネルギーも残らないのだ。

「惰性だと思う。ラスティはあまり変化を好まなかったから」

「ここはあなたのものにすればいいわ。別にあなたが欲しがっているって言っているわけじゃないけれど、わたしはお金はいらないから。わたしはママの写真があればいいの。コピーでもいい。もちろんあなたにもあげるわよ。わたしがコピーをもらえばいいのよね。あなたがオリジナルを欲しいなら――」

「それはあとで考えましょう」チャーリーは笑顔を作ろうとした。サムが冷静さを失ったことなど一度もなかったのに、いまは明らかに動揺している。「わたしが捜してきてもいいのよ」

「行きましょう」サムは建物に向かってうなずいた。

頼まれたわけではなかったが、チャーリーは階段をあがるサムに手を貸した。ベンはドアを開けたままにしていた。彼が次々と窓を開けて、空気を入れ替えている音が聞こえてきた。

チェルノブイリのようにここを封印したほうがいいかもしれない。

手前の部屋は、いまはチャーリーの所有物になったものでいっぱいだった。古新聞。雑誌。一九九〇年代の《ジョージア・ロー・レビュー》。古い事件のファイル。スキップと呼ばれていた酔っぱらいから、代金の代わりにラスティが受け取った義足。

「箱」サムがつぶやいた。ガンマがリサイクルショップで買ったものが入っている箱の一部は、開けられることなくそのままになっていたからだ。サムは、〝どれでも1ドル〟と書かれた段ボール箱の乾いたテープをはがし、いちばん上にあった紫色のチャーチ・レディのシャツを手に取った。

ベンはテレビのうしろからそれを眺めていた。「書斎にも箱があった。eBayに出せば、ひと財産になるかもしれないぞ」チャーリーに向かって言う。「〝スタートレック〟はなかった。〝スターウォーズ〟だけだ」

わたしは十三歳のころにはすでに夫をがっかりさせていたんだと、チャーリーは考えずにはいられなかった。「全部ガンマが選んだのよ。わたしじゃない」

ベンの頭がテレビのうしろに見えなくなった。ちかちかする明かりを見ると発作を起こしそうだと言ってラスティがはずした部品を、再び取りつけようとしていた。

サムが言った。「いいわ、準備ができた」

サムが家の奥まで続く長い廊下を見つめていることに気づいて初めて、チャーリーは姉の言葉の意味を理解した。突き当たりには、裏口のドアのすりガラス。いちばん手前がキッチンだ。ダニエル・カルペッパーはここに立って、バスルームから出てきたガンマを見ていたのだ。

チャーリーはいまでも、トイレを捜して廊下をうろうろしたことや、母への当てつけで〝ファッジ〟と叫んだことを覚えていた。

廊下にはドアが五つあるが、どれひとつとして道理にかなっていなかった。ひとつは薄気味悪い地下室に通じている。ひとつはシフォローブのドアだ。別のドアの向こうは食料品庫で、もうひとつのドアを開けるとバスルームがある。真ん中にあるドアのひとつが、独身男が死んだ小さな寝室にどういうわけかつながっていた。

ラスティはそこを自分の書斎にしていた。

サムが先に立った。うしろから見るかぎり、なんの影響も受けていないようだ。背筋はしゃんと伸びている。頭を高く掲げている。その足取りにすら、なんの逡巡《しゅんじゅん》も見られない。唯一内心の不安を物語っているのが、あたかもなにか確かなものに接している必要があるかのように、壁に触れたままの指先だった。

「裏口」サムがドアを指さした。すりガラスにはひびが入っている。ラスティが黄色いマスキングテープで補修した跡があった。「キッチンに入っていくんじゃなくて、あのドアから逃げていく夢を見て、いったい何度夜中に起きたかわからないわ」

チャーリーはなにも言わなかったが、彼女も同じような夢を幾度となく見ていた。

「いいわ」サムはラスティの書斎のドアノブに手をかけた。水に潜る前のスイマーのように、口を開けて大きく息を吸った。

ドアを開けた。

ほかの部屋と同じように、すえたニコチンのにおいが充満していた。書類、箱、壁、空気すら黄色がかっている。チャーリーは窓のひとつを開けようとしたが、ペンキが貼りついていて開かなかった。父の棺を叩いたせいで手首をくじいていたことに初めて気づいた。今日は無生物とは相性が悪いらしい。

「見当たらない」サムが不安そうにつぶやいた。ラスティの机の上を探している。何枚かの書類を押しのけ、ほかのものは束ねて重ねた。「ここにはないわ」壁に目を向けたが、そこにはチャーリーが学校の授業で描いた絵が飾られているだけだった。八年生の少女が描いたフンコロガシの解剖図を壁に貼るのはラスティくらいのものだろう。

「これよ」チャーリーは五十年近く、あの写真が入れっぱなしになっていた、いまにも壊れそうな黒い金属の写真立てを指さした。「もう、パパってば」ラスティが日の当たるところに置いていたせいで、母の顔は色あせてしまっていた。黒髪の下に、目と口らしい黒い穴が見えるばかりだ。

「だめになっている」打ちのめされたようなサムの口調だった。

チャーリーは罪悪感に気分が悪くなった。「わたしがもっと前にパパから取りあげて、ちゃんと保管してなきゃいけなかった。ごめん、サム」

サムは首を振った。写真をファイルの上に置いた。「これはパパが言っていた写真じゃない。わたしたちにも見せていない、違う写真があるってパパは言ったの」サムは再び書類を移動させ、論文の入った箱や束ねた宣誓供述書の裏を調べていった。動揺していた。写真そのものももちろん重要だが、これはラスティがサムに最後に語ったことなのだ。

チャーリーはヒールをなにかに引っかけて首の骨を折ったりしないように、靴を脱いだ。ここをすべて調べるには丸一年くらいかかりそうだ。どうせならいまから始めたほうがいい。

ぐらぐらする折り畳み式テーブルから箱をいくつかおろした。赤いチェッカーの駒が一列分、床に落ちた。硬材がむき出しになっているところに当たって、硬貨が散らばるような音が響いた。

チャーリーはサムに訊いた。「ファイリング・キャビネットのなかとか?」

サムは警戒するような表情になった。木製のファイリング・キャビネットは五つあって、どれも頑丈な閂《かんぬき》がかかっていた。「この状態のなかで、これの鍵を捜せると思う?」

「病院に運ばれたとき、身につけていたかもしれない」

「それなのに、地区検察局にはもうわたしたちに協力してくれる人はいない。ベンがあそこの人たちみんなに、くそくらえって言ったみたいだから」チャーリーはそう言ったあとで、ケイリー・コリンズのことを思い、みんなじゃないかもしれないと心のなかで言い添えた。

サムに訊いた。「わたしたちがその写真を見たことがないっていうのは確かなの？」

「言ったでしょう？　パパはだれにも見せなかったって言っていた。パパとガンマが恋に落ちた瞬間の写真なんだって」

父の切実さが伝わってきた。父の言葉遣いはいつもいらだたしいくらいまわりくどかったから、なにが言いたいのかわからなくなることが時々あった。「愛していたのね」

「そうね」サムが応じた。「パパもガンマを失ったんだっていうこと、わたしは忘れていた」

チャーリーは窓の外に目をやった。もうすでに一生分は泣いたあとだ。

サムが言った。「あれを見つけないと、帰れない」

「パパがでまかせを言ったのかもしれない。パパは作り話をするのが好きだったもの」

「こんなことで嘘はつかないわ」

チャーリーはなにも言わなかった。サムほどの確信は持てない。

「金庫は調べたかい？」様々な色のケーブルを肩にかけたベンが廊下に立っていた。

チャーリーは目をこすった。「パパはいつ金庫を買ったの？」

「家に持って帰ってきたものをことごとく、きみとサムが読んでいることを知ったとき
さ」ベンが箱の山を足で脇に押しやると、腿のなかばまでの高さがある金庫が現れた。

「暗証番号を知っている？」

サムは膝をついた。ダイヤルを眺める。「パパにとって意味のある数字の組み合わせね」

「キャメルは――カートン、いくらするの？」

「考えがあるわ」サムは何度かダイヤルをまわした。二で止まり、八に進み、それから七
六に戻った。

チャーリーの誕生日だ。

ハンドルをまわしてみた。

開かない。

チャーリーが言った。「姉さんの誕生日は？」

サムは再びダイヤルをまわし、自分の誕生日を試した。「だめ」

「ガンマの誕生日は？」ベンが提案した。

サムはそれも試した。だめだ。わかりきったことを悟ったみたいに首を振る。「ラステ
ィの誕生日」

手早くダイヤルをまわして、ラスティの誕生日の数字にダイヤルを合わせた。

ハンドルをまわす。

やはり動かなかった。

サムはベンを見た。「次はあなたの誕生日ね」

チャーリーが言った。「三一一六一八八を試して」

カルペッパー兄弟がキッチンにやってきた日だ。

サムはゆっくりと息を吐いた。金庫に視線を戻した。ダイヤルを右に、左に、再び右にまわした。ハンドルに指をのせた。チャーリーを見あげ、ハンドルをまわした。

扉が開いた。

チャーリーはサムの隣に膝をついた。ラスティの人生におけるほかのすべてのものと同じく、金庫にはびっしりと中身が詰まっていた。最初に鼻をついたのは古い紙のカビ臭いにおいだったが、やがて女性の香水のような香りがふわりと漂ってきた。

サムが小声で言った。「ママの石鹸《せっけん》だと思う」

「ローズ・ペタル・ディライト」チャーリーの記憶が蘇った。ガンマがドラッグストアで買っていた。彼女が唯一、こだわっていたものだ。

「これがにおっているんだと思う」サムはいちばん上に押しこまれていた手紙の束を両手で引き抜いた。

赤いリボンで束ねられていた。

サムは手紙のにおいを嗅いだ。太陽の光を浴びて喉を鳴らしている猫のように目を閉じた。至福の微笑みを浮かべて言った。「ガンマだわ」

チャーリーも封筒のにおいを嗅いで、うなずいた。香りはかすかだったが、間違いなくガンマのものだ。

「見て」サムが住所を指さした。ジョージア大学のラスティ宛てになっている。「ママの字よ」サムは、完璧なパーマーメソッド（筆記体のひとつの手法）で書かれた文字を指でなぞった。「消印はイリノイ州バタヴィア。フェルミ研究所のあるところね。これはきっとラブレターよ」

「おやおや」ベンが言った。「それじゃあ読まないほうがいいかもしれないな」

「どうして？」

「ふたりは本当に愛し合っていたからさ」

サムは満面に笑みを浮かべた。「それって、素敵なことじゃない？」

「そうかい？」ベンの声は、思春期以来使っていなかっただろう高音域に達していた。「自分の父親が赤いリボンで結んで大事に取っていた、ふたりが出会って間もないころに書かれたいい香りのする手紙の束を本当に読みたいかい？」ベンは指をもう一方の手のひらに突き立てた。「考えてごらん。お父さんはさかりのついた犬みたいだったかもしれないんだぞ」

チャーリーは落ち着かない気持ちになった。

「そのことはあとで考えましょう」サムはそう言うと、手紙の束を金庫の上に置いた。再び金庫のなかに手を差し入れたかと思うと、一枚の葉書《はがき》を取り出した。

サムはジョンソン宇宙センターの航空写真をチャーリーに見せた。

ガンマはフェルミ研究所の前はNASAで働いていた。

サムは葉書を裏返した。母の几帳面な文字は見間違いようもなかった。

チャーリーはそこに書かれていた文字を読んだ。「ものごとがうまくいかないことに気づけるなら、ものごとはどんなふうにうまくいかないものかに気づけるはず――ドクター・スース」

母親が墓のなかから送ってきた結婚生活に対するアドバイスだとでも言わんばかりに、サムは意味ありげな顔でチャーリーを見た。

チャーリーは言った。「ママは、パパと同じレベルでやりとりしようとしていたのね」

「そういうことね」サムの顔には、クリスマスの朝に見せていたような笑みが浮かんでいた。チャーリーがメタンフェタミンを与えられたチワワのように勢いよくプレゼントに鼻を突っこんでいるあいだも、サムは包装紙や使われているテープの量や箱の大きさや形にいちいちコメントしながら、腹立たしいくらい時間をかけてプレゼントを開いていたものだ。

サムが言った。「これは全部、ごく慎重に調べるべきね」床の上で楽な姿勢を取った。

「今日じゅうに写真が見つかるといいんだけれど、もし見つからなかったら、それとも見つかった場合でも、ここにあるものを全部ニューヨークに持って帰ってもいい？　なかにはすごく貴重なものもある。全部、目録を作るから――」

「いいわよ」チャーリーは言った。ガンマとサムは、彼女には理解できない言葉で話していたことを覚えていた。

そもそもチャーリーには、絶対に目録は作れない。

「ちゃんと返すから。アトランタまで来てくれればいいわ。わたしがここに来てもいいし」

チャーリーはうなずいた。また姉に会えると思うとうれしかった。

「パパがこんなものを取っておいていたなんて信じられない」サムは陸上競技の勝者に与えられるリボンを手に取った。「オフィスに置いてあったのね。そうでなければ、火事で燃えていたはずだもの。それに――まあ、こんなものまで」古い宿題が残っていた。「超越論哲学に関するあなたのレポートよ、チャーリー。ガンマが先生と二時間もやり合ったのを覚えている？　ルイーザ・メイ・オルコットを過小評価したっていうんで、激怒していたわよね。あら――見て、わたしの成績表だわ。パパはサインしなきゃいけなかったのに」

ベンが口笛を吹いて、チャーリーの注意を引いた。なにも書かれていない紙を手にしている。「きみのお父さんは、吹雪のなかの白ウサギを描いたぼくの絵も取ってあったらしい」

　チャーリーはにやりとした。

「おっと、違った」机の上のペンで、紙の中央に黒い点を描いた。「シロクマの尻の穴だった」

　チャーリーは声をたてて笑い、それから泣きたくなった。ベンのユーモアが恋しかった。

「チャーリー」サムがうれしそうに言った。「いいものを見つけたみたいよ。ママのノートを覚えている？」再び金庫に手を入れ、今度は革表紙の大きな日誌らしいものを取り出した。表紙を開いた。

　そこにあったのは、方程式の並んだ日記ではなく白地の小切手帳だった。

　チャーリーがサムのうしろからのぞきこんだ。らせんとじ。一ページに三列。小切手を切ったあとの控え。バンク・オブ・アメリカのものだったが、そこに記されている会社名には見覚えがなかった。〝パイクビル・ホールディング・ファンド〟

　サムは小切手の控えを確かめていったが、通常記されているはずの情報――日付、金額、小切手の振りだし先――は書かれていなかった。チャーリーに尋ねた。「どうしてパパは、持ち株会社《ホールディング・カンパニー》の当座預金口座を持っていたの？」

「パパの第三者預託口座はラスティ・クインの名義よ」チャーリーが答えた。たいていの訴訟当事者は、示談金を利子のつかない一時口座に預け入れる。弁護士はそこから自分の取り分を引いて、残りを依頼人に支払うのだ。「でも、これって変よ。パパの帳簿は、レノーラが全部つけていたの。パパが電気代を払うのを忘れて電気を止められたときも、レノーラが処理していたんだから」

ベンはラスティの机の上に山になっていた未開封の手紙を調べた。一通の封筒をつまみあげた。「バンク・オブ・アメリカ」

「開けて」チャーリーが言った。

なかから出てきたのは一枚きりの取引明細書だった。「なんてこった。三十万ドル以上ある」

「パパに、それだけの支払いができる依頼人がいたことはない」

ベンは言った。「先月は、一度だけ払い戻しされている。小切手番号は〇三四〇で二千ドルだ」

「ひとつの口座から振りだされる小切手番号は、〇〇〇一から始まるのが普通よ」サムが言った。「その小切手の日付は？」

「書いてないが、四週間前に現金化されている」

「毎月第二金曜日ね」

「なに？」チャーリーは小切手帳を見つめた。「なにかわかったの？」

サムは首を振った。革の表紙を閉じた。

「アニメの真似をするのもどうかと思うが、鉛筆を使ってみたらどうだろう？　ラスティが書いたものの下にある白紙の小切手を、鉛筆でこするんだ。ラスティはかなり筆圧が強かったから」

「いい考えだわ」チャーリーは鉛筆を捜そうとして立ちあがった。

「ちゃんとした写しがなきゃだめよ」サムは言った。「鉛筆でこすってもなにもわからない」

「だれに小切手を書いたのかがわかる」チャーリーは反論した。

サムは小切手帳を胸に押し当てた。「バンク・オブ・アメリカにいくつか口座を持っているの。明日電話をして、写しをもらうわ。パパの死亡証明書がいるわね。チャーリー、本当に遺言書はない？　真剣に捜す必要がある。遺言書を書いても子供にそのことを話していない年配の人間は大勢いるもの」

チャーリーは体を凍りつかせた。首のうしろに汗がにじみ出るのがわかった。車が近づいてきている。前輪が穴に落ちる耳慣れた音。踏み固められた赤土にゴムがこすれる音。

サムが言った。「多分、運転手のスタニスラフよ。ここに来てくれるように頼んだの」

ラスティの机の上の時計を見た。「思ったより早かったのね。これが全部入る箱を見つけないと」

「ベン――」

「ぼくが行くよ」ベンが廊下を歩きだした。

チャーリーも廊下に出て、キッチンに向かって進んでいく彼を眺めていた。ベンが窓の外をのぞいた。ドアノブに手をかけた。チャーリーの胸のなかで心臓が妙な具合に震えた。ベンにキッチンにいてほしくない。ベンにドアを開けてほしくない。

ベンはドアを開けた。

ポーチにメイソン・ハッカビーが立っていた。彼はベンを見て驚いた顔をした。黒いスーツに青いネクタイを締め、迷彩模様の野球帽をかぶっていた。

ベンは無言だった。きびすを返した。廊下を戻ってきた。

チャーリーは吐き気がした。ベンに駆け寄った。両手を広げて彼の行く手をふさいだ。

「ごめんなさい」

ベンは背を向けようとした。

チャーリーはそうさせなかった。「ベン、わたしは彼をここに呼んでいない。彼に会いたくなんかない」

ベンはチャーリーを押しのけようとはしなかった。じっと彼女を見つめた。舌の先端を嚙んでいた。

「追い返すから。ずっと追い返そうとしていたの」

サムが書斎からベンを呼んだ。「ベン、これを箱に詰めるのを手伝ってくれる?」

ベンは紳士だから断るはずがないとチャーリーにはわかっていた。

チャーリーは渋々ベンを通すと、自分は文字どおり全速力でキッチンに向かって走った。廊下の端まで見えていたから、メイソンは手をあげて彼女に合図を送ってきた。近づいてきた彼女に笑顔を見せないだけの良識はわきまえていた。彼は言った。「申し訳ない」

「もっと後悔させてやるから」チャーリーの声はしわがれていた。「接近禁止命令の話は冗談でもなんでもないから。二分あれば、わたしはあなたの人生をめちゃめちゃにできるのよ」

「わかっている。だが、本当にすまないと思っているんだ。ぼくはただきみとお姉さんに話がしたかっただけだ」

チャーリーはせっぱつまった彼の声音を無視した。「あなたがなにをしたいかなんてどうでもいい。さっさと帰って」

サムが言った。「チャーリー、入ってもらって」

チャーリーは振り返った。サムが廊下に立っている。また両手で壁に触れていた。「こちらに」サムはメイソンに言うと、チャーリーがいやだと言う間もなくさっさと居間に入っていった。

メイソンは招かれてもいないのにキッチンへと足を踏み入れた。戸口のすぐ内側に立った。野球帽を脱いで、両手でもてあそんでいる。あたりを見まわしたが、感心している様子はまったくなかった。ここに引っ越してきた日から、ラスティはなにひとつ変えていなかった。ぐらつく椅子。欠けたテーブル。窓に取りつけてあったエアコンだけがなくなっていた。どうやっても、ファンの内部に入りこんだガンマの体の一部を取り出すことができなかったからだ。

「こっちよ」チャーリーは廊下を眺め、ベンの姿を捜した。ラスティの書斎のドアは閉まっている。ベンのトラックは止まったままだ。玄関は開いていない。彼はラスティの書斎にいて、自分の妻はどうしてこれほどふしだらなのだろうと考えているに違いない。

「お父さんはお気の毒だった」メイソンが言った。

チャーリーはさっと振り返った。「あなたがだれなのか、わかっているから」

メイソンは警戒しているような顔になった。

「最初に会ったときはもちろん知らなかった。でもあなたの妹のことを姉が教えてくれて、そして――」チャーリーはふさわしい言葉を探した。「妹さんの身に起きたことはとても気の毒だったと思う。あなたもあなたの家族も。でもあなたとわたしがしたことは、一度きりの過ちなの。大きな過ち。わたしは夫を愛しているのよ」

「前にも聞いた。わかるよ。それは尊重する」メイソンはサムに向かってうなずいた。背もたれのまっすぐな椅子に座れるように、サムがそこに置いてあったものを片付けていた。

彼女の横にあるテレビには、学校の防犯カメラの一時停止画像が映っている。ベンが見られるようにしたようだ。

メイソンは大きな画面を見つめた。「ケリーの弁護はだれがするんだ?」サムが答えた。「アトランタでだれか探すわ」

「費用は、ぼくが払う。ぼくの家は金がある。両親が金持ちなんだ。金持ちだった。運送会社を経営していた」

チャーリーは子供のころに見た看板を思い出した。「ハッカビー運送」

「そうだ」メイソンは再び一時停止画像に目を向けた。「これは、あの日の?」

チャーリーはその話をしたくなかった。「どうしてここに来たの?」

「それは――」メイソンは口ごもった。迷惑がられながらもしつこくチャーリーに会おうとする理由を説明する代わりに、彼は言った。「ケリーは自殺しようとした。反省の色を見せたってことだ。死刑案件では反省しているかどうかが重要だとインターネットで読んだ。だから、裁判でそのことを主張すれば終身刑になるかもしれない。保釈の可能性もあるかもしれない。それは、みんな知っているんだろう?」

「みんなって?」サムが訊いた。

「警察。検事。きみたち」

チャーリーが言った。「死刑になりたくなくて、そんなことを言っているだけだって警察は主張するでしょうね。ケリーは銃を渡したし、引き金は引いていない」

「引いたんだ。三度」

「なんですって？」サムは椅子から立ちあがった。「嘘をついても無駄よ。あの場にはほかの人もいたんだから」

「嘘じゃない。ケリーは自分の胸に銃を向けた。きみは六メートルほど離れたところにいた。見たはずだ。少なくとも聞いたはずだ」メイソンは次にサムに向かって言った。「ケリーは銃口を自分の胸に向けて、三度引き金を引いた」

チャーリーにはまったく記憶がなかった。

「カチリという音を聞いた。ジュディス・ピンクマンも聞いていると思う。作り話じゃない。彼女は本当に自殺しようとしたんだ」

サムが訊いた。「それじゃあどうしてあなたは、彼女から銃を取りあげなかったの？」

「再装弾していないという確証がなかった。ぼくは元海兵隊員だ。薬室が空であることを自分の目で確認するまでは、弾が入っていると考える」

「再装弾」サムはその言葉の重みを確かめるように繰り返した。「銃撃が始まったとき、あなたは何発の銃声を聞いたの？」

「六発だ。一発、それから間があって続けて三発、短い間のあと一発、また短い間があってさらに一発」メイソンは肩をすくめた。「六発だ」

サムは再び腰をおろした。ハンドバッグに手を入れる。「間違いないのね？」

「ぼくと同じくらい接近戦を経験すれば、すぐに銃声を数えられるようになるさ」

サムは膝にメモ帳を置いた。「ケリーのリボルバーは六連発なのね？」

「そうだ」

チャーリーが訊いた。「あなたが受け取ったとき、銃は空だったの？」

メイソンは不安そうにサムを見た。

「ズボンに銃を入れた理由を説明してもらったほうがよさそうね」

「本能だ」重罪を犯すのはたいしたことではないとでも言うように、メイソンは肩をすくめた。「警官が手に取ろうとしなかったから、ぼくが受け取って、とりあえずきみの言ったとおりズボンのウエストに突っこんだ。警官はだれも銃について尋ねなかったし、ぼくの身体検査もしなかった。あの場を出て、自分のトラックに乗りこんでから、ようやく銃がまだそこにあることを思い出した」

説得力のない話だったが、サムは追及しなかった。「銃をどうしたの？」

「分解して、湖に捨てた。いちばん深いところに」

サムは今回も聞き流した。「見ただけで、銃に弾が入っているかどうかを判断することはできる？」

「できない。九ミリの銃だとスライドが後退するが、キャッチを止めておけば――」

チャーリーが口をはさんだ。「リボルバーは、弾を発射したあとも薬莢《やっきょう》はそのままシリンダーに残るの」

「そうだ」メイソンがうなずいた。「シリンダーには六発分全部残っていた。つまりケリーは再装弾していなかった」

チャーリーが言った。「つまり、引き金を三度引いたとき、ケリーは銃が空だってわかっていたということよね？」

「そうとは限らない」メイソンは譲らなかった。「ケリーはおそらく――」

「時系列を整理するわね」サムはノートにはさんでいたペンを取り出した。声に出しながら書き留めていく。「一発、長い間、連続して三発、短い間、もう一発、短い間、最後にもう一発。そうね？」

メイソンはうなずいた。

「ルーシー・アレクサンダーが首を撃たれたあと、もう一発撃っていたということね」

「床に当たった。少なくとも、ぼくはそう考えている」

サムは眉を吊りあげた。

「床に弾痕があった。このあたりだ」メイソンは画面の右側を指さした。「カメラの角度が悪いから、ビデオには映っていない。ドアの近くだ。ケリーが手錠をかけられたあたり」

チャーリーが訊いた。「その弾痕はどんな形？」

「タイルは欠けていたが、粉々になってはいなかったから、最低でも一メートルから二メートル離れたところから撃たれたはずだ。楕円形《だえんけい》だった。水滴みたいな。だから斜めに撃たれたものだ」メイソンは手で銃の形を作りながら説明した。「彼女の腰くらいになるのかな？　彼女はぼくより背が低いから、角度はそれほどなかった。糸を張って調べないと」メイソンは肩をすくめた。「ぼくは専門家じゃない。軍にいたあいだに、継続教育の一環として授業を受けただけなんだ」

サムが言った。「ケリーはジュディス・ピンクマンを殺したくなかったから、最後の一発は床に向けて撃ったっていうことかしら」

メイソンはまた肩をすくめた。「かもしれない。だが彼女はピンクマン夫妻をずっと前から知っていたんだ。それでもダグを殺すのはためらわなかった」

「ふたりを知っていたの？」

「ケリーはフットボールチームの雑用係をしていた。メンバーのひとりと噂になったのはそのころだ。なにがあったのかぼくははっきりとは知らないが、ケリーは三週間ほど学校を休み、そのメンバーは町を出ていったから――」メイソンは肩をすくめただけでそれ以上言わなかったが、在校生の半分がイヤーブックでケリー・ウィルソンを中傷した例の噂の話のことだろう。

サムが確認した。「ダグラス・ピンクマンはフットボールチームのコーチだったから、ケリー・ウィルソンが雑用係をしていたのは知っていたはずね」

「そうだ。二シーズン、やっていたと思う。特殊教育グループの少女といっしょに。特殊教育グループの子供たちを課外活動に積極的に参加させるようにという指示が、郡のほうから出ていてね。マーチングバンド、チアリーディング、バスケットボール、サッカー。いい考えだと思うね。なかにはすごく効果が見られる子がいる。もちろんケリーは違うが——」

「ありがとう」サムはノートに視線を落とした。ゆっくりとページをめくり、さらになにかを書きつけている。なにかもっと興味深いことがつかめると思っているのか、メイソンを解放することはなかった。

メイソンは説明を求めてチャーリーを見た。

チャーリーは肩をすくめることしかできなかった。「あなたはなにをわたしたちに話したかったの？」

「うむ」メイソンは両手で帽子をいじりながら言った。「先にトイレに行かせてもらってもいいだろうか？」

チャーリーは、この期に及んで時間稼ぎをしようとするメイソンにあきれた。「廊下の先よ」

そこがイギリスの応接室であるかのように、メイソンはうなずいてから部屋を出ていった。

チャーリーはノートを一心に見つめたままのサムに訊いた。「どうして彼と話なんかするの？　さっさと追い出さないと」

「ここをよく見てくれない？」サムは画面の右のほうを指さした。「自分の目が信用できないのよ。この影、なんだか変じゃない？」

メイソンがバスルームのドアを開け、そして閉める音が聞こえてきた。間違えてラスティの書斎を開けなくてよかったと、チャーリーは安堵した。

「お願いだから、彼を追い出してよ」

「わかった。でも、とにかくビデオを見て」

チャーリーは巨大なテレビの前に立った。静止画像を見つめる。カメラが下を向いているので、廊下の半分しか映っていない。メイソンが言っていた、死角というやつだ。天井の明かりはついているが、廊下の右側から奇妙な影が伸びていた。蜘蛛《くも》の脚のように細くて長い。

「ちょっと待って」チャーリーは言った。ビデオのことではない。「あの人、どこがバスルームなのかどうして知っているの？」

「え？」

「まっすぐバスルームに歩いていって、ドアを開けた」チャーリーは背筋がぞくりとするのを感じた。「だれも見つけられた人はいないのに。ドアは五つあって、どれひとつとして筋が通っていない。知っているでしょう？　どれがどれだかわかる人はいないって、冗談にしてたくらいだもの」チャーリーの喉の根元あたりで、心臓が激しく打っていた。

「メイソンはパパを知っていたんだと思う？　ここに来たことがあるの？　何度も来ているから、教えてもらわなくてもバスルームの場所がわかったの？」

サムは口を開き、そのまま閉じた。

「なにか知っているのね。パパは姉さんに――」

「チャーリー、座って。いまは確かなことはなにもわからない。考えているところ」

サムの冷静さはチャーリーを不安にさせた。「どうしてわたしが座らなきゃいけないの？」

「軍のドローンみたいに、わたしを上から見おろしているから」

「もう少し、かわいらしいことは言えないわけ？　ハチドリみたいに？」

「ハチドリは実はかなり獰猛《どうもう》なのよ」

「チャック！」ベンの声が轟《とどろ》いた。

チャーリーは心臓が飛び出しそうになった。ベンがあれほど大きな声で怒鳴るのを聞いたのは初めてだ。

「チャック！」ベンが再び叫んだ。

廊下を彼の荒々しい足音が近づいてくる。勢い余って居間を通り過ぎ、殺気だった顔で引き返してきた。「やつはどこだ？」

「ベン、いったい――」

「やつはどこだと訊いているんだ！」ベンの声のあまりの大きさに、チャーリーは両手で耳をふさいだ。「メイソン！」ベンは壁にこぶしを叩きつけた。「メイソン・ハッカビー！」

バスルームのドアがきしみながら開いた。

「このくそ野郎！」ベンは叫ぶと、廊下を駆けだした。

チャーリーもそのあとを追った。彼女が足を止めたのと、ベンがメイソンを廊下の床に押し倒したのが同時だった。

ベンがこぶしを振りまわし始めた。メイソンは腕をあげて顔をかばった。夫が彼を殴るのを見て、チャーリーは恐怖に震えた。

「ベン！」止めなければ。「ベン――やめて！」

サムがチャーリーの腰をつかんで引き止めた。

「止めないと――」チャーリーはそのあとの言葉を呑みこんだ。どうすればいいのかわからなかった。メイソンはベンを殺してしまうだろう。彼は訓練を受けた兵士なのだから。

「サム、止めないと――」

「彼は抵抗していない」ドキュメンタリーのナレーションのようなサムの口ぶりだった。

「見て、チャーリー。彼は抵抗していない」

そのとおりだった。メイソンは床に仰向けになり、両手で顔をかばってはいるものの、頭や首や胸は殴られるままになっていた。

「卑怯者！」ベンが叫んだ。「その汚らしい顔を見せろ！」

メイソンは手をどけた。

ベンはメイソンの顎をしたたかに殴りつけた。歯が折れる音が聞こえた。メイソンの口から血が飛んだ。彼は両手を体の横に広げ、抵抗する素振りは見せなかった。

ベンはやめなかった。彼を再び殴った。そしてもう一度。さらにもう一度。

「やめて」チャーリーがつぶやいた。

壁に血が飛び散った。

ベンの結婚指輪に当たって、メイソンの眉が切れた。

唇が裂けた。

頬の皮膚が切れた。

ベンはさらに彼を殴った。

もう一度。

「すまない」メイソンはろれつのまわらない舌で言った。「すまない」

「貴様――」ベンは体全体をねじるようにして肘をうしろに引くと、メイソンの顎にこぶしを叩きつけた。

メイソンの頬の皮膚がボートのうしろにできる航跡のように波打つのが見えた。バットでボールを打つような鋭い音が聞こえた。メイソンの顔が横を向いた。

まぶたが震えている。

口から、鼻から血が滴っている。

メイソンはもう一度まばたきをしたが、動こうとはしなかった。ただじっと壁を見つめている。飛び散った血がほこりまみれの幅木を伝い、硬材の床にたまっていく。

ベンは座りこんだ。荒い息をついている。

「すまない」メイソンは言った。「すまない」

「くそくらえ」ベンは彼の顔に唾を吐いた。体を横に傾け、壁に肩を当てた。両手が落ちた。こぶしから血が滴っている。もう叫んでいなかった。彼は泣いていた。「おまえは――」声が裏返った。「ぼくの妻をやつにレイプさせた」

# 18

チャーリーの視界がぼやけた。パニックに喉をつかまれた。頭のなかで叫ぶ声だけが聞こえていた。

ベンは知っている。

サムに訊いた。「話したの？」

「いいえ」サムは答えた。

「嘘をつかないで、サマンサ。答えて」

「チャーリー、あなたは間違ったところに気を取られている」

間違っていることはひとつしかない。彼女の身になにがあったのかを、ベンが知ってる。

彼はそのせいで、ひとりの男性を気を失う寸前まで殴りつけた。唾を吐きかけ、こう言った――。

ぼくの妻をやつにレイプさせた。

レイプさせた。

チャーリーは肺から空気が一気に押し出されるのを感じた。苦いものが喉にこみあげてきて、手で口を押さえた。

「こいつだったんだ」ベンが言った。「ダニエルじゃなかった」

「森で？」チャーリーの声が引きつった。ザカライア・カルペッパーのおぞましい顔が見えた。彼の顔が横を向くくらい、チャーリーは思いっきり彼を殴りつけた。彼の口から血が流れた。ダニエル・カルペッパーがザカライアを地面に押し倒し、殴り始めた。たったいまベンがメイソン・ハッカビーにしたように。

だがあれは、ダニエル・カルペッパーではなかった。

チャーリーは言った。「あなたはザカライアに飛びかかった」その続きを言う前に、唾を飲みこまなくてはならなかった。「でも間に合わなかった」

「そうだ」メイソンは片手で目を押さえた。「家でも、森でも、ぼくは間に合わなかった」

チャーリーの膝から力が抜けた。壁に肩をもたせかけて、体を支えた。「どうして？」

メイソンは首を振った。息が荒い。鼻から血が泡になって垂れていた。

「話せ」ベンが両手を握りしめた。

メイソンは手の甲で鼻をぬぐった。ベンを、それからサムを、最後にチャーリーを見た。

「ぼくは、ラスティを片付けるためにザックを雇った。大学に行くために貯《た》めていた金を全部、あいつにやった。あいつがラスティに借金があることはわかっていた――」メイソンは言葉を切った。声がかすれている。「きみたちは陸上の練習をしているはずだった。ぼくたちはラスティを拉致して、連絡道路に連れていって片付ける予定だった。ザックは弁護料をなかったことにできるうえに、三千ドルが手に入る。ぼくは復讐を果たせる……」メイソンは再びサムを見、それからチャーリーに視線を向けた。「きみたちのお父さんがいないことがわかったとき、ぼくはザックを止めようとした。だがあいつは――」

「彼がしたことを説明する必要はないわ」サムの声はひどくこわばっていて、聞き取れないほどだった。

メイソンはまた手で顔を覆って泣き始めた。

チャーリーは彼のすすり泣きを聞きながら、喉を殴りつけたい思いをこらえていた。

「きみたちのお母さんを殺した罪をかぶろうとした。森であいつにそう言った。少なくとも五回は。きみたちも聞いたはずだ。こんな結果を望んだわけじゃないんだ」メイソンの声が再び裏返った。「きみたちのお母さんが撃たれたとき、ぼくは呆然《ぼうぜん》とした。信じられなかった。吐き気がして、体が震えて、なにかしようと思ったけれど、ザックが怖かった。あいつがどんなだか、きみたちも知っているだろう？　ぼくたちはみんな、あいつのことが怖かった」

チャーリーは全身の血管を怒りが駆け巡るのを感じた。「ぼくたち？　あんたといっしょにしないでよ。キッチンにいたのはサムとわたし。わたしたちは無理やり家から連れ出された。わたしたちは銃を突きつけられて森に向かった。わたしたちは殺されると思って怯えていた。あんたが姉さんの頭を撃ったの。あんたが姉さんを生き埋めにしたの。あんたがあの怪物にわたしを追いかけさせて、レイプさせて、殴らせて、すべてを――すべてを――わたしから奪わせたの。あんたよ、メイソン。すべてあんたのしたことよ」

「ぼくは――」

「うるさい」チャーリーは両手を握りしめ、メイソンを見おろすようにして立った。「止めようとしたってあんたは自分に言い訳しているのかもしれないけれど、でも止めなかった。あんたのせいでああなった。ああなるように、あんたが手を貸したの。引き金を引いたのは、あんただった」チャーリーは言葉を切り、息をついた。「どうして？　どうしてあんなことをしたの？　わたしたちがなにをしたって言うの？」

「姉よ」サムの声はぞっとするほど冷静だった。「復讐を果たせるって言ったのはそういうこと。メイソンとザカライアが来たのは、レイプの容疑で逮捕されていたケヴィン・ミッチェルが釈放された日だった。ザカライアの弁護料が動機だと思っていたけれど、本当の犯人は、人殺しも辞さないくらいに腹を立てていながら、自分ではそれができない臆病者のメイソン・ハッカビーだったんだわ」

チャーリーの舌は鉛になったように動かなくなった。倒れこまないように、壁にもたれて体を支えなければならなかった。

「姉を見つけたのはぼくだった。納屋だった。姉の首は――」メイソンは首を振った。

「あのくそ野郎にあんなことをされて、姉はひどく苦しんでいた。ベッドから出ることすらできなかった。ずっと泣きどおしだった。自分がなにもできない役立たずだと感じるのがどういうものか、きみたちにはわからない。だれかを罰したくなるんだ。だれかが罰を受けなきゃいけないっていう気になる」

「だから父を狙ったの？」慣れ親しんだものになりつつある震えが手から腕、胸へと広がっていくのをチャーリーは感じた。「あんたは父を殺すためにここに来て、そして――」

「すまない」メイソンはまた泣き始めた。「すまない」

チャーリーは彼を蹴飛ばしたくなった。「なに泣いてんのよ。あんたは姉さんの頭を撃ったのよ」

「あれは事故だった」

「だからなによ！」チャーリーはわめいた。「あんたは姉さんを撃った！　生き埋めにした！」

サムが腕を伸ばした。さっきのベンのように彼を殴ったりしないように、チャーリーを止めた。

ベン。

チャーリーは夫を見た。壁に背を向けて床に座りこんでいる。眼鏡は歪み、血の筋がついていた。しきりに両手を開いたり閉じたりしてあえて傷口を開き、出血を促しているようだった。

サムが訊いた。「ラスティはどうしてザカライア・カルペッパーの息子に小切手を書いていたの？」

ショックがあまりにも大きすぎて、チャーリーはなにも訊き返すことができなかった。

サムが説明した。「小切手の番号よ。一カ月に一枚、二十八年と四カ月で三百四十枚になる」

「いちばん最近の小切手の番号」チャーリーは思い出してつぶやいた。

「そういうこと。それにあの残高。元々は百万ドルだった。そうね？」

サムはメイソンに訊いた。

メイソンは不承不承うなずいた。

「二十八年あまり、百万ドルから毎月二千ドルずつ引いていくと、残りは三十二万ドルになる。両親にはお金があったとあなたから聞いたとき、すべてのパズルのピースがはまり始めた。一九八九年当時、パイクビルにそれだけのお金を持っている人はほかにいなかった。お父さんたちは百万ドルであなたの自由を買ったのね。相当な大金だったはずよ。カルペッパーが一生かかっても見られないような額。彼はまだ生まれていない息子のために、死んだ弟を売ったのね」

メイソンはサムを見あげ、のろのろとうなずいた。

「父はどこに関わってくるの？　父が、あなたとカルペッパーの取引をまとめたの？」

「違う」

「説明して」

メイソンは体を横向きにすると、手を使って体を起こした。ドアに背を向けて座った。

ラスティが貼ったマスキングテープが、彼の頭の上で稲妻のように見えた。「ぼくはなにひとつ知らなかった」

ベンがメイソンをにらみつけた。「こんなことにラスティを巻きこんだおまえは、地獄に落ちるぞ」

「ラスティじゃなかった。初めは」メイソンは顎に手を当て、顔をしかめた。「取引をしたのはぼくの両親だ。あの夜、ぼくは歩いて家まで帰った。十キロ。靴もジーンズも血がついていたから、ザックに取りあげられた。家に帰りついたときは、半分裸で血まみれだった。両親にすべて話した。警察に行きたかったのに、そうさせてくれなかった。弁護士をザックのところに行かせていたと、あとになってから聞いた」

「ラスティか」ベンが言った。

「違う。アトランタの弁護士だ。だれかは知らない」メイソンは顎を動かした。かくんと関節が鳴った。「ぼくは蚊帳の外だった。どうすることもできなかった」

サムが言った。「あなたは十七歳だった。車だって持っていたはず。自分で警察に行くことだってできたし、十八歳になってからそうしたってよかった」

「そうしたかったさ」メイソンは言い張った。「ぼくは部屋に閉じこめられた。男が四人来て、北にある陸軍士官学校に連れていかれた。年齢が達したらすぐに、ぼくは海兵隊に入った」目に入った血をぬぐった。「アフガニスタンにもイラクにもソマリアにも行った。なんでも志願した。そうしたかったんだ。自分の命をほかの人間のために使いたかった。罪を償うために」

チャーリーは切れるのではないかと思うくらい強く唇を嚙んだ。償うことなどできない。たとえ、どれほど多くの国で戦おうと。

「二十年軍にいたあと、戻ってきた。教職についた。この町に、ここの住人のためにできることをするのが大事だと思った」

「貴様」ベンが立ちあがった。再び、こぶしを握りしめている。廊下を歩いていった。そのまま裏口から出ていくのだろうかとチャーリーは不安になったが、彼はメイソンのｉＰｈｏｎｅの前で足を止めると、かかとで思いっきり踏みつけた。電話機は粉々になった。ベンは足を持ちあげた。靴の底からガラスの破片が落ちた。「ダニエル・カルペッパーはおまえのせいで殺されたんだ」

「わかっている」メイソンは言ったが、そうではなかった。

ケン・コインにダニエルを襲わせたのはチャーリーだ。

チャーリーは言った。「あの男はあんたを〝兄弟〟って呼んだ」

メイソンは首を振った。「あいつはだれかれとなく兄弟と呼んでいた。あいつらはそうなんだ」

「そんなことは関係ない」ベンが言った。「そもそもおまえたちはどっちも、ここに来るべきじゃなかったんだ。その後起きたことは、全部おまえたちのせいだ」

「そうだ」メイソンはうなずいた。「ぼくのせいだ。なにもかもぼくのせいだ」

サムが訊いた。「あなたの服と銃がどうしてダニエルのトレーラーにあったの？」

メイソンはまた首を振ったが、答えにたどり着くのは難しいことではなかった。ケン・コインが証拠を捏造したのだろう。彼は無実の男を陥れ、真犯人を自由の身にした。

「父が死んだあと、母が取り決めのことを話してくれた。ぼくはトルコに配属されていて、人のために正しいことをしようとしていた。父の葬儀に戻ってきたら、母はなにかが起きて、ザックが約束を破ったらどうしようと心配していた」

サムが言った。「はっきりさせておくわね。ダニエルが無実であることを――あなたの罪を――ザックが黙っている代わりに、あなたの両親は彼の息子ダニー・カルペッパーに毎月二千ドルを払うというのが取り決めね？」

メイソンはうなずいた。「知らなかったんだ。母から聞くまで。八年がたっていた。カルペッパーはまだ死刑囚として収監されていた。ずっと刑が執行されずにいたんだ」

チャーリーは奥歯を嚙みしめた。ガンマが殺されてから八年。サムが墓から這い出してから八年。チャーリーがずたずたにされてから八年。

サムはノースウェスタン大学で修士号の勉強を始めていた。チャーリーは再出発できることを祈りながら、ロースクールに出願していた。

「父はどうして関わることになったの？」

「ぼくが打ち明けに行った。ここに、この家に。キッチンに座った。どうしてかはわからないが、ここの食卓だと楽に話せる気がした。犯罪現場。すべてを吐き出すだけで、事実を打ち明けるだけで胸がむかむかした。メアリー＝リンのことでどれほど辛い思いをしたか、復讐を手伝ってもらうためにザックにどうやって金を払ったかを彼に話した。若いときは、ものごとの白黒をつけすぎる。世の中がどういうふうにまわっているのかがわからないんだ。予想できない結果になる場合があるってことが。間違った選択、間違った行いで、自分がぼろぼろになるかもしれないっていうことが」メイソンは自分の言葉に納得したかのようにうなずいた。「なにが起きたのか、なぜ起きたのかをラスティに説明したかった。ひとりの男として率直に」

「あんたは男じゃない」ガンマが死んだキッチンでメイソンとラスティが会っていたこと、そこにいることがメイソンに痛みではなく赦《ゆる》しを与えたことを思うと、チャーリーは吐き気がした。「あんたは殺人未遂犯で、レイプの共犯者よ。母の殺人に手を貸した。拉致に。誘拐に。不法侵入に」サムが毎朝、今日は歩けますようにと祈りながら目を覚ましていた日々、彼に恋人がいて、パーティーに出席して、誕生日や大晦日を祝っていたなどとは考えたくもなかった。メイソンに言った。「海兵隊に入ったからって、いい人間になれるわけじゃない。あんたはただ逃げ出しただけの臆病者よ」

チャーリーの大声が廊下に反響した。

「ラスティは彼に供述書を書かせた」ベンはチャーリーではなくサムを見た。「金庫に入っていた」

チャーリーは天井を見あげた。涙がこぼれた。ベンにそんなものを見つけさせてしまった自分を決して許すことはないだろう。

「ぼくが書きたかったんだ。前に進みたかった。もう耐えられなかった。嘘にも、罪の意識にも」

サムはお互いをその場から動けないようにするためなのか、チャーリーの腕をつかんだ。

「どうしてパパはあなたを出頭させなかったの？」

「また裁判にしたくなかったからだ」メイソンが答えた。「きみたちは自分の人生を生きていた。乗り越えていた」

「乗り越えていた」チャーリーはつぶやいた。

「ラスティはあのことを蒸し返したくなかった。きみを家に連れ帰ったり、チャーリーにまた証言させたりしたくなかった。彼女に――」

「嘘をつかせたくなかった」サムがあとを引き取って言った。

クローゼットの棚の上に、封をしたままずっと置かれていた箱。ラスティは、宣誓したうえで嘘をつくか、あるいは箱を開けて真実を世間にさらすかの選択をチャーリーにさせたくなかったのだ。

カルペッパーの娘たち。

あの意地の悪い娘たちに味わわされた苦痛――まだ終わっていなかった。ダニエルは無実だという彼女たちの主張が正しかったという証拠が出てきたら、彼女たちはなにを言い、なにをしただろう？

彼女たちは正しかった。

チャーリーは間違った人間を犯人だと決めつけたのだ。

サムは訊いた。「どうして父が小切手を書いたの？」

「それが、ラスティの条件のひとつだった。彼も知っていることをザックに教えたかったんだ。口をつぐんでいなければ、約束を反故《ほご》にしてダニーへの支払いを止められる人間がほかにもいることを」

「そんなことをしたら、パパが狙われるのに。ザカライアはだれかを仕向けて、パパを殺すことだってできた」チャーリーが言った。

メイソンは再び首を振った。「息子への支払いを続けてほしいなら、そんなことはしない」

「彼は本当に息子のことを気にかけていたと思う?」サムが訊いた。「ザカライアは父を愚弄していたの。知っていた? 毎月彼はラスティに、〝おまえはおれに借りがある〟って書いた手紙を送っていたのよ。ただ思い知らせるために。いつでもわたしたちの人生をずたずたにできることを、わたしたちから平和な日々や安心感を奪えることを教えるために」

メイソンは無言だった。

サムが言った。「それが父にどれほどのストレスを与えていたかわかる? わたしたちに嘘をつき、真実を隠していた。父はそんな偽りがいちばん苦手だった。それでなくても、妻を亡くして、娘が死にそうになって、チャーリーは――」サムは首を振った。「ラスティの心臓は弱っていたの。知っていた? あなたの嘘が、罪悪感が、臆病さが、父の体をどれほど蝕《むしば》んだかわかる? 父があれほどお酒を飲んだのはきっとそのせいね。自分は共犯者だという苦い思いを追い払うため。あなたが父を共犯者にしたのよ。父は毎日その思いを抱えて生きていかなければならなかった。毎月あの小切手を書くたびに、わたしに電話をするたびに――」

サムはそこで言葉に詰まった。眼鏡をはずし、まぶたを指で押さえた。「ラスティはずっとわたしたちを守ってきた。あなたのせいで」

メイソンは膝のあいだに頭を埋めた。また泣いているのかもしれないが、チャーリーにはどうでもいいことだった。

ベンが訊いた。「どうしてここに来た？　おまえを突き出さないように、ふたりを説得できるとでも思ったのか？」

「告白しに来たんだ。後悔していると言うために。あの日以来ずっと、自分のしたことを償おうとしてきたと言うために。ぼくは、戦場で勲章をもらった」メイソンはサムを見た。「いくつも。パープルハートや――」

「関係ない」サムが応じた。「あなたには、罪を認めるための時間が二十八年もあった。いつでも警察署に行って、自白して、罰を受けることができた。でもあなたは終身刑になるのが、あるいはザカライア・カルペッパーのように死刑になるのが怖かった」

メイソンはなにも答えなかったが、事実は明らかだった。

チャーリーは言った。「森で実際になにがあったのか、わたしたちが絶対に喋らないことをあんたは知っていた。それを利用してあんたは父を味方につけたのね？　あんたは父を脅迫した。わたしの秘密を盾にして」

メイソンは口元の血をぬぐった。やはりなにも言おうとはしない。

「あんたは、母が殺されたあのキッチンの椅子に座って、親の金で裁判を戦うつもりだとラスティに言った。だれが傷つくことになろうが、裁判でどんな事実が出てこようがおかまいなしに。サムはここに連れ戻される。わたしは証言を強いられる。パパが絶対にそんなことをさせないって、あんたにはわかっていた」

メイソンはこう尋ねただけだった。「どうすればいい？」

「教えてあげるわ」サムが答えた。「二十分あげるから警察署に出頭して、弁護士抜きで正式に自白するの。警察に嘘をついたこと、ケリー・ウィルソンの銃をふたりが殺された現場から持ち出したことを。でないと、殺人未遂と殺人の謀略についてのあなたの供述書をわたしが直接、警察本部長に届ける。この町は忘れないわよ、メイソン。あなたはただそこにいただけで、あれは事故だったなんて言い訳をしても、重罪謀殺は成立する。わたしが言ったとおりにしなければ、あなたはザカライア・カルペッパーの隣の房に入ることになる。この二十八年、あなたがいるべきだったところに」

メイソンはズボンで手のひらをぬぐった。壊れた携帯電話に手を伸ばした。

ベンがそれを蹴り飛ばした。裏口のドアを開けた。「出ていけ」

メイソンは立ちあがった。なにも言わなかった。背を向けて、家を出ていった。

ベンが思いっきりドアを閉めたので、窓ガラスに新たなひびが入った。

サムは眼鏡をかけ、ベンに訊いた。「供述書はどこ？」

「金庫の上だ。手紙の横」

「ありがとう」サムは書斎には向かわなかった。

居間に入っていった。

チャーリーはためらった。サムについていくべきかどうか、心を決めかねていた。姉の、そして自分の気持ちをいくらかでも楽にできる言葉はあるだろうか？　サムの頭を撃ち、生き埋めにした男が、なんの咎めも受けないまま、たったいま裏口を出ていったのだ。正しいことをするようにと言葉で脅されただけで。

ベンが閂をかけた。

チャーリーが訊いた。「大丈夫？」

ベンは眼鏡をはずし、レンズについた血をぬぐった。「本物の喧嘩をしたのは初めてだ。だれかを殴ったのは」

「ごめん。あなたに辛い思いをさせてごめん。嘘をついていてごめん。わたしから話さなくてごめん。供述書を読んでなにがあったのかを知ることになってごめん」

「供述書には、ザカライアがきみにしたことは書いていなかった」ベンは眼鏡をかけ直した。「ラスティが教えてくれた」

チャーリーは言葉を失った。ラスティは一度たりとも秘密を漏らしたことはない。

「このあいだの週末だ。メイソンが関わっていることは言わなかったが、それ以外はすべて話してくれた。人生で彼が犯した最大の罪は、きみに秘密を持たせたことだと言っていた」

チャーリーは不意に寒気を覚えて、腕をこすった。

「きみに起きたことは――気の毒だと思うが、でもどうでもいい」

ベンの関心のなさが、肉体的な痛みとなってチャーリーを貫いた。

「言い方を間違えた」ベンは説明しようとした。「あんなことがあって気の毒だったと思うが、でも関係ないんだ。きみが嘘をついたことも気にしていない。気にしていないよ、チャック」

「あのせいで――」チャーリーは顔を伏せた。メイソン・ハッカビーが出ていったあとに、血の跡が点々と残っていた。

「あのせいで、なんだい？」ベンはチャーリーの前に立った。彼女の顔をあげさせた。

「チャック、言うんだ。黙っていると辛いだけだ」

ベンは知っている。なにもかも知っている。それでも自分の体の不具合を言葉にするのは簡単なことではなかった。「流産。流産はあのせいなの」

ベンはチャーリーの肩に手を置いた。チャーリーが自分の目を見るのを待って言った。

「ぼくは九歳のとき、テリーに股間を蹴られた。一週間、血尿が出た」

チャーリーは口を開きかけたが、ベンは首を振って黙らせた。

「十五のとき、筋肉隆々の男にあそこを殴られた。オタク友だちとぶらぶらしていただけだったんだが、腹にめり込んだんじゃないかと思うくらい、そいつに睾丸《こうがん》を殴られた」

チャーリーが口をはさめないように、ベンは彼女の唇に指を当てた。

「ぼくはいつもズボンの前ポケットに携帯電話を入れている。精子がだめになるから避けるべきなのに、でもぼくはそうしていた。それにボクサーパンツが苦手だ。きみも知っているとおり、あの丸まる感じが嫌いなんだ。それにマスターベーションをいっぱいした。いや、いまはたまにだが、若いころはオリンピックに出られそうなくらいだった。ぼくは学校の〝スターフリート・クラブ〟の唯一の会員で、漫画を集めていて、バンドではトライアングル担当だった。全然もてなかった。ニキビだらけの女の子ですら、振り向いてくれなかった。あんまり自分でやりすぎて、水膨れができるんじゃないかって心配した母親に医者に連れていかれたくらいだ」

「ベン」

「チャック、いいから聞いてくれ。シニア・プロムのときは、〈スター・トレック〉の記章をつけた赤いシャツを着ていった。テーマはなかったんだ。タキシードじゃなかったのは、ぼくだけだった。皮肉のつもりだった」

チャーリーはようやく笑みを浮かべた。

「ぼくは子孫をもうけるのにふさわしくなかったのかもしれない。ぼくがどうしてきみみたいな素晴らしい人といっしょになれたのかは、わからない。どうしてぼくたちに子供ができないのか、そのカードを引いたっていうことなんだ。ぼくの身に起きたことのせいなのか、きみの身に起きたことのせいなのか、それとも単なる自然選択なのかはわからないが、でもこれが現実なんだ。そのうえで言っている。そんなことは、どうでもいいんだ」

——」ベンはそれ以上言わなかった。「ぼくたちはただ、そのカードを引いたっていうこ

チャーリーは咳払いをした。「ケイリーとなら子供を作れるかもしれない」

「ケイリーには淋病《りんびょう》をもらったよ」

傷つくべきだったのだろうが、チャーリーの心に広がったのは懸念だった。ベンはペニシリンにアレルギーがある。「病院に行ったの？」

「ここの人間に気づかれないように、この十日ほどダックタウンまで通っていた」

ようやく心が痛んだ。「最近のことなのね」

「最後は二カ月ほど前だった。ちょっと小便が出にくいだけだと思っていたんだ」

「医者に診せなきゃいけない症状だとは思わなかったの？」

「結局は行ったさ。それが理由だったんだ——このあいだの夜、きみを拒否したのは。もう陰性にはなっていたが、きみに言わずにいるのは間違っていると思った。それにぼくが家に帰ったのは、きみが心配だったからだ。ファイルが必要だったわけじゃない。失敗した司法取引なんてなかった」

チャーリーにはそんな嘘はどうでもよかった。「どれくらい続いたの？」

「続いていないよ。四回だけだ。最初は楽しかったが、あとは悲しいだけだった。彼女は若すぎる。ケイト・マルグルーが『オレンジ・イズ・ニュー・ブラック』でデビューしたと思っているんだから」

「あらま」チャーリーは泣かずにすむように、冗談にしてしまおうとした。「よくロースクールを卒業できたわね？」

ベンも冗談にしようとした。「上になるのは大変だって、きみが言っていたのがよくわかったよ」

チャーリーは吐き気がした。「想像させてくれてありがとう」

「二度とくしゃみはしないようにするんだね」

チャーリーは頰の内側を嚙んだ。ベンにくわしい話をするべきじゃなかった。彼の話など、もちろん聞きたくなかった。

ベンは言った。「サムが持って帰れるように、書類を箱づめしてくる」

チャーリーはうなずいたが、ベンをどこにも行かせたくなかった。たとえ廊下の先であっても。

ベンはチャーリーの額にキスをした。チャーリーは彼の胸にもたれ、彼の汗と彼女が使っているのとは違う洗剤のにおいを嗅いだ。

「ラスティの書斎にいるから」

チャーリーは廊下を歩いていく、軽やかなベンの足取りを見つめていた。

ベンは出ていかなかった。

それは、意味のあることに違いない。

チャーリーはすぐにはサムのところに行かなかった。振り返った。キッチンを見まわした。ドアが開いている。風が吹きこんでいる。ラスティだとばかり思ってドアを開け、そこにひとりは全身黒、もうひとりはボン・ジョヴィのTシャツを着たふたり組の男を見たときの記憶を修正しようとした。

ひとりは散弾銃を持っていた。

ひとりはリボルバーを持っていた。

ザカライア・カルペッパー。

メイソン・ハッカビー。

チャーリーがレイプされるのを止められなかった男は、彼女が〈シェイディ・レイズ〉の駐車場で激しいセックスをした男だった。

姉の頭を撃った男。

浅い墓に姉を埋めた男。

ザカライア・カルペッパーを殴りつけた男。ただそれは、チャーリーが粉々に砕かれたあとだった。

「チャーリー？」サムが呼んだ。

チャーリーが居間に入っていくと、サムは背もたれのまっすぐな椅子に座っていた。なにかを投げたり、いらついたり、爆発寸前であることを思わせるようなことはしていなかった。ただ自分のノートを眺めているだけだった。

サムは言った。「大変な一日だったわね」

ずいぶんと控えめな表現だったから、チャーリーは思わず笑った。「どうしてあんなにすぐわかったの？」

「わたしはあなたの姉だもの。わたしのほうがあなたより頭がいいの」

チャーリーは反論できなかった。「メイソンは、姉さんの言ったとおりに警察に行くと思う？」

「あれが口先だけの脅しだと、あなたは思うの？」

「だれかが姉さんの手にナイフを握らせていたら、きっと彼を殺していただろうと思うわ」チャーリーはそう言ってから顔をしかめたが、それはサムの手を血で汚したくないからにすぎなかった。「彼はＧＢＩに嘘をついただけじゃない。ＦＢＩ捜査官にも嘘をついたのよ」

「彼を逮捕する警官は、軽罪と重罪の違いを嬉々として説明してくれるでしょうね」

その刑期を思って、チャーリーはにやりとした。連邦刑務所に何年も収監されるのと、週末を郡の刑務所で過ごすだけの保護観察処分とでは違いは大きい。「姉さんはどうしてそんなに落ち着いているの？」

サムは戸惑った表情で首を振った。「ショック？　安堵？　ずっと、ダニエルはうまく逃げたっていう気がしていた。充分、苦しんでいないって。その分メイソンが苦しんでいたことを知って、ある意味満足している。最低でも五年は刑務所に入るっていうこともね。検察官がわたしに追いかけられたくなければ、そうなるわ」

「ケン・コインは正しいことをすると思う？」

「あの男は生まれてこのかた、正しいことなんてひとつもしたことがないと思う」サムの唇が面白そうにカーブを描いた。「あの地位から追い落とす方法があるかもしれないわね」

そんな奇跡を起こす方法を教えてほしいとは、チャーリーは言わなかった。コインのような男は、どうにかしてまたよじのぼってくる術を知っているものだ。「ダニエルだって言ったのはわたし。ザカライアがふたり目の男を兄弟って呼んだって証言した」

「責任を感じることはないわ、チャーリー。あなたは十三歳だった。それにベンの言うとおりよ。そもそもメイソンとザカライアがここに来ることがなければ、なにも起きなかった。それに、ダニエルを犯人に仕立てて殺したのはケン・コインよ。忘れないで」

「コインは真犯人の捜査も中断させた」知らなかったこととはいえ、自分も隠蔽にひと役買っていたことを思うと、チャーリーは気分が悪くなった。「ある日の真夜中に突然、士官学校に向けて発った金持ちの息子が事件に関わっているって推測するのは、難しいこと？」

「確かにね。ザカライアは誘導されなくても、メイソンだって白状していたでしょうね」サムは言った。「わたしはダニエルに怒りを抱くべきなんだと思う。メイソンにも。でも、できない。もう、過ぎたことのような気がするのよ。これって変？」

「変かもしれないし、変じゃないかもしれない。わからない」チャーリーは、長椅子の空いた場所に座った。自分の感情を整理しようとした。メイソンから聞いたことをどう感じているのかを考えてみた。胸のなかが軽くなっていることに気づいた。森であった本当のことをサムに話したときは、それで肩の荷をおろせるだろうと思っていたのに、それまでと変わらなかった。

いままでは。

「パパはどうなの？」チャーリーが訊いた。「わたしたちに隠していたのよ」

「パパはわたしたちを守ろうとした。いつもそうしていたみたいに」

姉が突然父の側についたことを知って、チャーリーは眉を吊りあげた。

「許すことに価値があるの」

チャーリーには、それほど確信が持てなかった。長椅子にぐったりともたれこみ、天井を見あげた。「なんだか、すごく疲れた。自白したあとの犯罪者みたい。眠ってしまうんだから。尋問の最中に、何度いびきをかかれたことか」

「ほっとするのよ」サムは言った。「ダニエルがわたしたち同様に被害者だったことを知っても、罪悪感を覚えないのって間違っているかしら?」

「姉さんが間違っているなら、わたしもよ。確かにダニエルは、あんなふうに死ぬべきじゃなかった。彼もカルペッパーの人間で、いずれは刑務所送りになるか、あるいは命を落とすことになっていたとは思う。それでも、どっちにするかを自分で選ぶことは許されるべきだった」

「パパは整理をつけたのね」サムが言った。「人生のほとんどを、有罪判決を受けた人間の容疑を晴らすことに費やしていたのに、ダニエルの潔白を証明しようとはしなかったもの」

「〝謙虚な見せかけほど人をごまかすものはない〟」

「シェークスピア?」

「ミスター・ダーシーがビングリーに言った言葉よ」

「よりによって」

「高慢のせいじゃなければ、偏見だったっていうことね」

サムは笑ったが、すぐに真面目な顔になって言った。「パパがメイソンのことを黙っていてくれて、よかったと思う。いまなら気持ちの整理がつけられるけれど、あのときだったらどう？」サムは首を振った。「ひどいことを言っているのはわかっている。パパはそのせいで苦しんだんだから。でも撃たれてから八年後の自分の精神状態を考えれば、あのときここに戻ってきて証言することになっていたら、わたしは死ぬより辛い思いをしたと思う。これって、誇張した表現？」

「いたって正確ね。わたしもそこに含めてくれるなら」もし裁判が行われていたなら、チャーリーの転落は加速していただろう。ロースクールにも行っていなかっただろう。ベンにも出会っていなかっただろう。こうやって、サムと話をすることもなかっただろう。

「どうしていまなら、うまく対応できるっていう気がするんだろう？　なにが変わったの？」

「難しい質問ね。答えも同じくらい難しい」

チャーリーは笑った。これがラスティの遺産なのだろう。ふたりはこれからずっと、死んだ人間の言葉を引用した、死んだ男の言葉を引用していくのだ。

「金庫の供述書をわたしたちが見つけるって、パパにはわかっていたのね」

ザカライア・カルペッパーは、ラスティのもうひとつのいちかばちかの賭けに気づいていた。「パパは、ザカライア・カルペッパーの処刑の日までは生きられると思っていたんだと思う」

「パパは自分でなんとかできるって考えていたのよ」

きっとどちらも正しいのだろうとチャーリーは思った。ラスティがまわそうとしなかった皿はない。「小さかったころは、パパは正義感に燃えているから人を助けずにはいられないんだって思っていた。もう少し大きくなると、果敢に戦う向こうっ気の強いばかなヒーローでいることが好きなんだって考えるようになった」

「いまは？」

「悪い人は悪いことをするってわかっていて、それでも彼らに機会が与えられるべきだって信じていたんだと思う」チャーリーは言った。

「ずいぶんと世界を美化しているのね」

「パパがそうだったって言ったの、わたしじゃない」ラスティのことを過去形で語っているのが悲しかった。「パパはいつだってユニコーンを探していた」

「そのことだけれど」サムが言った。「見つけた気がする」

# 19

　チャーリーはテレビの画面から数十センチのところに立った。防犯カメラの静止画像の右隅をあまりに長いあいだ見つめていたせいで、目がかすみ始めていた。一歩、うしろにさがった。まばたきをして視界をはっきりさせる。画像全体を眺めた。だれもいない長い廊下。鮮やかな青色のロッカーは、カメラが古いせいで紺色に見える。レンズは下を向いていて、廊下は半分程度しか映っていない。チャーリーの視線は再び画面の隅に戻った。おそらくは閉まっているドアがある。フレームからほんのわずかはずれているが、間違いなくそこにある。窓からの光が、廊下に伸びているなにかに当たって影を作っていた。

　チャーリーが訊いた。「これって、ケリーの影？」そこがラスティの家の居間でなく、学校の廊下であるかのように、テレビの向こうを指さした。「ここに立っていたっていうこと？」

　サムは自分の考えを言おうとはしなかった。テレビに顔を向け、いいほうの目で画面を見つめた。「なにが見える？」

「これ」チャーリーは廊下に伸びる影を指さした。「蜘蛛の脚みたいな、ぼやけた毛むくじゃらの線」

「おかしなところがあるのよ」サムは目を細くした。チャーリーには見えないなにかを見ているらしい。「おかしいとは思わない？」

「大きくできるわ」チャーリーはベンのラップトップに歩み寄ったが、どうすればいいのかさっぱりわからなかった。キーを適当に叩いてみた。なにかやり方があるはずだ。

サムが言った。「ベンに手伝ってもらいましょう」

「ベンの手は借りたくない」チャーリーは身を乗り出し、アイコンを眺めた。「わたしたちは——」

「ベン！」サムが声をあげた。

「姉さんは、乗らなきゃいけない飛行機があるんじゃないの？」

「わたしがいなければ、飛行機は飛ばないの」サムは両手を使って、画面の上の右端を囲った。「なにかおかしい。角度が変よ」

「なんの角度だい？」ベンが尋ねた。

「これ」チャーリーは影を指さした。「わたしには蜘蛛の脚に見えるんだけど、ここにいるシャーロック・ホームズはバスカヴィルの犬だって言うの」

「どちらかといえば、緋色《ひいろ》の研究ね」サムはそう言っただけで、説明しようとはしなかった。「ベン、この上の右端を大きくできる？」

ベンがラップトップになにかの魔法をかけると、右端部分だけが別ウィンドウで開いて、画面いっぱいに広がった。ベンは、ジェイソン・ボーンの映画に出てくるようなコンピューターの天才ではなかったから、画像は鮮明になるどころかいっそうぼやけた。

「ああ、これか」ベンは毛むくじゃらの蜘蛛の脚を指さした。「影だと思ったが――」

「影のはずがない」サムが言った。「廊下の明かりはついていた。教室の明かりもついていた。三つ目の光源はないんだから、影はドアからうしろ向きにできるはずよ。前向きじゃなくて」

「なるほどね」ベンはうなずいた。「開いたドアから出ているのかと思ったが、そっちに向かっているように見えるな」

「そうなの」サムは昔から謎解きが得意だった。今回は、解くべき謎があることすらチャーリーがわからないでいるあいだに、すでに答えを見つけているようだ。

「わたしにはわからない」チャーリーは白状した。「説明してくれない？」

「あなたたちそれぞれに、わたしの仮説を立証してもらったほうがいいと思う」

チャーリーはサムを窓から放り投げたくなった。「ソクラテス式問答法をやっている場合？」

「シャーロックでもソクラテスでもどっちでもいいけれど、とにかく付き合って」サムはベンに訊いた。「色を調節できる？」

「できると思う」ベンはラップトップで別のソフトを開いた。二年前、クリスマスカードにカーク船長をはめこむために使った、フォトショップの違法コピーだ。「使い方を覚えているといいんだが」

チャーリーは、不満であることをサムに教えるため腕を組んだが、彼女はじっとベンの手元を見つめていたから、まったくの無駄だった。

ベンがさらにキーを叩き、なにかの操作をすると、画面の色が濃くなった。濃くなりすぎた。画面全体が黒くなり、闇夜に灰色の円がいくつも広がっているように見える。

チャーリーが提案した。「ロッカーの青を色の見本に使うといいわ。パパがお葬式で着たスーツとだいたい同じ色よ」

ベンはカラーチャートを開いた。適当なものをクリックする。

「それよ。その青」

「もう少しはっきりさせられる」ベンはピクセルの輝度をあげた。エッジをなめらかにする。そしてついに、画像を変形させることなくその部分を拡大することに成功した。

「なんてこと」チャーリーはつぶやいた。ようやく理解した。

脚ではなく、腕だ。

一本ではなく、二本の腕だ。

一本は黒。一本は赤。

交尾後の共食い。赤の一撃。毒のひと嚙み。

見つけたのはラスティのユニコーンではなかった。

クロゴケグモ《ブラック・ウイドー》だった。


チャーリーはベンのピックアップトラックの運転席に座っていた。ハンドルにのせた手が汗ばんでいる。ラジオに表示された時刻を見た。５：０６ＰＭ。ラスティの葬儀はそろそろ終わろうとしているはずだ。〈シェイディ・レイズ〉でくだを巻いていた者たちは、話の種が尽きたころだろう。見物人や偽善者たちは電話で噂話に花を咲かせたり、フェイスブックに記念写真をアップしているに違いない。

ラスティ・クインはいい弁護士だったが、しかし――。

チャーリーは、ラスティを本当に知っていた人間だけが理解できる言葉をそのあとにつけ加えた。

彼は娘たちを愛していた。

彼は妻に夢中だった。

彼は正しいことをしようとした。

彼は、彼だけの空想上の生き物を見つけた。

鳥の生き物だ。

ハーピーとサムは言った。ローマ神話とギリシャ神話に出てくる、半身が女性で半身が鳥の生き物だ。

チャーリーは蜘蛛のたとえにこだわった。そちらのほうが、いまの状況にふさわしかったからだ。ケリー・ウィルソンは慎重に作られた蜘蛛の巣にからめとられたのだ。

ヒーターのスイッチは入っていたが、チャーリーは寒さに身震いした。キーに手を伸ばした。エンジンを切った。トラックは小さく震えて静かになった。

バックミラーの角度を変えて、自分の顔を見た。サムに手を貸してもらって、化粧であざを隠した。サムの腕は確かだった。二日前にチャーリーが顔を殴られたとは、だれも思わないだろう。

サムはもう少しでチャーリーを殴るところだった。

チャーリーを止めようとした。もちろんベンも。

だがチャーリーの気持ちは変わらなかった。

トラックを降りて、喪服のしわを伸ばした。ハンドルにつかまりながら、ハイヒールを履いた。ダッシュボードの上の携帯電話を手に取った。静かにドアを閉め、かちりという音を聞いた。

車を止めたのはその家から離れた場所だった。見えないように角を曲がった先に止めた。赤土の道に開いた穴を避けて、慎重に歩いた。農家風の家が見えてきた。ＨＰとは少しも似ていない。前庭には色鮮やかな植物と常緑樹。黒で縁取りをした真っ白の下見板。屋根は新しいようだ。玄関脇の回転式ブラケットにはアメリカ国旗が吊るされていた。

チャーリーは玄関には向かわなかった。家の横手から裏にまわった。古いバックポーチが見えた。床は薄緑がかった青色に塗られていた。キッチンのカーテンは閉まっていた。イチゴの模様の黄色いカーテンではなく、白いダマスク織りだった。

ポーチには四段の階段があった。チャーリーはそこを見つめながら、HPの階段のことを考えまいとした。遠い昔、二段ずつそこを駆けあがり、靴を蹴り飛ばし、靴下を脱ぎ捨て、キッチンでガンマがつく悪態を耳にしたこと。

**ファッジ**。

一段目で、節の穴にヒールが引っかかった。丈夫な手すりにつかまった。まだ夕方の早い時間にもかかわらず、ポーチの明かりは炎のようにまぶしいほど白くて、チャーリーは目をしばたたいた。目に汗が落ちてきた。指でそれを払った。玄関マットは格子模様で、ゴムとココナッツファイバーは農家の裏の野原に生えていた草にどこか似ていた。マットの中央には草書体のPの文字がデザインされていた。

チャーリーは手をあげた。

くじいた手首はまだ痛みがあった。

ドアを三回ノックした。

家のなかで、椅子を引く音がした。軽やかな足音が近づいてくる。女性の声が聞こえた。

「どなた?」

チャーリーは答えなかった。

鍵を開ける音も、チェーンをはずす音もしなかった。ドアが開いた。中年の女性がキッチンに立っていた。金色と言うよりは白に近い髪を緩いポニーテールに結っている。いまもまだ美しい。チャーリーを見ると、その目を大きく見開いた。口が開いた。矢に射られたかのように胸に手を当てた。

チャーリーは言った。「突然、すみません」

ジュディス・ピンクマンは荒れた唇を結んだ。しわのある顔は、泣いたせいで風にさらされたように見える。まぶたも腫れている。咳払いをした。「入って」チャーリーに言った。「入って」

チャーリーはキッチンに入った。なかは寒かった。凍えそうなほどだ。イチゴの柄はどこにも残っていなかった。黒い花崗岩《かこうがん》のカウンタートップ。ステンレスの電化製品。オフホワイトの壁。天井と壁を仕切っていた、陽気な果物柄はどこにもない。

「座って」ジュディスが言った。「どうぞ」

テーブルの上には水の入ったグラスと携帯電話が並んで置かれていた。黒っぽいクルミ材のどっしりしたテーブルと椅子。チャーリーは反対側に腰をおろした。自分の携帯電話を、画面を伏せてテーブルに置いた。

ジュディスが尋ねた。「なにか飲む？」

チャーリーは首を振った。

「紅茶をいれようとしていたところだったの」ジュディスはテーブルの上のグラスに視線を向けたが、かまわず尋ねた。「あなたも飲む？」

チャーリーはうなずいた。

ジュディスはコンロに置かれていたケトルを手に取った。ほかと同じで、それもステンレスだ。ケトルに水を入れながら言った。「お父さんは残念だったわね」

「ミスター・ピンクマンもお気の毒でした」

ジュディスは振り返った。チャーリーと目と目が合った。唇が震えている。悲しみと同じく、涙も途切れることがないかのように目が潤んでいた。水を止めた。

チャーリーは、ケトルをコンロにかけ、ウルフ製のコンロのつまみをまわすジュディスを眺めていた。何度かカチカチという音がしたあと、ボッという音と共に火がついた。

「それで」ジュディスは少しためらってから、腰をおろした。「今日はなんの用かしら？」

「あなたがどうしているかと思って。ケリーのことがあってから、お会いしていませんでしたから」

ジュディスは再び唇を結んだ。テーブルの上で両手を組んだ。「あなたには辛いことだったわね。昔の記憶が蘇ってきたでしょうから」

「あの夜のあなたにどれほど感謝しているかを伝えたかったんです。わたしの面倒を見てくれて、大丈夫だと思わせてくれて、わたしのために嘘をついてくれたことを」

ジュディスは唇を震わせながら微笑んだ。

「そのために来たんです。父が生きていたときは、その話をしたことはありませんでした」

ジュディスの口が開いた。目から不安の色が消えていく。優しげにチャーリーに微笑みかけた。チャーリーの記憶どおりの、思いやりのある寛大な女性がそこにいた。「ええ、もちろんですとも、シャーロット。もちろんよ。わたしにはなにを話してくれてもいいのよ」

「あのころ、父が扱っていた事件がありました。レイプ犯を弁護して、犯人は釈放されたんですが、被害者の女の子が自宅の納屋で首を吊ったんです」

「覚えているわ」

「パパが秘密にしたがったのは、そのせいだろうかってずっと考えていました。わたしが同じことをするんじゃないかって、パパは心配だったんでしょうか?」

「わたしには――」ジュディスは首を振った。「わたしにはわからない。答えられなくてごめんなさいね。彼は妻を亡くし、上の娘も死んだと思っていたときに、あなたの身に起きたことを知った……」ジュディスの声が尻すぼみに途切れた。「神さまは背負えない重荷を与えることはないと言うけれど、わたしは時々、それは本当じゃないと思うの。そう思わない？」

「わかりません」

「コリントの信徒への手紙のなかに、こんな一節がある。〝神は真実な方です。あなたがたを耐えられないような試練に遭わせることはなさらず、試練と共に、それに耐えられるよう、逃れる道をも備えていてくださいます〟（コリントの信徒への手紙10：13／新共同訳）」ジュディスは言った。「わたしが疑問に思うのは後半部分なの。それが逃れる道だって、どうしてわかるの？確かにあるのかもしれないけれど、見つけられなければどうすればいいのかしら？」

チャーリーは首を振った。

「ごめんなさい」ジュディスは謝った。「あなたのお母さんは神さまを信じていなかったわね。彼女はそういうものを信じるには賢すぎた」

ガンマは褒め言葉として受け取るだろうとチャーリーにはわかっていた。

「とても頭のいい人だった」ジュディスは言った。「わたしは彼女が少し怖かったわ」

「そういう人が大勢いたと思います」

「そうかしら」ジュディスは水を飲んだ。

内心の動揺が震えとなって表れてはいないかとチャーリーは彼女の手を見つめたが、なにも変わった様子はなかった。

「シャーロット」ジュディスはグラスを置いた。「正直に言うわね。あの夜のあなたのお父さんほど、打ちひしがれた人を見たことはなかった。二度と見ないことを願うわ。彼がどうやって乗り越えることができたのか、わたしにはわからない。でも、彼があなたを無条件で愛していたことは知っているの」

「それを疑ったことはありません」

「よかった」ジュディスはグラスについた水滴を指でぬぐった。「わたしの父ミスター・ヘラーは、信心深くて愛情のある人だった。わたしを育ててくれたし、支えてもくれた。一年目の学校教師は、本当に支えが必要ですもの」ジュディスは小さく笑った。「でもあの夜のことがあってからは、あなたのお父さんがあなたを大事にしているほどには、父はわたしを大事にしていないって気づいた。父を責めているわけじゃないのよ。あなたとお父さんのあいだには特別なものがあったっていうこと。だから、嘘をつくようにあなたに言ったお父さんの動機がなんであれ、それはあなたへの深い愛から生まれたものだったの」

チャーリーは涙があふれることを覚悟したが、一滴も出てこなかった。ようやく涙も涸《か》れたらしい。

「親が死ぬと、いろいろなことを考えるものよね。でもあなたに秘密を守らせたお父さんに怒りを感じてはいけないわ。よかれと思ってしたことなんだから」

　そのとおりだとチャーリーにはわかっていた。

　ケトルが鳴った。ジュディスが立ちあがった。コンロの火を消した。以前にもあった大きなキャビネットに近づいた。天井に届きそうなくらい高いキャビネットだ。ミスター・ヘラーはその上にライフルを置いていた。白い板は紺色に塗り直されていた。ジュディスは扉を開けた。棚の下のフックに華美なカップが吊るされている。ジュディスはラックの両側からカップをふたつ選んだ。扉を閉め、コンロへと戻った。

「ペパーミントとカモミールがあるけれど」

「どちらでもいいです」チャーリーは閉じたキャビネットの扉を眺めた。なにか文字が書かれている。紺色の地に水色で書かれたその文字は、はっきり見えるほど明るい色ではなかった。チャーリーは声に出して読んだ。「〝子のない女を家に返し　子を持つ母の喜《よろこ》びを与えてくださる〟（詩編113：9／新共同訳）」

　カウンターの前に立つジュディスの手が止まった。「詩編の一一三編九節よ」カップにお湯を注ぎながら言った。引き出しから、スプーンを二本取り出す。「わたしは子供が産めないわけじゃないんだけれど」

　チャーリーは冷たい水を浴びせられた気がした。「ある意味では、あなたは学校の子供たちの母親みたいなものですよね」

「そのとおりね」ジュディスは椅子に座り、カップのひとつをチャーリーの前に置いた。「ダグとわたしは人生の半分以上を人の子供たちの面倒を見ることに費やしてきた。もちろんそれが楽しいのよ。でも家にいるときは、静かな暮らしを楽しみたいの」

チャーリーはカップの取っ手の位置を変えたが、手に取ることはなかった。

「わたしは子供が産めないんです」その言葉は喉に詰まった岩のように感じられた。

「そう。残念ね」ジュディスは立ちあがり、冷蔵庫から牛乳パックを取り出した。「お砂糖は？」

チャーリーは首を振った。紅茶を飲むつもりはない。「子供は欲しくなかったんですか？」

「わたしは人の子供が好きなの」

「なにかのテストのためにケリーに勉強を教えていたと聞きました」

ジュディスはテーブルに牛乳を置いた。再び椅子に座った。

「裏切られたような気持ちだったでしょうね。彼女があんなことをするなんて」

ジュディスは紅茶から立ちのぼる湯気を見つめている。

「それに彼女はミスター・ピンクマンのことも知っていた」チャーリーがそう言ったのは、メイソン・ハッカビーから聞いたからではなく、ケリー・ウィルソンが口にしたそのままの言葉を書き留めたメモをサムから見せられていたからだ。

〝悪い人じゃないってみんなは言うけど、あたしは校長先生のオフィスに呼び出されたことはなかった〟

ケリーはサムの質問を巧みにはぐらかしていた。ダグラス・ピンクマンを知らないとは言っていない。悪い人だとは言われていないと答えただけだ。

チャーリーは言った。「学校の防犯ビデオの映像を見ました」

ジュディスがさっと顔をあげたが、すぐにまたカップに視線を落とした。「ニュースで再現シーンをやっていたわね」

「いいえ、フロントオフィスの上にあったカメラで撮影された、実際の映像です」

ジュディスはカップを手に取った。息を吹きかけてから、ひと口飲んだ。

「いずれかの時点で、カメラは下向きに角度を変えられています。あなたの教室から五十センチ離れたところまでしか映らないようになっていたんです」

「そうなの？」

「ケリーはそのことを知っていたと思いますか？　あなたの教室のすぐ外で起きたことは、カメラに映らないと？」

「ケリーはなにも言っていなかった。警察に訊いてみた？」

ベンには訊いた。「生徒たちは、カメラには廊下の奥まで映らないことを知っていましたが、どこまでなら映るのかという正確な地点は知りませんでした。でも、妙なことにケリーは知っていたんです。銃を撃ち始めたとき、彼女はカメラに映らないぎりぎりのところにいた。それって変じゃないですか？　防犯カメラのモニターがある部屋に入ったことがなければ、どこに立てばいいのかなんてわかりませんよね？」

　ジュディスは当惑した様子でうなずいた。

「あなたはその部屋に入ったことがありますよね？　少なくともモニターを見ていますよね？」

　ジュディスはまたもや戸惑ったような表情を見せた。

「モニターは、あなたのご主人の部屋のすぐ横の小部屋にあった。ドアは開けっ放しだったから、部屋に入った人間はだれでも見ることができた」チャーリーはさらに言い添えた。「ケリーは、校長先生の部屋には一度も呼ばれたことがないと言っていました。モニターを見たことのない彼女が、死角を知っていたというのは妙な話です」

　ジュディスはカップを置いた。両方の手のひらをテーブルに当てた。

「汝《なんじ》、嘘をつくなかれ。これって聖書の言葉じゃないんですか？」

　ジュディスの口が開いた。息を吐き、一度吸ってから言葉を発した。「十戒のひとつね。〝隣人に関して偽証してはならない〟（出エジプト記20：16／新共同訳）。でもあなたが言いたいのは箴言《しんげん》のほうだと思うわ」彼女は目を閉じた。「〝主の憎まれるものが六つある。心からいとわれるものが七つある。驕《おご》り高ぶる目、うそをつく舌　罪もない人の――〟」彼女の喉が動いた。

「〝――血を流す手」またここで言葉を切った。「悪だくみを耕す心、悪事へと急いで走る足　欺いて発言する者、うそをつく証人　兄弟のあいだにいさかいを起こさせる者〟（箴言6：16／新共同訳）」

「長いリストですね」

ジュディスはテーブルの上で広げたままの自分の手を見おろした。爪は短く切りそろえられている。長くてほっそりした指。つややかなクルミ材のテーブルに細い影を作っていた。

防犯カメラの映像に伸びていた蜘蛛の脚のように。

なにを見ているのかがわかると、ベンはさらになにかの技術を駆使して映像を鮮明にした。それはまるで目の錯覚のようだった。自分の目がなにを見ているかに一度気づくと、もうそれ以外のものには見えなくなる。

その静止画像は、リボルバーを握っているケリー・ウィルソンをとらえていた。それはケリーの言葉どおりだったが、彼女の供述にはなかったことがほかにも映っていた。

あの日ケリーは黒の服を着ていた。

ジュディス・ピンクマンは赤い服を着ていた。

彼女のシャツがルーシー・アレクサンダーの血に染まっていると思ったことを、チャーリーは覚えていた。

セピア色に映っていた映像では暗いふたつの色は同じものに見えていたが、色を調整した映像には事実がはっきりと映っていた。

黒い服の腕と赤い袖の腕。

教室のドアに向かって伸びる二本の腕。

引き金にかかった二本の指。

〝銃があたしの手のなかにあった〟

ダグラス・ピンクマンとルーシー・アレクサンダーが殺されたとき、自分が銃を握っていたと、ケリー・ウィルソンは少なくとも三度はサムに言った。

ケリーが話さなかったのは、ジュディス・ピンクマンの手が彼女を押さえていたということだ。

「警察は病院でケリーの残留火薬を調べた。手にもシャツにも残っていた。そうなるだろうとあなたが考えていたとおりに」

ジュディスは椅子の背にもたれた。視線は自分の手に据えたままだ。

「残留火薬はタルカム・パウダーみたいなものです。あなたがそれを心配しているなら、お教えしておきますけれど。石鹸と水で洗い流せます」

「知っているわ、シャーロット」針がレコードに落ちた直後のような、ざらついた声だった。「知っている」

ジュディスはようやく顔をあげた。頭上の照明を受けて目が光った。しばらくチャーリーを眺めてから聞いた。「どうしてあなたなの？　どうして警察が来ないの？」

肺に痛みを感じて初めて、チャーリーは息を止めていたことに気づいた。「警察に来てほしかったんですか？」

ジュディスは天井を見あげた。涙がこぼれ始めた。「どうでもいいの。いまさらどうでもいいの」

チャーリーは言った。「ケリーは妊娠していました」

「初めてじゃなかった」ジュディスが言った。「彼女は中学のとき、中絶しているの」

命の尊厳について講釈を聞かされることを覚悟したが、ジュディスはなにも言わなかった。

ジュディスは立ちあがると、ホルダーからペーパータオルをちぎって顔を拭いた。「父親はフットボールチームの子だった。ほかにも何人か相手がいたみたい。ケリーはなにも知らなかった。自分がなにをされているのか、わかっていなかったのよ」

「今回の父親はだれなんです？」

「わたしに言わせるの？」

チャーリーはうなずいた。真実は口にするべきだと、最近になって考え直したばかりだ。

「ダグよ」ジュディスは言った。「わたしの教室でケリーとファックした」ジュディスが弁明したところをみると、チャーリーは〝ファック〟という言葉に反応するべきだったのだろう。「ごめんなさいね、こんな言葉を使って。でも中学生を教えている教室で、自分の夫が十七歳の子とセックスしているのを見たら、最初に浮かんでくるのはこの言葉だわ」

「十七歳」ダグラス・ピンクマンは学校の管理者で、ケリー・ウィルソンはその学校の生徒だ。彼がしたことは法定レイプになる。ファックしたかどうかは関係ない。

ジュディスが言った。「だからカメラの角度が変えられていたの。ダグはそういうことには頭が切れたのよ。いつだってそうだった」

「ほかにもいたんですか？」

「突っこめる相手ならだれでも」ジュディスは手のなかでペーパータオルを丸めた。彼女の怒りが伝わってくる。チャーリーは初めて、危険すぎると言っていたサムとベンは正しかったのかもしれないと不安になった。

「ケリーが妊娠したから、こんなことが起きたんですか？」

「あなたが考えているような理由ではないのよ、シャーロット。あなたは子供が欲しかったみたいだけれど、わたしはそうじゃないの。一度も欲しいと思ったことはない。子供は大好きよ。子供の発想が好きだし、面白いし、興味深いと思う。でもそういったものは学校だけにして、家に帰ってきたときは本を読んだり、静かに過ごしたりするほうが、わたしはいいの」ジュディスは丸めたペーパータオルをゴミ箱に放った。「わたしは、子供ができないからって自暴自棄になるような女じゃない。子供を作らないことを選んだの。ダグも同意したことだと思っていた。なのに――」彼女は肩をすくめた。「だめになって初めて、自分の結婚生活がどれほどひどいものだったのかがわかるのよ」

「彼は離婚したがったんですか？」

ジュディスは苦々しげに笑った。「いいえ。わたしもそれは望まなかった。延々と続く彼の中年の危機と折り合っていく術を学んだわ。彼は小児性愛者ではなかった。幼い子供を相手にすることはなかったの」

ケリー・ウィルソンの心の知能指数は子供だったという事実を、どうしてこれほど簡単に無視できるのだろうとチャーリーは考えた。

「ダグは赤ん坊を手元に置きたがったの。ケリーはどちらにしろ、学校を辞めることになったでしょう。あの子が卒業するのはどう考えても無理だった。ダグは彼女にお金を渡して、どこかに追いやって、赤ん坊をわたしといっしょに育てたがった」

ジュディスからなにを聞くことになるにせよ、彼女にこんなことをさせた原因がこういうことだとは、チャーリーは想像だにしていなかった。「どうして彼は子供が欲しくなったんでしょう？」

「寿命が見えてきたから？　生きた証《あかし》を残したかった？　それとも、ただ傲慢で自分勝手でばかだったから?」ジュディスは怒りと共に息を吐いた。「わたしは五十六歳よ。ダグはもうすぐ六十だった。引退を考える年だわ。他人の――それもティーンエージャーの赤ん坊なんて育てたくなかった」彼女は首を振った。激怒していることがよくわかった。「わかっているでしょうけれど、ケリーは知能が低い。ダグは、これから十八年間わたしに子供を育てさせようとしただけじゃない。残りの人生をずっとそんなものといっしょに過ごさせようとしたのよ」

チャーリーがいくらか同情を感じていたとしても、その言葉を聞いて一気に消え去った。「ケリーはほかになにを言ったの?」ジュディスは首を振った。「どうでもいいことね。わたしは殉教者を演じるはずだった。血も涙もない愚か者に共犯者に仕立てられた、気の毒な未亡人として。いったいだれがケリーを信じる?」

チャーリーはなにも言わなかったが、あのビデオの映像がなければ、ケリーを信じる人間はだれもいなかっただろう。

「さてと」ジュディスは怒ったように涙をぬぐった。「これも、わたしの自白の一部になるのかしら?」チャーリーの携帯電話を指さした。「ちゃんと録音している?」

チャーリーは携帯電話をひっくり返したが、ベンが間違いなく設定していることはわかっていた。会話を録音しているだけでなく、彼のラップトップに送信しているはずだ。

「関係が始まったのは一年前。わたしの教室の窓からふたりが見えた。ダグはわたしが帰ったと思っていたの。ダグは戸締りをするために残っていた――彼はそう言ったわ。わたしは書類を取りに戻ったの。そうしたら、彼が机の上でケリーとやっていた」

チャーリーは背もたれに背中を押しつけた。ジュディスの怒りは言葉を発するごとに増している。

「わたしは従順な妻がするべきことをした。背を向けて、家に帰ったの。夕食の支度をした。帰ってきたダグは、生徒の親に引き留められていたって言ったわ。わたしたちはいっしょにテレビを見て、わたしはそのあいだじゅう、怒り狂っていた。一晩じゅう、怒りが収まらなかった」

「いつからケリーに勉強を教え始めたんですか？」

「あの子がまた魔女みたいな格好をするようになってからよ」ジュディスはカウンターに両手の付け根を押し当てた。「前のときも、あの子はそうだった。お腹を隠すために、ゴスみたいな黒い服を着始めたの。廊下でひと目見たときに、また妊娠しているってわかった」

「ダグに問いただしたんですか？」

「どうしてわたしがそんなことをするの？　わたしはただの妻よ。彼の食事を作って、服にアイロンをかけて、下着の染みを漂白しているだけの女」その声は、ねじを巻きすぎた時計のようにきしんでいた。「なにもないって感じるのが、どういうものかわかる？　大人になってからの人生のほとんどをひとりの男性と同じ家で過ごしてきたあとで、自分は意味のない存在だって感じることが？　自分の願いや望みや計画が意味のないことだって感じることが？　信心深いクリスチャンのよき妻には、どれほど重いものであれ荷物を背負わせてもかまわない、そして妻は笑顔でそれを受け入れなくてはいけない、なぜなら夫は妻の保護者であり、その家の主人だからって言われることが？」

ジュディスは関節が白くなるくらい、両手を強く握りしめた。「わかるはずがないわね。あなたはずっと大事にされてきた。お母さんを亡くしても、お姉さんが死にそうになっても、お父さんがあらゆる人に罵られても、あなたはますますみんなから愛された」

チャーリーは喉の奥で心臓の激しい鼓動を感じていた。壁に背中が当たるまで、自分が立ちあがっていたことさえわかっていなかった。

ジュディスは自分がチャーリーを怯えさせていることに気づいていないようだった。

「ケリーは人の言うがままになるのよ。知っていた？」

チャーリーは動かなかった。

「本当にかわいらしいの。壊れやすくて、小さいの。子供みたいなのよ。実際、子供なのね。あの子といっしょにいる時間が長くなるにつれ、わたしはますますあの子を憎んだ」

ジュディスは首を振った。結んでいた髪がほどけた。目に凶暴な光が浮かんでいる。「罪のない子供を憎むのが、どういうものかわかる？　彼らを見ていると自分自身の愚かさに気づくのよ。その挙句に自分がなにをしているのか、自分の身になにが起きているのかも知らない彼らにありったけの怒りを向けてしまう。それがどういうことがわかる？　夫が自分にしているのと同じように、彼らを支配し、だまし、利用し、虐待しているのを見ることがどういうものかわかる？」

チャーリーはキッチンを見まわした。木製の包丁立てには数本のナイフが刺さっているし、引き出しにはナイフやフォークが入っているはずだ。キャビネットの上にはおそらくいまもミスター・ヘラーのライフルがあるだろう。

「ごめんなさい」ジュディスはなんとかして冷静になろうとしていた。キャビネットの上を見つめるチャーリーの視線をたどった。「ケリーに盗まれたという作り話をするつもりだった。それともお金を渡して、わたしの指示どおりにちゃんと銃を買えることを祈るか」

「彼女のお父さんが車にリボルバーを置いていた」

「それでリスを撃っているってケリーが話してくれたのよ。ホラーに住む人たちは時々食べるの」

「脂っぽいのよ」チャーリーは自分を落ち着かせようとして言った。「シチューにしていた依頼人がいたわ」

ジュディスは椅子の背もたれをつかんだ。関節が白い。「あなたを傷つけるつもりはないから」

チャーリーは無理に笑い声をあげた。「それって、だれかを傷つける前に言う台詞なんじゃない？」

ジュディスは椅子から離れた。再びカウンターにもたれた。まだ怒りは消えていないが、コントロールはできているようだ。「あの事件の話は持ち出すべきじゃなかったわね。ごめんなさい」

「かまわないわ」

「わたしに話を続けさせたくて、そう言っているんでしょう？」

チャーリーは片方の肩をすくめた。「うまくいっている？」

ジュディスは苦々しく笑った。

救急医療隊員が中学校から連れ出したとき、ジュディス・ピンクマンはひどく取り乱していたとベンは言っていた。救急車に乗せるのに、鎮静剤を打たなければならなかったという。そのままひと晩、入院した。カメラの前でケリーの命乞いをした。いまもその目は泣いたせいで腫れている。悲嘆に顔がやつれている。録音されていることを知りながら、彼女は真実を話していた。ありのままの残酷な真実を。

駆け引きはしていない。言い訳はしていない。取引をしようとはしていない。自分の行為を心から後悔している人間の態度だった。

ジュディスは言った。「ケリーは自分では引き金を引かなかったでしょうね。やるって約束したけれど、できないことはわかっていた。あの子は優しすぎた。人を信じすぎた。それに撃ってもきっと当たらなかっただろうから、わたしがあの子のうしろに立って、あの子の手に自分の手を重ねた。それからダグの注意を引くために、壁に向かって一発撃ったの」ジュディスは落ち着けと自分に言い聞かせるかのように、指で口を軽く叩いた。「走り出てきたところを、三回撃った。そして――」

チャーリーは待った。

ジュディスは胸に手を当てた。怒りは完全に収まっている。

「ケリーを殺すつもりだった。それが計画だったの。ダグを撃ってからケリーを殺して、ほかの子供たちが犠牲にならないように彼女を止めたって言うつもりだった。町の英雄になって、ダグの年金と給付金をもらって。面倒な離婚もない。本を読む時間がもっとできる。そうでしょう？」

赤ん坊も確実に死ぬように、ケリーのお腹を撃つつもりだったのだろうかとチャーリーは考えた。

「三発ともいいところに当たったわ。どれも致命傷だったって、検察医が言っていた。よかったってダグは思うんじゃないかしら」また彼女の目が潤んだ。唾を飲むと、ごくりと喉が鳴った。「でもケリーが銃を離さなかったの。そのあとの計画、わたしが彼女を殺すつもりだっていうことは知らなかったと思う。ただ、ダグが死んだのを見てパニックを起こしたのね。銃を取り合っているうちに、引き金を引いてしまった。わたしだったのか、あの子だったのかはわからないけれど、弾が床に跳ね返った」

ジュディスは口で息をしていた。声がかすれている。

「銃が暴発したことにわたしたちはどちらもショックを受けた。ケリーが振り返って、そしてわたしは――わからない。なにが起きたのかわからなかった。パニックを起こしていた。視界の隅になにか動くものが見えて、もう一度引き金を引いたの。そうしたら――」すすり泣きに言葉が途切れた。唇が白くなった。震えている。「あの子が見えた。わたしの指が引き金を引いたとき――引いているあいだにあの子が見えた。時間の流れがゆっくりになって、脳があの子を認識して、〝ジュディス、あなたは子供を撃とうとしている〟って考えたのを覚えている。でも止められなかった。指が引き金を引き続けて、そして――」

彼女がそれ以上言うことができなかったので、チャーリーがあとを引き取った。

「ルーシー・アレクサンダーが撃たれた」

ジュディスの目から涙が一気にあふれた。「わたしはあの子のお母さんといっしょに集団指導をしていたの。会議のときや、教室のうしろで踊っているルーシーをよく見かけた。ひとりで歌っていることもあった。とてもきれいな声をしていたのよ。あの子を知らなかったら、事態は変わっていたのかもしれない。わからない。でもわたしはあの子を知っていた」

ジュディスはケリー・ウィルソンのことも知っていたのだと、チャーリーは考えずにはいられなかった。

ジュディスは言った。「シャーロット、あなたを巻きこんでしまったことは本当に申し訳なかったと思っている。あなたが学校にいたなんて知らなかった。知っていたら、翌日か翌週にしていたのに。わざとあなたを巻きこんだわけじゃないのよ」

チャーリーはお礼を言うつもりはなかった。

「なにが起きたのかを説明できたならと思うわ。ダグとわたしは――。彼のことを深く愛していたわけじゃないけれど、お互いを大切にしているんだと思っていた。尊敬し合っていると。でもこれだけの歳月が過ぎたあとで、なにもかもがこんがらがってしまったの。この年になれば、きっとあなたもわかる。家計、引退、給付金、車、家、口座、今年の夏のクルーズ旅行のチケット」

「お金ね」チャーリーは言った。セックスとお金に対する破滅的な欲望に関して、ラスティは何千もの言葉を引用していた。

「お金だけじゃないのよ。妊娠のことをダグに問いただしたら、彼はわたしたちは高齢の親になるんだって満足そうに計画を語ったわ。親になることなんて、なんでもないみたいに——彼にとってはそうだったんでしょうね。夜中の三時に起きておむつを替えるのは彼じゃないんだもの。これがとどめのひと押しになったなんて信じられないって、あなたは思うでしょうね。でももう限界だったの」

同意を求めるかのように、ジュディスはチャーリーの目をのぞきこんだ。

「わたしはケリーを憎んだ。そうしなければ、できなかったから。あの子が影響されやすいことはわかっていた。わたしはただあの子の耳に吹きこめばよかった——ダグにあんなことをさせたあなたは、悪い子よね？　中学のときあんなことがあって、あなたは地獄に落ちるんじゃない？　罪を犯したダグに罰を与えたらどうかしら？　そうすればほかの女の子が傷つかずにすむんじゃない？　自分が無意味な人間だって他人に信じさせるのが、あんなに簡単だなんて驚いたわ」ジュディスは繰り返した。「意味のない人間。わたしみたいに」

チャーリーの両手は汗ばんでいた。服にこすりつけた。

「あなたもおそらく知っている言葉がある。映画や本で見たことがあるはずよ。〝だから、人にしてもらいたいと思うことは何でも、あなたがたも人にしなさい。これこそ律法と予言者である〟（マタイによる福音書7：12／新共同訳）」

「黄金律ね」チャーリーは言った。「〝人にしてもらいたいと思うことを、人にもしなさい〟（ルカによる福音書6：31／新共同訳）」

「わたしはダグにされたことをケリーにしたの。それが神さまに言われたことだから。わたしはそう言い聞かせて、自分の行為を正当化した。でもルーシーを見たとき、わかったの……」ジュディスは人差し指を立てた「わたしの部屋の窓から見える驕り高ぶる目」別の指を立てて、罪を数えあげていく。「夫とケリーに嘘をつく舌」さらに別の指を立てる。「ふたりを殺す悪だくみ。彼女の手に銃を持たせたとき悪事へと走った。なにがあったかを警察に欺いて発言した。あなたとメイソン・ハッカビーと町じゅうにいさかいを起こさせた」ジュディスはそれ以上数えるのをあきらめて、指を全部立てた。「罪もない人の血を流す手」

ジュディスは両手をあげたまま、その場に立っていた。手のひらをチャーリーに向け、指を開いて。

チャーリーはなにも言えずにいた。

「彼女はどうなるの?」ジュディスが訊いた。「ケリーは?」

チャーリーは首を振ったが、ケリー・ウィルソンが刑務所に行くことはわかっていた。死刑にはならないし、終身刑ということもないだろうが、知能が低かろうとなんだろうと、彼女の言葉に間違いはない。銃は彼女の手のなかにあったのだ。

ジュディスが言った。「帰ってちょうだい、シャーロット」

「わたしは——」

「電話を忘れないで」ジュディスは携帯電話をチャーリーに放った。「録音したものをGBIのあの女の人に送るのね。わたしはここにいると伝えて」

チャーリーはかろうじて携帯電話を受け取った。「いったい――」

「帰って」ジュディスはキャビネットの上に手を伸ばした。彼女が手に取ったのは父親のライフルではなかった。グロックだった。

「神さま」チャーリーはよろめきながらあとずさった。

「お願いだから帰って」ジュディスは銃から空の弾倉をはずした。「言ったでしょう？あなたを傷つけるつもりはないの」

「なにをするつもり？」そう尋ねながら、チャーリーは心臓が震えるのを感じていた。ジュディスがなにをするつもりなのかはわかっていた。

「シャーロット、行って」ジュディスは弾の箱を取り出すと、中身をテーブルに空けた。弾倉に弾を詰めていく。

「神さま」チャーリーは繰り返した。

ジュディスは手を止めた。「ばかげて聞こえるのはわかっているけれど、お願いだからむやみに神さまの名前を口にしないで」

「わかった」チャーリーは言った。ベンが聞いている。いまごろはきっとこっちに向かっている。森のなかを走り、木を飛び越え、枝をかき分け、チャーリーのもとへ駆けつけよ、うとしている。

わたしはジュディスに話を続けさせていればいい。

「お願い」チャーリーは懇願した。「お願いだから、そんなことしないで。訊きたいことがあるの。あの日のことを。あのときの——」

「あのことは忘れなきゃだめよ、シャーロット。お父さんに言われたとおり、なにもかも箱に詰めて置いておくの。あの最低な男があなたにしたことは、二度と思い出さなくていいことだから」ジュディスは銃に弾倉を押しこんだ。「さあ、本当に帰ってちょうだい」

「ああ、ジュディス。お願いだからやめて」チャーリーの声は震えていた。こんなことが起きてはいけない。このキッチンで。この女性が。「お願い」

ジュディスはスライドを引いて、薬室に弾を送りこんだ。「帰って、シャーロット」

「帰らない——」チャーリーは両手を突き出した。ジュディスに、銃に手を伸ばした。

「お願いだから、そんなことをしないで。しちゃだめ。わたしは絶対に——」

**真っ白な骨。心臓と肺の一部。腱と動脈と静脈と命が、ぽっかり開いた傷口からこぼれ出ていた。**

「ジュディス」チャーリーは悲鳴のような声をあげた。「お願いだから」

「シャーロット」ジュディスの声は、教壇に立つ教師のように毅然としていた。「いますぐにここから出ていきなさい。あのトラックに乗って、お父さんの家に戻って、警察に電話をかけるの」

「ジュディス、だめ」

「警察はこういうことの扱いには慣れているのよ。シャーロット。あなた自身も慣れていると思っているんだろうけれど、わたしの良心が耐えられないの。とても無理」

「ジュディス、お願い。頼むから」銃はすぐそこにあった。飛びかかれる。わたしのほうが若くて、動きも速い。止められる。

「やめて」ジュディスは銃を背中にまわし、カウンターに置いた。「あなたを傷つけるつもりはないと言ったわ。その言葉に反するようなことをさせないで」

「できない！」チャーリーはすすり泣いた。心臓をカミソリで切り裂かれている気がした。「あなたが死ぬつもりなのがわかっていて、残していくことなんてできない」

ジュディスはキッチンのドアを開けた。「できるし、そうするのよ」

「ジュディス、お願いよ。わたしにこんな重荷を背負わせないで」

「あなたの重荷を取り除いてあげるのよ、シャーロット。お父さんは亡くなった。知っているのはわたしだけだわ。あなたの秘密は、わたしといっしょに死ぬの」

「死ぬ必要なんてない！」チャーリーは叫んだ。「もういいの！　みんな知っているんだから。夫も。姉も。もういいの。ジュディス、お願い。お願いだから、やめて――」

なんの前ぶれもなく、ジュディスがチャーリーに突進してきた。チャーリーの腰のあたりをつかんだ。チャーリーは足が宙に浮くのを感じた。ジュディスの肩に両手をついた。キッチンからポーチに放り出されると、肋骨がきしんだ。

「ジュディス、だめ！」チャーリーは体勢を立て直し、彼女を止めようとした。

目の前でドアが閉まった。

鍵がかかる音がした。

「ジュディス！」チャーリーは叫びながら、ドアを激しく叩いた。「ジュディス！　ドアを――」

家のなかで大きな音が轟いた。

車のバックファイヤーではない。

花火ではない。

チャーリーはがっくりと膝をついた。

片手をドアに当てた。

銃が人の体に撃ちこまれるところを間近で見た人間は、銃声を決して聞き間違えたりはしない。

## サムの身に起きたこと

サムは交互に腕で水をかきながら、スイミングプールの細いレーンを泳いでいた。温かい水を三回かくごとに、長く息を吸う。足で水を打つ。次の息継ぎを待つ。

左-右-左-息継ぎ。

レーンを示す黒い線を見つめながら、プールの壁で完璧な回転ターンをした。自由形の単純さと落ち着いた感じが好きだった。泳ぐことだけに意識を集中させなければならないから、無関係なすべての事柄は水のなかに溶けていく。

左-右-左-息継ぎ。

黒い線の終わりが見えた。指がプールの壁に当たるまで、惰性で進んでいく。荒い息をしながらプールの底に足をつき、水泳用腕時計を見た。二・四キロメートル　百五十四・二秒／百メートル。つまり、二十五メートルを三十八・五五秒で泳いだということだ。

悪くない。昨日ほどよくはないが、自分の体は独自のスピードで動いているのだという事実を認めなくてはいけない。この事実を受け入れることは前進なのだと、サムは自分に言い聞かせようとした。それでもプールからあがるときには、負けず嫌いの性格が心の隅で文句を言った。プールに戻り、タイムを縮めたいという欲求をかろうじて抑えてくれたのは、座骨神経を走る鈍い痛みだった。

手早くシャワーを浴びた。タオルで水気を拭き取った。しわができた指がエジプト綿に引っかかった。サムは指先を眺めた。水中に長時間いたことに対する、体の反応だ。

度の入ったゴーグルをつけたままエレベーターに乗った。ロビーのある階で、小脇に新聞をはさみ、手に濡れた傘を持った年配の男性が乗りこんできた。サムを見てくすりと笑った。

「美しい人魚だ！」

サムは彼と同じくらいにこやかな笑みを浮かべた。悪天候のことが話題になった。海岸線を北上してくる嵐が、午後になるころにはニューヨークにさらなる豪雨をもたらすらしい。

「六月みたいだ！」その月が忍び寄ってきているかのような口ぶりだった。

サムは不意を突かれた気がした。パイクビルから戻ってきて、まだ三週間しかたっていないのが嘘のようだ。日々の生活はあっという間に元通りになった。スケジュールは以前と同じだった。仕事で同じ人に会い、同じ打ち合わせをし、同じ電話会議をする。裁判の準備のために、トイレ用の汚物入れの同じ設計図を眺める。

けれど、すべてが違って感じられた。より満たされている。より豊かになっている。ベッドから出るというありふれた行為でさえ、長らく――正直になるならば、二十八年前に病院のベッドで目覚めて以来――感じたことのない軽やかな気持ちを与えてくれた。

エレベーターのベルが鳴った。男性の階だ。

「楽しいスイミングを。美しい人魚さん！」男性は新聞紙を振りながら言った。

サムは廊下を遠ざかっていく彼を眺めた。気取った足取りがラスティに似ている。口笛を吹き始め、リズムに合わせて鍵をじゃらじゃら言わせ始めると、なおさらラスティのことが思い出された。

エレベーターのドアが閉まり、サムはつぶやいた。「〝クマに追われて退場〟」

波打つクロムメッキのドアには、妙なゴーグルをつけたまま微笑んでいる女性の姿が映っていた。黒いワンピースの水着。早く乾くように、短い灰色の髪をかきあげた。銃弾に頭を撃たれたときの傷に指先が触れた。あの日のことはもうめったに思い出さない。その代わりにアントンのことを考えた。ラスティのことを考えた。チャーリーとベンのことを考えた。

エレベーターのドアが開いた。

床から天井まであるペントハウスの壁一面の窓の外は、黒い雲に覆われていた。車のクラクションやクレーンや街が活動する様々な音は、三重のガラスに遮られてかすかに聞こえるだけだった。

キッチンに入り、照明のスイッチを入れた。ゴーグルを眼鏡に変えた。フォスコに餌をやった。ケトルに水を入れた。茶こし《ティー・インフューザー》とマグカップとスプーンを用意したが、お湯を沸かす前にリビングルームに置いてあるヨガマットに向かった。

眼鏡をはずした。ストレッチは普段よりかなり短い時間で終わってしまった。早く一日を始めたくて仕方がない。瞑想《めいそう》しようとしたが、頭のなかを空っぽにすることができなかった。朝食を終えたフォスコが、ここぞとばかり割りこんできた。サムが応じるまで、しきりに腕に頭を押しつけてくる。サムはフォスコがゴロゴロと喉を鳴らすのを聞きながら、顎の下を掻いてやった。もう一匹飼うべきだろうかと、またいつものように考えた。

もういいと伝えるように、フォスコはサムの手を軽く噛んだ。

フォスコはゆったりした足取りでその場を離れていくと、窓の前でごろりと横になった。

サムは眼鏡をかけた。キッチンに戻り、ケトルのスイッチを入れた。窓の外では横殴りの雨が降っていて、マンハッタンのロワーエンドを水浸しにしている。サムは目を閉じて、窓ガラスを撃つ数千もの小さな雨粒の音に耳を澄ました。目を開けると、フォスコも窓の外を見つめていた。前足をガラスのほうに伸ばして反対向きのCの字に反り返り、キッチンのタイルのぬくもりを楽しんでいる。

サムとフォスコは、ケトルのお湯が沸くまで窓を伝う雨を眺めていた。

サムはマグカップにお湯を注いだ。紅茶の葉を蒸らすため、タイマーを三分半にセットした。冷蔵庫からヨーグルトを出して、引き出しから取り出したスプーンでグラノーラを混ぜた。眼鏡を読書用のものに取り替えた。

携帯電話の電源を入れた。

仕事のメールが数通あったが、まずエルドリンからのメールを開いた。ベンの誕生日が来週に迫っている。サムは義理の弟が喜ぶようなメッセージを考えてほしいと、アシスタントに頼んでいた。エルドリンが提案してくれたのは――。

年を取るのはトリブル！

天国のトリブル！

昨日、すべてのトリブルは消えた……。

サムは顔をしかめた。『スタートレック』のトリブルと問題《テリブル》をかけるメッセージは、四十四歳の女性が妹の夫に送るのにふさわしいだろうか？

その言葉を検索しようとして、携帯電話でブラウザを開いた。チャーリーのフェイスブックのページが現れた。チャーリーとベンがなにをしているのかを知るにはこれがいちばんだったから、一日に二度はこのページを見ることにしている。ふたりでアトランタの家を見に行ったり、新しい仕事の面接を受けたり、山地から町にウサギを連れていっても大丈夫なのかどうかを助言してくれる人間を探していたりした。

サムは〝トリプル〟を調べる代わりに、チャーリーのページをリロードした。チャーリーが載せている新しい写真を見て首を振った。また捨て犬を拾ったらしい。ブルーティックト・クーンハウンドに似て体に染みのような模様があるが、脚はダックスハウンドのようにずんぐりして短い。膝まで伸びている裏庭の芝生のなかに立っていた。イオナ・テイラーというさんくさいハンドルネームのチャーリーの友人が、チャーリーの夫は芝刈りをする必要があるという短いコメントをつけていた。

かわいそうなベン。彼はラスティのオフィスと書斎とＨＰの主だった部屋すべてをチャーリーといっしょに何時間もかけて掘り返し、様々な雑誌や服を箱づめしたり、寄付したり、ｅＢａｙに出品するためのリストを作ったりしなくてはならなかった。信じられないことに、義足はカナダの男性が十六ドルで購入した。

ガンマの写真は見つからなかった。ラスティが机に置きっぱなしにしていた、日に焼けてすっかり色あせたあの写真はあったが、ラスティがサムに語った写真――彼とガンマが恋に落ちた瞬間をとらえたと言っていたもの――はどこにも見つからなかった。金庫にはなかった。ラスティのファイルにはなかった。キャビネットにはなかった。ダウンタウンのオフィスにもＨＰにもなかった。

結局サムとチャーリーは、これもまた話を面白くするためにラスティが適当に言ったことに違いないと結論づけた。

だが幻の写真が見つからなかったことは、サムの心に新たな傷を作った。彼女は長年、母親の卓越した脳が生み出したものを科学界で探してきた。だが三週間前までは、母親の顔を捜そうとしたことは一度もなかった。なんてばかだったのだろう。

鏡を見れば、そこに母との相違点を見つけることはできた。チャーリーと思い出を語り合うこともできる。けれど、無味乾燥な二本の論文以外に、ふたりの母親が確かにこの世に生きていた人間であることを示す証拠はなにもなかった。

ラスティの金庫で見つかったＮＡＳＡの葉書を見て、サムは思いついたことがあった。スミソニアンはジョンソン宇宙センターの協力のもと、宇宙開発競争の詳細な記録を残している。その記録のなかにガンマの写真がないかどうかを正式に調べてはもらえないだろうかと、サムは何人かの研究者や歴史家に打診していた。すでに何人かから返事が来ている。理系分野《ＳＴＥＭ》では、長らく見過ごされてきた科学の発展における女性や少数民族の貢献を、改めて承認しようとする動きがあるようだ。

その調査は、まさに干し草の山から針を捜すようなものになるだろうが、ガンマの写真はＮＡＳＡかもしくはフェルミ研究所の記録のなかに必ず存在していると、サムは心の奥で感じていた。彼女は人生で初めて、運命と呼ばれるものがこの世にはあると信じるようになっていた。三十年近く前にあのキッチンで起きたことが終わりではない。いずれもう一度母親の顔を見る日が来るとサムにはわかっていた。ただお金と時間が必要なだけだ。

サムにはそのどちらもたっぷりあった。

タイマーが鳴った。

サムは熱い紅茶に牛乳を入れた。窓の外に目をやり、ガラスを伝う雨粒を眺めた。空は一段と暗くなっている。風も強くなっていた。近づいてくる嵐に建物がわずかに揺れるのが感じられた。

妙なことに、パイクビルの天気はどうなのだろうとサムはいつしか考えていた。ラスティならわかっただろう。彼はチャーリーとふたりで始めた気象プロジェクトを続けていた。風向きと風速、気圧、気温、湿度、降水量をほぼ毎日記した二十八年分の記録を、ベンが納屋で見つけた。ラスティがなぜそんなことを続けていたのかはだれにもわからなかった。ベンがウェザー・ステーションをタワーに取りつけ、データを無線でNOAAに送った。結局のところ、ラスティは習慣で行動する人間だったのかもしれない。サムはずっと自分のことを母親似だと思っていたが、少なくともこの点だけは父親に似たようだ。

毎日プールで泳ぐこと。紅茶。ヨーグルトとグラノーラ。

いくつもある小さな後悔のうちのひとつが、彼女の誕生日にラスティが残した最後のメッセージを消してしまったことだった。陽気な挨拶。その日の天気。歴史上のちょっとした蘊蓄《うんちく》。いきなりの締めくくり。

なにより恋しかったのが笑い声だった。ラスティはいつも、自分の賢さに感心しているように笑った。

サムは考えごとに没頭していて、電話が鳴ったことに気づかなかった。ぶるぶる震える携帯電話が彼女を現実に引き戻した。画面を操作し、電話機を耳に当てた。

「彼女、取引にサインしたわよ」チャーリーが挨拶代わりに言った。「もう何年か短くできるって言ったんだけど、ルーシー・アレクサンダーの両親はかなり強硬だったし、ウィルソン夫妻は早く終わらせたがったの。なので軽警備の刑務所で十年、模範囚だったら五年で保護観察つきの仮釈放っていうことになったわ。もちろん彼女は模範囚でしょうしね」

チャーリーの言葉を完全に理解するには、頭のなかでもう一度繰り返さなくてはならなかった。彼女が話題にしているのはケリー・ウィルソンのことだ。サムはアトランタの弁護士を雇って、司法取引を進めていた。ケン・コインが唐突に辞職し、チャーリーが録音したジュディス・ピンクマンの言葉は臨終の告白とみなされたことから、州の検察官はケリー・ウィルソンの事件を一刻も早く手放したがっていた。

チャーリーが言った。「コインだったら、絶対取引に応じなかったでしょうね」

「応じるように、わたしが説得できたわよ」

チャーリーは面白そうに笑った。「どうやって彼を辞めさせたのか、話してくれるつもりはある？」

「面白い話よ」サムは言ったが、それ以上は説明しなかった。チャーリーはどうして鼻を折られたのかをまだ話してくれていなかったから、メイソンの告白を盾にどうやってコインに辞職を促したのかは、サムも秘密にしていた。

サムは言った。「五年で仮釈放は悪くない。出てきたとき、ケリーは二十代前半ね。子供もまだ幼いから、充分に親子としての関係が築けるわ」

「腹が立つわ」チャーリーが、ケリー・ウィルソンやこれから生まれてくる子供やケン・コインのことを言っているのではないと、サムにはわかっていた。彼女が腹を立てているのはメイソン・ハッカビーだ。

連邦捜査官に嘘をつき、証拠を改竄《かいざん》し、司法を妨害し、殺人犯の事後従犯者になったとして、FBIはメイソンに全面的攻撃をしかけた。パイクビル警察に自首したにもかかわらず――驚くことではなかったが――メイソン・ハッカビーは非常に腕がよく、かつ非常にお金のかかる弁護士を雇い、仮釈放なしの六年の刑を手に入れていた。アトランタ連邦刑務所は決して服役するのに快適な場所ではないが、この二週間あまりチャーリーとサムは、メイソンの供述書を提出するという脅しを実行すべきかどうか考えていた。

サムはいつも言っている言葉を繰り返した。「もう手放すべきよ、チャーリー。これから五年も十年も二十年も、刑事司法制度を通じてメイソン・ハッカビーをしつこく追いかけるようなことを、パパはわたしたちに望んでいない。わたしたちは、自分の人生を生きていかないと」

「わかってる」チャーリーは言ったが、納得していないことは明らかだった。「ケリーよりたった一年長いだけだっていうのが、どうしても我慢できないのよ。連邦捜査官に嘘をつくのがどういうことかはよくわかったでしょうけれどね。でもほら、釈放前ならいつだって訴えることはできるわ。時効はない——」

「チャーリー」

「わかったってば。まあ、シャワー室でだれかに刺されるかもしれないし、食べ物にガラスを入れられるかもしれないしね」

サムは黙って妹の言葉を聞いていた。

「彼が殺されるべきだとかそういうことを言っているんじゃないのよ。でも例えば、腎臓をひとつなくすとか、胃をずたずたにされるとか、あ、それよりも、これから死ぬまで袋にうんちしなきゃいけなくなるなんていうのがいいかも」チャーリーは一度言葉を切って、息継ぎをした。「刑務所の生活環境はひどいし、医療なんて冗談みたいだし、食べるものはネズミの糞みたいなことは確かだけれど、でも歯がなにかに感染するとかそんなばかみたいな目に遭って、惨めな辛い死を迎えたらいいと思わない？」

サムは、チャーリーが言い終えたことを確認してから口を開いた。「あなたとベンがアトランタに引っ越して、新しい暮らしを始めたら、いまほど気にならなくなるわ。それがあなたの復讐よ。人生を楽しむの。いまあるものを大切にするのよ」

「わかった」

「役に立つ人になるのよ、チャーリー。それがママの望みだった」

「わかった」三度目はため息混じりになった。「話は変わるけど、パイクビルのその後。リック・ファーヒーを釈放せざるを得なかったみたい」

ルーシー・アレクサンダーの悲嘆に暮れていたおじだ。ラスティを刺したのはおそらく彼だと言われていた。

サムはチャーリーもよく知っているに違いないことを言った。「自白しないかぎり、彼の仕業だという証拠はないわ」

「あの夜パパは彼を見たはずなの。自分を刺したのはファーヒーだと知っていて、でも黙っていると決めた。だからわたしたちもそうするべきなんだって、自分に言い聞かせている」

許すことの価値についてのラスティの言葉をいまさら持ち出すまいとサムは決めた。

「あなたがしたいと言っていたのは、そういうことじゃなかったの？　手放すことを学ぶって？」

「まあそうね。姉さんは、わたしをいらつかせないことを学んだみたいだし」

サムは笑みを浮かべた。「掃除の費用を送りたい――」

「やめて」チャーリーは頑としてサムのお金を受け取ろうとはしなかった。「あのね、新しい仕事を始める前に、旅行に行こうと思っているの。何日かフロリダに行って、レノーラがどうしているかを見てきたら、そのあと姉さんに会いに行きたいんだけど」

サムは頬が緩むのを感じた。「わたしのお金は受け取らないけれど、わたしの家をホテル代わりに使ってくれるっていうことね？」

「そういうこと」

「歓迎するわ」サムは自分の部屋を見まわした。突然、味も素っ気もない部屋に見えてきた。チャーリーが来る前にクッションやほかにもいろいろ買って、絵を飾って、もう少し彩りを加えておかなくては。居心地よく暮らしているところを妹に見せたかった。

チャーリーが言った。「さてと、くたくたになるまでベンに愚痴をこぼしてくるわ。メールをチェックしてね。地下室ですごいものを見つけたのよ」

サムはすくみあがった。地下室は独身男が寝室にしていたところだ。「なにかまたわたしを怖がらせるような、妙なものを見つけたの？」

「メールをチェックして」

「たったいまチェックしたところよ」

「もう一回チェックするの。ただし、電話を切ってからね」

「電話しながらでも――」

チャーリーは電話を切った。

サムは天を仰いだ。妹が彼女の人生に戻ってきたことには、マイナスの面もあるらしい。

サムは携帯電話のホームボタンをクリックした。メールを開いた。親指で画面をスクロールしていく。メールがリロードされているあいだ、円がくるくるとまわっていた。

なにも新しいものはない。サムはもう一度リロードした。

やはりなにもない。

眼鏡をはずした。目をこすった。地下室にあった独身男の持ち物を頭のなかで数えあげていく。種々雑多な下着、左足だけの靴がたくさん、トゥイーティーに追いかけられる裸の女性の時計。

フォスコがカウンターに飛び乗った。空になったヨーグルトの容器のにおいを嗅ぎ、見るからにがっかりした様子を見せた。サムは耳を掻いてやった。フォスコはゴロゴロと喉を鳴らした。

携帯電話が鳴った。

チャーリーのメールがようやく届いたようだ。

サムは受信リストを見た。〝このメールには本文がありません〟

「チャーリー」皮肉たっぷりのどんな返信を送ろうかと考えながらサムはメールを開いた

が、メールは空ではなかった。

ファイルが添付されていた。

〝ダウンロードするにはタップしてください〟

アイコンの上でサムの指が止まった。

ファイル名が爪の先に見えていた。

サムは画面をタップしようとはせず、携帯電話をカウンターに置いた。

前かがみになって、冷たい大理石に額を押し当てた。目を閉じた。膝の上で両手を組んだ。ゆっくりと息を吸い、肺を空気で満たし、それから息を吐いた。降りしきる雨の音に耳を澄ました。胃のなかの蝶がどこかに飛んでいくのを待った。

フォスコが頰に体をすりつけてきた。しきりに喉を鳴らしている。

サムはもう一度大きく息を吸った。体を起こした。フォスコが満足してカウンターからおりるまで、耳を搔いてやった。

眼鏡をかけた。携帯電話を手に取った。メールを、ファイル名を見た。

ガンマ.jpg

チャーリーがラスティ似だとしたら、自分はどこまでもガンマの娘だとサムは感じていた。子供のころ、飽きることなく母を眺め、母を観察し、母のようになりたいと思っていた──興味深く、賢く、正しく、いい人間に。けれどガンマが死んだあとは、いくらその顔を思い出そうとしても、様々な表情を脳裏に浮かべることができなくなっていた――笑み、驚きの表情、困惑の表情、不審、好奇心、激励、喜び。

　これまでは。

サムはファイルを開いた。携帯電話の画面に広がった画像を見つめた。

手で口を押さえた。流れる涙はこらえなかった。

チャーリーは写真を見つけていた。

あ、の写真ではなく、ラスティが語った謎の写真だ。

サムはただ写真を見つめていた。何分でも何時間でも、その写真が彼女の記憶を完全なものにしてくれるまで。

ラスティが言っていたとおり、ガンマは野原に立っていた。地面には赤いピクニック用毛布が敷かれている。遠くのほうに古い気象観測用タワーが見える。農家にある金属のものとは違って木製だ。ガンマはカメラのほうに体をひねっている。両手を腰に当てている。美しい脚は片方を膝から曲げている。ラスティが言ったなにかばかなことに笑い声をあげまいとしている。片方の眉が持ちあがっている。白い歯が見えている。青白い頬にそばかすがある。顎にかすかなくぼみがある。

決定的な瞬間がカメラに収められていると言っていた父の言葉を否定することはできなかった。ガンマの鮮やかな青い目は、間違いなく恋に落ちた女性のものだ。だが、それだけではなかった。彼女を待ち受けるものに対する覚悟。学ぶことへの意欲。約束を、子供を、家族を、満たされた役に立つ人生を送ることを望んでいる表情が、口元に浮かんでいた。

これこそ、ガンマが覚えていてほしいと思っていた姿だとサムにはわかっていた。頭をあげ、背筋を伸ばし、歯を食いしばり、ひそかな喜びを永遠にたたえて。

# 謝辞

二冊目の本以来ずっと共にいてくれている、友人であり編集者であるケイト・エルトンに感謝します。もっとずっとずっと前からそばにいる友人でありエージェントであるヴィクトリア・サンダーズにも。そしてもちろん、列車を遅れないように走らせてくれるチーム・スローターがいます：バーナデット・ベイカー・ボウマン、クリス・ケプナー、ジェシカ・スパイヴィー、そして偉大なるオズのダイアン・ディッケンシェイド。友人であり支持者であるフィルム・エージェントのアンジェラ・チェン・カプランにも感謝を。

ウィリアム・モロー社のリアーテ・シュテーリク、ダン・マロリー、ハイディ・リヒター、ブライアン・マレーに心からのお礼を言わせてください。

世界中のハーパーの支社で多くの方々にお世話になりましたが、とりわけノルウェー、デンマーク、フィンランド、スウェーデン、フランス、アイルランド、イタリア、ドイツ、オランダ、ベルギー、そしてメキシコの方々と多くの時間を共有できたのは光栄でした。

ここで、専門家の方々にお礼を言わせてください。医学関連の質問に辛抱強く答えてくださった

（図解つきで！）ドクター・デイヴィッド・ハーパー。おかげでわたしは実際よりも賢く見せかけることができました。

法律面では、スタンフォード・ロースクールの卒業生で、以前はポートランドの検察官であり、現在は法律の教授兼類まれなる才能に恵まれた作家であるアラフェア・バークに感謝します。百万個のボールでジャグリングしているときも、法律の手続きについて尋ねるわたしの緊急のメールに答えてくれてありがとう。法律関連でアドバイスをくれた次の方々にも感謝の言葉を：エイミー・マックスウェル、ドン・サミュエル、パトリシア・フリードマン、ジャン・ウィーラー判事、メラニー・リード・ウィリアムス。あなた方の電話番号を知っていることがどれほどうれしくて、いつかそれが必要になるかもしれないと思うことがどれほどおそろしいか。

ジョージア州捜査局のスコット・ダットン副局長はわざわざ時間を割いて、捜査手順を説明してくれました。またシェリー・ラング副局長（当時）、ドナ・ロビンソン特別捜査官補佐（当時）、アトランタ警察ヴィッキー・プラッツ巡査部長（当時）のおかげで、大変助かりました。素晴らしい警察官が大勢いることはよく知っていますから、悪事を働く警察官のことを書くときにはいつも罪悪感を覚えます。演説家のデイヴィッド・ラルストン、引き合わせてくれてありがとう。ディレクターのヴァーノン・キーナン、あなたをいつも善人にしていることに気づいているかしら？

友人であり同僚の作家でもあるサラ・ブレーデルは、デンマークにまつわることを教えてくれました。ブレンダ・アラムスと彼女の陽気な指南役たちは、時間と距離の計算や、わたしが苦手としているたくさんのことに手を貸してくれました。

クレア・シェダーには、旅行の手配と友情にいつも感謝しています。ダブリンを案内してくれたゲリー・コリンズとブライアン、本当にありがとう。アン＝マリー・ディフィのおかげで、ダブリン・トリニティ・カレッジを堪能することができました。フローレンスのミズ・アントネラ・ファントーニとベニスのミズ・マリアルイサ・サラは、ふたつの町の歴史を喜びと情熱を持って語ってくれました。それからワインについても。

凛とした態度でご自分のことを語ってくださった女性たちに心からの感謝を捧《ささ》げます。外傷性脳損傷について話してくれたジョアンヌ・イングリッシュ。物理に関することを調べてくれたマーガレット・グラフ。おしゃれなワインの名前を教えてくれたハーパーコリンズのキアラ・スカリオーニ。メリッサ・ラマルシュは、本書に名前を登場させることと引き換えに、グインネット公立図書館に多額の寄付をしてくれました。教養ある女性のジレンマを強烈に感じさせるフラナリー・オコナーの言葉を最初に教えてくれたのは、ビル・セッションズでした。生前に感謝することができなくて残念です。彼は才能ある語り手であり、素晴らしい教師でした。

ルイス・フライ・リチャードソンが一九二二年に出した *Weather Predictions by Numerical Process* はおおいに参考になりました。ユニバーシティ・カレッジ・ダブリンの気象学教授ピーター・リンチによる二〇〇七年刊行の第二版の前書きは、本書に新たな洞察を与えてくれました。なにか誤りがあるとしたら、もちろんそれはわたしの責任です。

最後の感謝の言葉はいつものごとく、執筆中のわたしが飢えたり凍え死んだりしないようにしてくれた父と、クロージー山の麓でわたしを迎えてくれる大切なＤＡに。

この物語はビリーに捧げます――あなたの世界は時々ひっくり返ってしまうから、再び脚を見つけるまで、あなたには手で歩く術を教えてくれるだれかが必要ね。

# 解説

池上冬樹（文芸評論家）

有名作家の、有名シリーズの新作が出ても、評論家はよほどのことがないかぎり、とびつかない。読者もある程度の実力を知っているからで、プラスアルファや何か新味や新たな可能性を示さないかぎり、とりあげる理由がないからである。

だが、一方で、こちらの予想を超える形で、毎回力感みなぎる作品を続けて出す作家もいる。そのうちの一人が、カリン・スローターだ。彼女の新作が出るたびに、僕は連載をもつ週刊文春でとりあげてきた。ジョージア州捜査局特別捜査官ウィル・トレントものの『ハンティング』（二〇〇九年。邦訳は一七年）『サイレント』（二〇一〇年。邦訳は一七年）のときはあえて、「スローター、絶対の買いだ」と同じ表現で締めくくった。それほど熱く、激しく、大胆で、ミステリ的昂奮に満ちていて、なおかつドラマティックで、実にエモーショナルだからである。

ファンにはもう述べるまでもなく、母親に捨てられ里親に虐待をうけた過去と識字障害をもつトレント、数年前に刑事の夫ジェフリーを亡くした元検死官で医師のサラ、十四歳で妊娠・出産し、いままた妊娠と糖尿病で悩むシングルマザーのフェイス刑事など、主人公たちの人生が詳しく語られ、事件に関わる動機が熱を帯び、読者は物語に深くひきこまれていく。主人公たちを深く掘り下げることで、事件に複雑な光を投げかけ、アクションを際立たせ、どんでん返しの効果を高めている。甘きロマンスなど一つもなく、等しく苦い失意と絶望を味わわせるのもいい。これこそが人生なのだといいたいような冷徹な現実認識が実に頼もしい。

もちろん、いま「甘きロマンスなど一つもなく」といったけれど、シリーズでは作品を重ねるごとに人物たちの関係も変わり、いちだんと愛が深まっていく。『ハンティング』『サイレント』に続く『血のペナルティ』（二〇一一年。邦訳は一七年）から、形が定まらなかったトレントとサラの関係が繊細かつ切々と捉えてあり、『血のペナルティ』の結末には感無量となる。

一方で、トレントと別居中の妻アンジーとの夫婦関係はいっそうねじれていくのだが、その頂点が、『贖いのリミット』（二〇一六年。邦訳は一九年）だろう。これが凄いし、近年の傑作の一つだ。物語は、建設現場で元警官の惨殺死体が見つかり、そこから逃亡した女性が浮かびあがり、それがトレントの別居中の妻のアンジーであることがわかる、というショッキングな場面から始まり、読者をぐいぐい引っ張っていく。トレントたちは事件を追及していくのだが、同時にアンジーの視点からも彼女の壮絶な人生が語られていく。

シリーズの読者なら、アンジーが性悪で冷酷、一刻も早く退場してほしいと願うほどの唾棄すべき存在だったのだが、『贖いのリミット』ではじめてアンジーの視点が導入されて、イメージががらりと変わる。悪意と敵意と嫉妬にまみれたどうしようもない女なのに、読めば読むほど愛おしさが募ってしまうのだ。彼女が「ほかの人間を攻撃することでしか、自分を慰められないほどの苦痛」を数多く抱えて生きたことが語られるからである。

もうアンジーの章がたまらない。これほどの激情、これほど熱いドラマがあっただろうか。これほど読者の胸を揺さぶり、ひりひりと痛みを味わわせる作品があっただろうかと思う。「スローターを読むのは痛みの経験」（霜月蒼の解説より）という表現があるが、まさに暴力の痛みだけでなく、生きることの、愛することの痛みをきわめてエモーショナルに謳いあげている。〈ウィル・トレント〉シリーズは、世界最高の警察小説のシリーズのひとつであり、『贖いのリミット』はその代表作といえるだろう。

だが、忘れてならないのは、シリーズ以外のノン・シリーズにも秀作・傑作があることだ。とくに『彼女のかけら』（二〇一八年。邦訳も一八年）が素晴らしい。警察署通信係のアンディがショッピングモールでの少年による銃乱射事件に巻き込まれる場面から始まる。銃口を突きつけられたアンディを救ったのは、何と母のローラで、少年のナイフを素手で受け止め、喉を掻き切ってしまったのだ。その沈着冷静な行動に、娘は度肝をぬかれる。いったい私の母は何者なのか？

母の指示通りに逃れるアンディと、母の若き日が並行して語られていく。何事もなすことができず弱気で臆病だったアンディが、母の過去の亡霊たちと対峙し、暴力と死に直面しながら、少しずつ生きる術を見いだしていく姿が力強い。だが、それ以上に読者の心を揺さぶるのは、母親ローラの過酷な人生だろう。一度ピリオドをうったはずの地獄の逃走譚がもう一度よみがえり、最愛の娘の命を救うべく、さらなる残酷で無慈悲な運命に翻弄されることになる。邪悪な存在と対面するエピローグは、予断を許さず実にスリリングで、感情をいちだんとかきたて、鋭く深く痛ましい真実を読者に突きつけて圧倒的だ。カリン・スローターの力をまざまざと見せつける驚異の傑作といっていい。

そして、枕が長くなってしまったが、『彼女のかけら』と遜色のない出来が、本書『グッド・ドーター』（二〇一七年。邦訳二〇年）だろう。こちらもノン・シリーズの作品で、『彼女のかけら』以来二年ぶりの新作。『彼女のかけら』が動とするなら、『グッド・ドーター』は静となるだろうか。

一九八九年春、ジョージア州の保守的な田舎町パイクビルで、弁護士ラスティの家が放火される。ラスティは札付きの犯罪者たちの弁護を得意としていて、ちょうど黒人の殺人事件容疑者が無罪放免になったばかりだった。家は全焼してしまい、ラスティの娘たち、サマンサ（通称サム）とシャーロット（通称チャーリー）は両親とともに引っ越しをするが、数日後、二人組の男が銃を手に押し入ってきて、母親を射殺、姉のサマンサは両目に傷を負い、銃で頭を撃たれて生き埋めにされ、シャーロットは何とか逃げ延びた。サマンサは奇跡的に助かるものの、重い後遺症が残り、将来が不安視された。サマンサは父を恨み、シャーロットは罪悪感から抜け出せず、家族関係は壊れたも同然だった。

二十八年後、シャーロットは「良き娘」を選び、父と同じ道を進み、弁護士をしていた。ある日中学校で起きた銃乱射事件に遭遇し、校長と八歳の少女の死体と、銃を握った十五歳くらいの少女を発見する。ラスティは少女の弁護を引き受けるが、再び恨みを買い、何者かに刺されてしまい、シャーロットは、長年音信不通になっていた姉サマンサに協力を求める。そして、長年秘してきた姉妹の思いと、痛ましい事実が明らかになる。

ミステリ作家スローターの最大の強みは充分に考え抜かれたプロットであり、毎回ツイストとどんでん返しで驚きを与えてくれるし、本書にもその面白さは健在なのだが、本書の場合、ミステリとしてよりも小説として力強い。いつにもまして感情豊かで、悲しく、辛く、どこまでも残酷であるけれど、にもかかわらず温かい。ここまでヒロインたちを追い込むだろうかと思わせるほど容赦がない。助かってほしい、痛い目にあわないでほしい、救われてほしいといった読者の要望など一顧だにせず、ヒロインたちは精神的に肉体的に地獄巡りをすることになる。サマンサだけでなくシャーロットもまた、大きな後遺症を引きずっていたことが終盤で明かされる。

「ひそかな喜びと共に歯を食いしばるわたしを思い浮かべてみてほしい」(フラナリー・オコナー)という言葉がサマンサの口から引用されるが(下巻九頁)、一見すると順調で幸福な生活を歩んでいるようにみえても、誰にもひそかな喜びと同時に「歯を食いしばらざるを得ないような苦しみや痛みがあることを伝えている。それこそが普遍的な人生であるだろう。このオコナーの言葉は『存在することの習慣 フラナリー・オコナー書簡集』にあり、姉妹の母親ガンマが図書館から借りてきた。「宗教的象徴をあからさまに軽蔑していた」母親が借りてきたので驚いたが、妹によれば母親は死ぬ前に幸せになろうとしていた、肺癌であったことを知っていたからかもしれないという。

宗教に救いを求めたわけではないが、何かしら心を穏やかにするものが欲しかったのかもしれない。この母親ガンマの存在が、姉妹にとっては大きい。母親は二人の前で射殺されたのように、人生の真実を描くには、さまざまな不幸を味わわなければいけないと考えているかのように、作者は人物たちに悲劇を体験させる。理不尽さ、正義のなさを味わわせる。しかしそれでも、作者は人生を信じ、肯定する。生きることの辛さ、悲しさ、悔しさをまるごと味わいつくしても、そこにあるのは見据えるべき未来への眼差しであることを、ラストシーンで高らかに謳いあげている。

そう、ラスト数行が心に突き刺さるのではないかと思う。興をそぐので詳しくはふれないが、亡き母の教えをまのあたりにする場面が心をふるわせる。未来には惨劇が、突然の暴力と死が、断ち切られた思いが待ち構えているにもかかわらず、人はそれでも己が人生を信じて、力強く生きていかねばならないことを、そしてそこにはかならず「ひそかな喜び」があることを、スローターらしい諦念と厳しい現実認識をもとに訴えているのである。その厳しい現実認識に逆に救われる人もいるのではないか。それほど深い内容をもつし、包容力をたたえている。

本書『グッド・ドーター』は、さきほども書いたように、ミステリとしても充分に面白いけれど、姉妹を中心とした家族小説として読ませる作品である。関係者が引用する聖書の言葉も主題と響きあい、複雑で豊かな世界を繰り広げる。スローターの作品で、もっとも再読率の高い小説になるのではないか。それほど静かなしみじみとした味わいがあるし、読み終えたあと、ある種の愛おしさを感じてしまうほど温かだ。

二〇二〇年八月

訳者紹介　田辺千幸

ロンドン大学社会心理学科卒、英米文学翻訳家。主な訳書にスローター『サイレント』『罪人のカルマ』『贖いのリミット』(以上、ハーパーBOOKS)、テイラー『歴史は不運の繰り返し：セント・メアリー歴史学研究所報告』(早川書房)、ボウエン『貧乏お嬢さまの結婚前夜』(原書房)など。

ハーパーBOOKS

# グッド・ドーター 下

2020年9月20日発行　第1刷

著　者　カリン・スローター

訳　者　田辺千幸《たなべちゆき》

発行人　鈴木幸辰

発行所　株式会社ハーパーコリンズ・ジャパン
東京都千代田区大手町1-5-1
03-6269-2883(営業)
0570-008091(読者サービス係)

印刷・製本　中央精版印刷株式会社

定価はカバーに表示してあります。

造本には十分注意しておりますが、乱丁(ページ順序の間違い)・落丁(本文の一部抜け落ち)がありました場合は、お取り替えいたします。ご面倒ですが、購入された書店名を明記の上、小社読者サービス係宛ご送付ください。送料小社負担にてお取り替えいたします。ただし、古書店で購入されたものはお取り替えできません。文章ばかりでなくデザインなども含めた本書のすべてにおいて、一部あるいは全部を無断で複写、複製することを禁じます。

この書籍の本文は環境対応型の植物油インクを使用して印刷しています。

© 2020 Chiyuki Tanabe
Printed in Japan

ISBN978-4-596-54143-7

**MWA賞受賞作家が**
**放つ話題作!**

# プリティ・ガールズ

上・下

カリン・スローター　堤 朝子 訳

最愛の夫を目の前で暴漢に殺されたクレア。葬儀の日、
彼女は夫のパソコンの不審な動画に気づく。
それは行方不明の少女が拷問され
陵辱される殺人ビデオだった……。

**戦慄のジェットコースター・サスペンス!**

上巻　定価：本体861円＋税
ISBN978-4-596-55009-5
下巻　定価：本体889円＋税
ISBN978-4-596-55010-1

全世界3500万部突破、
ベストセラー作家の真骨頂!

# 彼女のかけら

上・下

カリン・スローター　鈴木美朋 訳

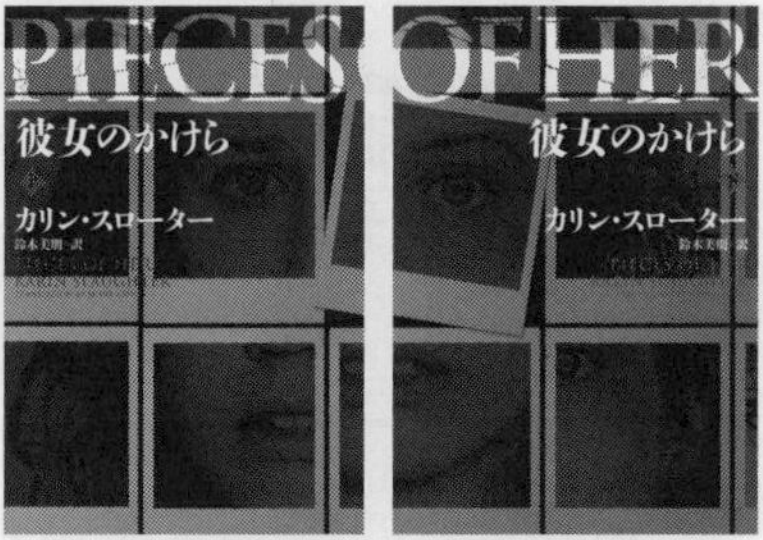


銃乱射事件が発生。居合わせた
アンディの母親は犯人の少年を躊躇なく殺した。
ごく平凡に生きてきたはずの母は何者なのか。

「スローター史上最高傑作」
byジェフリー・ディーヴァー

上巻　定価：本体889円＋税
ISBN978-4-596-55100-9
下巻　定価：本体889円＋税
ISBN978-4-596-54101-7

すべてはここから始まった。
幻のデビュー作、待望の復刊!

# 開かれた瞳孔

カリン・スローター　北野寿美枝 訳

腹部を十字に切り裂かれ、女性が殺害された。
第一発見者の検死官サラは
残忍な手口に戦慄を覚えるが、
犯人の影は彼女に忍び寄っていた……。
**ミステリー界の新女王の原点!**

定価：本体1000円＋税
ISBN978-4-596-54131-4